Manuela Lewentz

Heißer Flirt - inklusive

Manuela Lewentz

Heißer Flirt - inklusive

Manuela Lewentz

Heißer Flirt – inklusive

Verlag:	Mittelrhein-Verlag GmbH, Mittelrheinstraße 2 – 4 56072 Koblenz
Umschlaggestaltung:	Davina Kuhn
Umschlagmotiv:	Shutterstock
Herstellung und Satz:	sapro GmbH – Gesellschaft für Satzproduktion, Triebstraße 16, 56370 Gutenacker
Druck und Bindung:	Druck und Bindung: BoD – Books on Demand, Norderstedt

© Mittelrhein-Verlag 2023

ISBN 978-3-925180-44-6

Lotte

Wie schön das Leben nur sein kann. Prickelnd und bezaubernd empfinde ich den Moment und auch ein wenig Erotik liegt in der Luft. „Die schönen Dinge zu erkennen, das will gelernt sein", so meine Tante Lydia Lowere. Ihre Leichtigkeit suche ich in meinem Inneren und dankbar darf ich beobachten, sie kommt zum Vorschein.

Vergnügt hüpfe ich vor meinem bodentiefen Spiegel im Schlafzimmer herum und betrachte mich von allen Seiten. „Es geht doch noch", lächele ich mein Spiegelbild an. Die rote Unterwäsche war sündhaft teuer, jedoch sieht sie auch atemberaubend aus. Meine Brust kommt perfekt zur Geltung, dank dem vorteilhaften Schnitt des BHs. „Sie werden einen perfekt geformten Busen haben. Mindestens eine Nummer größer als von der Natur gegeben wird ihr Busen aussehen", hatte mich die Verkäuferin animiert, mein Geld auf den Tresen zu legen. Zugeben kann ich, die Frau hat mir nicht zu viel versprochen. Mein Dekolleté sieht atemberaubend und verführerisch aus. Wie nur Franz darauf reagieren wird, wenn er mich am Abend ausziehen darf? Ich lecke mit meiner Zunge über meine Lippe, die Vorfreude wächst in mir auf den Moment, wo ich Franz zeigen darf, was ich gerade sehe.

Rote Dessous – sie sind wirklich sündig anzusehen. Mit einem Mal muss ich bei meinem Anblick seufzen. Meine Gedanken bringen jenen Abend wieder zurück in mein Gedächtnis, den ich schon lange dachte, verdrängt zu haben. Meine Stimmung fällt von Wolke 7 auf den Fußboden, so zumindest fühle ich mich von einer auf die andere Minute. Gerade war ich noch der Vamp, die weibliche Verführung für Franz, die Sünde in einem Hauch von Rot gehüllt. Wieso kommen die quälenden Erinnerungen gerade jetzt wieder hoch? Im Dessous-Laden war mein Kopf frei von Altlasten.

Jetzt habe ich den Abend in Erinnerung, an dem ich schon einmal in roten Dessous die Hoffnung auf einen erotischen Nachtisch hatte. Tränen kommen auf. Ich verlasse den schönen Platz vor dem Spiegel und gehe in mein Badezimmer.

Die Wäsche fühlt sich gut an, auch jetzt noch, wo ich meine Jeans und eine Bluse drüberziehe. Die Verkäuferin sagte mir, mit der richtigen Unterwäsche fühle sich Frau viel weiblicher, auch die Bewegungen seien anders. Ein Hauch Erotik würde immer mitschwingen, bei jedem Schritt.

Was war nur an jenem Abend schiefgelaufen? Für meinen Freund hatte ich gekocht, Bratkartoffeln mit Speck hatte ich ihm in der sexy roten Verhüllung serviert. Auf eine Jeans oder ein Oberteil hatte ich an jenem Abend verzichtet. Franz sollte gleich sehen, was ihn beim Nachtisch erwartet. Meine Hoffnung wurde nicht erfüllt und statt der heißen Nacht im Bett gab es Tränen auf dem Kopfkissen.

Energisch schüttele ich meinen Kopf. Die Vergangenheit muss mich in Ruhe lassen. Soll ich mein ganzes Leben auf das Tragen von roten Dessous verzichten, nur wegen einer negativen Erfahrung? Nein, so mein Entschluss, ich blicke nach vorn.

Vorbei die Zeit der trüben Gedanken und Erinnerungen an jenen Abend. „Augenblicke sind zum Genießen, Champagner ist zum Trinken gemacht", fallen mir die Worte meiner verstorbenen Tante Lydia Lowere ein. Sie war so voller Energie und Lebensfreude, noch heute bin ich fasziniert von der Art, wie Lydia das Leben angenommen hat. Männer waren ein schmückendes Beiwerk, worauf sie nicht verzichten wollte, bis ins hohe Alter nicht.

Grinsend über den Gedanken eile ich in das Erdgeschoss. Auch im Flur komme ich nicht so einfach an dem Spiegel vorbei und betrachte mich erneut.

Mein Handy klingelt, als ich mich gerade von der Seite betrachte. Abgesehen von den kleinen Röllchen an meinen Hüften bin ich mit mir im Reinen. Größe 42 bedeutet ja nicht, ich bin dick, sondern vollschlank!

„Karin!", trällere ich los, nachdem ich die Stimme der Freundin aufnehme. „Du kommst am Freitag zu mir? Sehr gut! Der Mädelsabend wird wieder richtig schön werden", drücke ich meine Freude über die Zusage von Karin aus. „Wo willst du übernachten?" Meine Frage wird rasch beantwortet. „Bei Rosalinde und Vincenz." So wirklich begeistert bin ich nicht über diese Worte von Karin, was ich ihr auch sage.

„Soll ich mir das Haus mit Franz und dir teilen? Zuhören, wie meine Freundin in der Nacht die Nähe ihres Freundes sucht? Muss ich dich daran erinnern, Lotte, du bist nicht zimperlich beim Sex und die Wände deines alten Hauses sind sehr dünn."

„Karin!", mein Einwand wird durch ein Lachen der Freundin unterbrochen. „Ich bin bereits angekündigt bei Rosalinde und sie hat schon die ersten Vorbereitungen getroffen, um das Gästezimmer herzurichten."

Ich gebe mich geschlagen. „Die Hauptsache ist, du kommst zum Mädelsabend", beende ich das Telefonat.

Im Anschluss fällt mein Blick erneut in den Spiegel. Verträumt und mit der Aussicht auf das, was ich als Reaktion von Franz erwarten darf, wenn er mich am Abend sieht, beginne ich zu strahlen.

Dann aber ermahne ich mich selbst, den Tag nicht nur vor dem Spiegel zu verbringen. In zwei Stunden muss ich in meinem Café meine Schicht übernehmen, noch Zeit genug, um E-Mails zu checken, so meine Überlegung.

Von Frau Krautwinkel ist eine Nachricht eingegangen, die mich sogleich neugierig macht. Immerhin ist sie die Chefredakteurin der Frauenzeitschrift, für die ich immer wieder

Kolumnen schreiben darf. Das Schreiben, Eintauchen in meine Welt der Fantasie, ist für mich eine Freude, auf die ich nicht verzichten möchte. Kurz sinniere ich, wie steinig der Weg oft für mich war. Oft schon dachte ich, Frau Krautwinkel werde mir kündigen oder aber den Vertrag im neuen Jahr nicht verlängern, beides ist zum Glück nie passiert. Grinsen darf ich bei dem Gedanken, die Frau fängt an, sich wie eine Freundin zu verhalten, zumindest ansatzweise. Seit sie mit meinem Nachbarn und ehemaligen Postboten vom Dorf befreundet ist, wirkt sie wie ausgewechselt. Noch zucke ich nervös, wenn sie mir eine Nettigkeit über meinen Gartenzaun entgegenruft. Vielleicht, so meine Überlegung, denke ich in wenigen Wochen anders. Man sollte nie die Hoffnung verlieren und stets an das Gute im Menschen glauben. Mit diesem Gedanken öffne ich die Nachricht von Frau Krautwinkel.

Liebe Frau Wolke,
für die neue Kolumne möchte ich Sie bitten, das Thema Meine besten Freundinnen als Leitfaden zu nehmen. So, wie ich Sie kennenlernen durfte, ist das ein passendes Thema für Sie. Tatsache dürfte auch sein, jede Frau hat eine beste Freundin. Was meinen Sie?
Ihre Beiträge benötige ich schon zeitnah. Bitte nehmen Sie Rücksicht auf die Leserinnen unserer Zeitschrift, die nicht so locker durchs Leben schreiten wie Sie, Frau Wolke! Hoffentlich verstehen Sie meine Anspielungen?
In Erwartung auf den ersten Beitrag – bitte in der kommenden Woche – verbleibe ich mit besten Grüßen
Krautwinkel
Chefredakteurin

Mir gefällt die neue Aufgabe, so meine spontane Reaktion. Trotzdem brauche ich Nervennahrung für die ersten Ansätze in meinem Kopf. Aus meinem Kühlschrank nehme ich mir ein Stück Käse. Beim Essen denke ich über die neue Aufgabe nach. Vom Grunde her gefällt mir das Thema und ich glaube zu ahnen, es wird mir sehr leichtfallen, darüber zu schreiben. Mit Ina, Karin und Petra habe ich tolle Freundinnen an meiner Seite. Wieso, so der nächste Gedanke, soll ich nicht über uns Schreiben? Eventuell erwartet Frau Krautwinkel das auch von mir. So zumindest habe ich die Anspielung in der Mail verstanden. Am Freitag, beim nächsten Mädelsabend, werde ich die Freundinnen hierüber informieren.

Von Franz kommt ein Anruf, als ich mir gerade die Wagenschlüssel hole und das Haus verlassen möchte. „Ich freue mich schon sehr auf das Treffen am Abend mit meiner Süßen." An seine neue Seite, die so gefühlvoll ist, muss ich mich noch gewöhnen. „Lotte?", hakt Franz nach, als ich nicht direkt antworte. „Natürlich freue ich mich auf dich. Es gibt auch eine verführerische Überraschung für dich", muss ich kichern.

„Mir wird ganz heiß, Lotte", höre ich ihn sagen. „Gib mir einen kleinen Tipp", kommt bettelnd hinterher.

„Denke an Bratkartoffeln!", kurz erschrecke ich über mich selbst. Unter keinen Umständen möchte ich einen Streit mit Franz heraufbeschwören.

„Lotte?", zögerlich höre ich Franz. „Darf ich auf eine rote Verpackung meiner Liebsten hoffen?" Schluckend nicke ich, was Franz natürlich nicht sehen kann. „Ist alles gut bei dir, Lotte?", fragt er nach. Eine Träne rollt über meine Wange. „Mir geht es gut, Franz." Kurz blicke ich in den Spiegel im Flur und wische mit der freien Hand die Träne weg. „Bis zum Abend, Lotte. Ich bringe für uns Pasta mit. Einverstanden?"

Noch im Auto denke ich über Franz und seine Worte nach. So, wie meine Beziehung aktuell läuft, das war nicht immer so.

Noch vor einem Jahr hatte ich ständig Liebeskummer. Ob unsere Liebe dieses Mal hält? Diese Frage ist plötzlich in meinem Kopf. Auf meiner Fahrt nach Limburg ermahne ich mich, nicht ständig über die Haltbarkeit meiner Liebe mit Franz nachzudenken. Immerhin bin ich sehr selbständig, habe meine Freundinnen, das Café, mein altes Haus – mein Leben ist auch ohne Franz ausgefüllt. Der nächste Gedanke jedoch kommt unvermittelt auf. Mit Franz habe ich grandiosen Sex. Die Höhen und Tiefen in unserem Alltag würde ich ebenso vermissen, auch wenn es jetzt verrückt klingt. In Limburg angekommen, kann ich vom Parkplatz aus sehen, das Café ist gut besucht. Luftholend halte ich einen Moment inne, dann aber eile ich in das Innere des Cafés, wo mich meine Aushilfe sehnsüchtig zu erwarten scheint. „Alle möchten die Marzipantorte", stöhnt sie leise, kaum dass ich neben ihr stehe und meine Schürze umbinde. Die nächsten Stunden verfliegen unter der Arbeit.

„Lotte!", höre ich am frühen Abend eine vertraute Stimme rufen. Schon im Umdrehen weiß ich, die Stimme gehört zu Petra.

„Wie hübsch du nur aussiehst!" Petra umarmt mich und ich kann ihr Parfüm riechen. „Du bist in der Tat für jeden Mann ein Glücksfall", halte ich sie kurz im Arm. Petra lacht erneut.

„Kann ich ein Stück deiner Marzipantorte mitnehmen?"

Jetzt bin ich überrascht. „Petra? Du siehst gut aus", ich blicke die Freundin fragend an. „Dein Wunsch nach meiner Marzipantorte ist ungewöhnlich für dich, hast du eventuell doch Kummer? Du hast noch nie freiwillig so viele Kalorien zu dir genommen", blicke ich sie erstaunt an. „Bist du schwanger?" Meine Frage kommt, ohne nachzudenken, über meine Lippen.

Petra grinst. „Die Torte ist für Klaus. Er hat den ganzen Tag über auf dem Dach eines Kunden gearbeitet und ich möchte ihn verwöhnen." Diese Erklärung ist plausibel, überlege ich beim Umdrehen. „Vielleicht nimmst du zwei Stück Kuchen mit?" Petra verneint unvermittelt meine Frage mit Kopfschütteln. „Später gibt es noch ein Steak mit Salat", darf ich erfahren.

„Franz bringt am Abend Pasta für uns mit. Zum Glück sind die zwei nicht in jeder Hinsicht gleich veranlagt, auch wenn unsere Freunde Brüder sind."

Petra, so kann ich sehen, wird kurz rot. „Ich habe nicht von Sex gesprochen, sondern von unserem Abendessen", füge ich nach. Den sicher verpackten Kuchen lege ich Petra in ihre Hände. Ob sie inzwischen Klaus nähergekommen ist, sinniere ich, als Petra sich verabschiedet. Sie direkt zu fragen, ich traue es mich nicht.

„Am Freitag haben wir hoffentlich einen entspannten Mädelsabend", bleibt sie kurz in der Tür stehen. Dann eilt sie davon. Einen Moment blicke ich der Freundin nach, doch dann ruft meine Aushilfe mich und Petra ist für den Moment vergessen.

Bis kurz vor Feierabend kommen Gäste in mein Café und ich muss mich richtig mit dem Aufräumen beeilen, um pünktlich nach Hause zu kommen. Franz, so kann ich beim Parken an meinem alten Haus sehen, ist schon im Haus. Wie vertraut und gleichzeitig neu doch alles zwischen uns ist. Franz hat inzwischen seinen Schlüssel von mir erhalten und kommt, wie er möchte und Zeit findet, zu mir. Anfangs war ich zusammengezuckt, wenn er plötzlich hinter mir im Haus stand, jetzt freue ich mich nur noch.

Kurz husche ich in mein Badezimmer, dann aber eile ich die Stufen in die Küche hinunter und folge dem Duft der Pasta. Kurz bleibe ich im Flur stehen. Auf dem kleinen Tischchen liegt ein Brief für mich, den ich rasch in die Hand nehme, um den Absender zu lesen. „Riecht das lecker", öffne ich die Tür und bleibe unvermittelt stehen, den Briefumschlag noch in meinen Händen haltend. Mein Blick wandert zu dem Küchentisch und ich kann für den Moment nicht begreifen, was meine Augen sehen.

Für den Abend habe nicht nur ich eine Überraschung für Franz. Wie es aussieht, hat er auch an mich gedacht.

Karin

Wie ich mich auf Bremberg freue, auf meine Freundinnen und die Gewissheit, einige Tage der Ruhe zu finden. Ebenso habe ich die Aussicht, ohne schlechtes Gewissen schlemmen zu dürfen. Heute am Morgen, bevor ich ins Kunstmuseum gefahren bin, hat mich Hermann Josef erneut auf meine Figur angesprochen. „Karin, du musst endlich wieder Sport machen. Deine Speckrollen werden unansehnlich groß." Mit einem Kloß im Hals habe ich die Wohnung verlassen. Nach außen und gegenüber meinem Freund habe ich gelächelt und von einer unvorteilhaften Kleidung gesprochen, darüber habe ich mich im Anschluss geärgert. Niemals wollte ich eine Beziehung eingehen, in der ich mich verbiegen muss. Im Gegensatz zu mir ist mein Freund schlank und macht einen großen Bogen um Schokolade und Pasta. Chips und Kartoffelgratin isst er auch nicht.

Im Kunstmuseum werde ich später von unserem Direktor zu einem vertrauten Gespräch gebeten. „Karin, was ist nur los heute mit dir? Du siehst traurig aus. Hast du Probleme? Kann ich helfen?" Wie gut mir seine Worte und sein Mitgefühl nur tun. Innerhalb von wenigen Sekunden bin ich wie verwandelt und kann wieder strahlen. Was nur soll ich dem Direktor sagen? Ich habe Liebeskummer wegen meinem Freund? Was wird als Reaktion von ihm folgen? Eine Umarmung? Ein Kuss oder mehr? Wir beide hatten eine kurze, aber sehr heftige Liaison miteinander. Der Mann liebt meine Rundungen und ich habe bis heute nicht vergessen, wie er mich geliebt hat. Körperlich haben wir perfekt zueinander gepasst. Es gab nur einen kleinen, aber sehr entscheidenden Punkt, der unserer Zukunft im Wege stand. Der Mann ist bereits verheiratet.

„Lächelnd bist du noch viel schöner, Karin. Du kannst immer mit mir über alles reden, das weißt du aber auch?"

Noch immer unentschlossen, wie ich nun reagieren soll, wird mir die Entscheidung abgenommen. Es klopft an der Tür und die Sekretärin tritt ein.

„Mein Kunde für das neue Gemälde kommt gleich", nicke ich freundlich und verlasse das Büro des Direktors. Welchen Unsinn habe ich nur gesagt? Ein Kunde? Wir sind ein Museum. Konzentriere dich besser, ermahne ich mich selbst auf dem Weg in die große Ausstellungshalle. Zufrieden für den Moment, sehe ich die Gruppe mit Touristen kommen. Seit dem kleinen Lob von meinem Direktor fühle ich mich wieder gut in meiner Haut. „Ich will nur noch positive Menschen in meinem Umfeld haben", diese Worte kamen zu ihren Lebzeiten aus Lydia Loweres Mund. Wie recht diese lebenskluge Frau doch hatte. Ein Scheibchen ihrer Gelassenheit würde mir guttun.

Frankfurt kommt mir in den Sinn und die alte Villa von Lydia Lowere. Niemals zuvor durfte ich solch einen Luxus genießen und so viel Außergewöhnliches sehen, wie in diesen Räumen. Neben wertvollen Gemälden über Möbel, die Lydia gekonnt miteinander kombiniert hatte, zog uns auch ihr Porzellan in den Bann. Besonders Ina war vom ersten Moment an in das Porzellan verliebt.

„Karin!" Kurz blicke ich zu der Gruppe mit den Touristen, die vor einem Gemälde stehen und sich nach dem Mann umsehen, der mich gerufen hat. Im Allgemeinen wird in diesen Räumlichkeiten geflüstert. „Karin!", aufgeregt steht Anton Wall vor mir. „Gerade habe ich an die alte Villa und Lydia Lowere gedacht", begrüße ich ihn herzlich. „Darum geht es ja auch, Karin. Ich bin so aufgeregt." Schweißperlen kann ich auf der Stirn des Künstlers erkennen.

„Ist etwas mit der Lagerung deiner Gemälde?" Erschrocken stelle ich diese Frage. Anton Wall wird in zwei Wochen seine Kunst in unserem Museum zeigen und es wäre eine Tragödie, wenn mit den Gemälden etwas nicht in Ordnung ist. Noch immer liegen die Augen der Touristen auf uns. Anton, so kann ich sehen, hat sich neu eingekleidet. Der Mann ist in der Tat ein Trendsetter. Ungewohnt ist für mich, sein T-Shirt schmückt ein Totenkopf. Anton scheint mein Blick nicht entgangen zu sein. „Die neue Kollektion von Papio", lässt er mich wissen. „Für meinen Vortrag am Nachmittag will ich doch jung und hip aussehen." Jetzt grinse ich. „Noch nie habe ich dich langweilig gekleidet gesehen und die Studenten werden ihre Freude an dir finden."

Unvermittelt erfahre ich auch den Grund für die Schweißperlen. Mein Künstler hat Lampenfieber, vor den Studenten zu sprechen. „Rede einfach über die Entstehung deiner Gemälde, deine Empfindungen beim Arbeiten, die Gedanken im Vorfeld zu den Farben, die verarbeitet werden und wie du empfindest, im Nachgang, wenn das Kunstwerk fertig ist." Meine Worte scheinen ihm Trost und Zuversicht zu spenden.

„Ach, Anton, am Freitag fahre ich im Übrigen nach Bremberg. Lotte organisiert einen Mädelsabend. Bis zum Sonntag werde ich bei Rosalinde und Vincenz übernachten", füge ich nach. Anton sieht mich skeptisch an. „Und ich? Dann muss ich das ganze Wochenende auf dich verzichten?"

Mein Lachen im Anschluss an seine Worte ist zu laut, was ich rasch merke und mich kurz für mein unachtsames Verhalten schäme. „Wir sollten kurz in den Frühstücksraum gehen", ziehe ich Anton mit mir mit.

„Soll ich dich mitnehmen, nach Bremberg?" Verwundert sehe ich in sein sorgenvolles Gesicht.

„Ach, nein, Karin", winkt Anton ab. Er fühlt sich jedoch nicht sehr wohl, was ich ihm ansehe. „Es ist das Lampenfieber. Meine Aufregung, gleich vor den Studenten zu sprechen, ich kann sie nicht verbergen."

„Ich bin doch an deiner Seite und werde die Begrüßung übernehmen. Vergiss nicht, Anton, diese jungen Leute können viel von dir lernen. Eine Vernissage, geschweige denn so viel Erfahrung, wie du sie gesammelt hast in den letzten Jahren, davon träumen sie noch."

19 Uhr

Gerade ist es mir gelungen, Anton ein wenig zu beruhigen, da kommt ein Anruf von Lotte. „Ich muss noch arbeiten", werfe ich ihr gleich entgegen, kaum dass ich das Telefonat angenommen habe. „Monaco!", schreit mir Lotte entgegen. „Ich habe eine Reise gewonnen, für zwei Personen. Vier Tage Monaco, das süße Leben genießen und bummeln in den schönen Boutiquen, Sekt trinken oder auch Champagner! Ich werde mich wie Lydia Lowere fühlen!" Lottes Stimme ist aufgeregt. Ich muss unvermittelt lächeln. „Du bist süß. Freust dich wie ein kleines Mädchen, das ist gut so!", mein Empfinden muss ich zum Ausdruck bringen. „Ich melde mich am späten Abend bei dir", sage ich und werde sogleich von Lotte unterbrochen. „Franz hat für uns Pasta geholt. Eigentlich wartet er schon am gedeckten Tisch auf mich. Stell dir nur vor, Karin, auf dem Tisch steht eine rote Rose, von Franz!"

Jetzt kann ich die ganze Aufregung noch besser verstehen. „Sehr schön, ich freue mich für dich, Lotte. Genieße den Abend", ich lache kurz, bevor ich weitersprechen kann: „Franz ist vermutlich dein Nachtisch, im Anschluss an die Pasta." Lotte kichert auf meine Worte wie ein kleines Mädchen.

„Wir reden morgen oder spätestens beim Mädelsabend", beende ich das Telefonat.

Mit Anton will ich über die Neuigkeit sprechen, doch dann lasse ich es sein. Mein Künstler ist zu aufgeregt, um mir zuzuhören.

„Bist du bereit?" Anton nickt und wir gehen gemeinsam zum Vortragsraum. Kurz nehme ich die Hand von Anton, sie ist feucht. „Bleib ruhig, mein Lieber. Du bist der Star und die Studenten fiebern einem Treffen mit dir entgegen, nicht umgekehrt."

Vier Tage Monaco, das wäre auch etwas für meine Seele, überlege ich auf dem Weg in den Vortragsraum.

Anton bleibt mit einem Male stehen. Ich sehe ihn verwundert an. „Alles wird gut, Anton. Du bist ein begnadeter Künstler und vor dir sitzen gleich eine Handvoll Anfänger. Alle sind gespannt, von deiner Erfahrung und Arbeit zu hören." Meine Worte scheinen zu fruchten, Anton setzt sich wieder in Bewegung. Beim Betreten des Vortragsraumes wirkt Anton mit einem Male nicht mehr nervös und ängstlich. Zielsicher steuert Anton das Rednerpult an und nimmt Haltung ein. Wo er das nur gelernt hat? Schmunzelnd und stolz höre ich seinen Vortrag an. Die Studenten sind gefesselt von der Art und Weise, wie Anton sie mitnimmt in die Entstehung seiner Kunst.

Eine Stunde später höre ich lauten Beifall um mich herum und sehe zu einem stolzen Künstler. Mit einem Taschentuch wischt sich Anton einige Schweißperlen von der Stirn. Die Studenten haben noch Fragen und lassen den Künstler nicht aus der Verantwortung. Anton gibt dem Drängen nach und unterhält sich, wie ich beobachten darf, angeregt mit den Studenten, die noch immer wissbegierig um ihn herumstehen.

Franz

Als ich die Haustür höre, spüre ich schon Nervosität in mir aufsteigen. Überrascht vernehme ich, Lotte eilt zunächst hoch in das Badezimmer. Die Zeit nutze ich, um uns ein Glas Wein einzuschenken. Mit der Tagespost in den Händen kommt Lotte Minuten später in die Küche gestürmt. „Sorry, Franz, ich habe mich etwas", mit offenem Mund hält Lotte inne und bleibt vor dem gedeckten Tisch stehen. „Eine rote Rose", haucht sie beim Anblick der Rose, die ich für Lotte in eine Vase gestellt habe.

„Freust du dich darüber?"

Auf meine Worte nickt Lotte. In ihrem Gesicht kann ich sehen, die Überraschung ist mir gelungen. Ich gehe zu ihr und nehme Lotte zärtlich in meine Arme. Der anschließende Kuss ist sehr innig.

„Lass das Glück zu! Nimm es auf in deinem Herzen, ohne große Fragen nach dem Warum", flüstere ich in ihr Ohr und verschließe erneut mit meinen Lippen die ihren. Der Kuss ist erneut sehr innig und mir entgeht weder meine körperliche Reaktion noch die meiner Freundin. „Hoppla!", Lotte löst sich von mir, um mich dann erneut zu umarmen und zu küssen.

Mit Lotte habe ich eine erotische Partnerin gefunden, auf die ich Jahre gewartet habe. Zum Glück drängelt mich Lotte nicht, mit ihr ganz zusammenzuziehen. Auf ein Zuviel an Enge reagiere ich mit Abstand. Ihren Schlüssel vom Haus habe ich dennoch gerne angenommen. Zeigt es mir doch, Lotte vertraut mir wieder. In unserer Beziehung gab es auch schon viele Tiefen.

„Gleich gibt es Essen", löse ich mich aus der Umarmung.

Während ich mich um unser Essen kümmere und die Pasta auf die Teller lege, höre ich wie Lotte den Umschlag aufreißt. „Wahnsinn! Franz!", ihre Stimme reißt meinen Blick von der Pasta weg zu ihr. „Ist etwas passiert?" „Franz! Du wirst es mir nicht glauben, was ich gerade gelesen habe." Schon dem Klang ihrer Stimme kann ich entnehmen, sie hat eine besondere Überraschung für mich. „Angeblich habe ich eine Reise gewonnen, Franz. Nach Monaco!" Staunend drehe ich mich wieder zu der Pasta um. „Gratuliere!" Meine Reaktion war nicht ausreichend für Lotte und daher greift sie zum Handy. Kurz höre ich, sie redet mit Karin.

„Sie hat leider keine Zeit für mich", darf ich im Anschluss erfahren. „Wieso arbeitet Karin noch um diese Uhrzeit?" Meine Frage soll Lotte lediglich mein Interesse zeigen. Mich länger über Karin zu unterhalten, ist nicht in meinem Sinn.

„Im Kunstmuseum wird bis 21 Uhr gearbeitet und heute hält Anton Wall einen Vortrag für die Studenten, das habe ich nicht bedacht", lässt Lotte mich wissen. Ich nicke höflich und im Anschluss bringe ich die Teller zum Tisch. Zu meiner Freude widmet sich Lotte nun dem Essen und mit jedem Bissen, der den Weg in ihren Mund findet, kann ich die Reaktion beobachten, Lotte wird gelöster. Wir prosten uns zu.

„Für mich trinkst du heute Wein", lobt sie mich, nachdem sie ihre Portion aufgegessen hat. „Bleib sitzen, Lotte. Ich verwöhne dich heute Abend und räume die Teller in die Spüle." Verwundert blickt mich Lotte an. „Genießen heißt das Zauberwort", erkläre ich mein Verhalten. Im Anschluss bringe ich die Teller weg. „Möchtest du zum Nachtisch ein Eis?"

Plötzlich höre ich Lottes Lachen. „Du hast die Auswahl zwischen einem Eis oder deiner Freundin."

„Lotte?" So gut kenn ich meine Freundin inzwischen, dass ich ahne, jetzt kommt die große Überraschung des Abends für mich.

Im Umdrehen sehe ich sprichwörtlich rot. Meine Freundin hat in wenigen Sekunden ihre Hose, ihr Oberteil und die Schuhe ausgezogen. Lotte steht mit einem Male in Unterwäsche vor mir. „Du siehst traumhaft schön in den neuen Dessous aus, Lotte. Sie sind ja rot!“, zitternd vor Rührung breche ich meine Worte ab. Mit einem Mal ist mein Hunger auf Eis vergangen und ich will nur noch Lotte spüren, sie anfassen und den Moment der Leidenschaft genießen.

„Für mich sind dies die Geschenke in meinem Leben.“ Lotte hebe ich mit meinen Armen hoch und trage sie hinauf ins Schlafzimmer. Sanft lege ich Lotte auf dem Bett ab. Kurz halte ich inne und schaue meine Freundin in ihrer roten Unterwäsche nur an. „Du bist wunderschön, Lotte! Soll ich dich wirklich komplett ausziehen?“, meine Hand streichelt sanft über ihren Bauchnabel hinauf bis zu ihrer Brust. Meine Hände gleiten über die zarte Seite des BHs. In diesem Moment zieht mich Lotte näher zu sich. „Küss mich, Franz!“ Dieser Aufforderung komme ich gerne nach. „Meine Lotte!“, hauche ich. „Beim Küssen werde ich es nicht belassen können. Ich begehre dich!“ Rasch sind die zarten Dessous ausgezogen und ich dringe in Lotte ein. Wie eine Explosion erlebe ich den Augenblick als ich mich ganz der Liebe hingeben kann.

„Lotte, du bist meine Traumfrau“, liege ich nach Minuten der Freude neben ihr. „Ich kann mich auch nicht beklagen“, kichert Lotte. „Wenn du mir jetzt noch ein Eis zum zweiten Nachtisch servierst, ist der Abend perfekt.“ Einen Moment halte ich Lotte noch in meinen Armen fest. „So, jetzt darfst du das Bett wieder verlassen“, küsse ich Lotte zum Abschluss auf den Bauchnabel.

Mehr als eine Stunde später stehen wir wieder in der Küche, vor dem Eisschrank. Zufrieden grinsend fülle ich zwei Schüsselchen mit Vanilleeis und Lotte schlägt für uns frische Sahne auf. Lotte, so denke ich verträumt, ist im Bett wie ein Vulkan. Diese Frau schenkt mir alles an sinnlicher Erfüllung, wovon ich immer geträumt habe. „Möchtest du noch einen Espresso?“ Lotte nickt und legt die Sahne über unsere Eisportionen.

„Schmeckt es dir?", will ich wissen, nachdem ich mit zwei Espresso neben ihr am Tisch sitze. Sie hat gerötete Wangen und strahlt mich an. „Mir geht es sehr gut, Franz", darf ich hören. „Eine rote Rose, Pasta, ein Glas Wein, der gedeckte Tisch, jetzt das Eis mit Espresso, alles ist so schön", beseelt sieht mich Lotte an.

Zu meiner Freude hat Lotte die gleichen Vorlieben wie ich. „Darf ich jetzt auf Bier umsteigen?", frage ich nach dem Eis.

„Auf jeden Fall, Franz. Ansonsten bekomme ich noch Angst vor zu vielen Veränderungen an deinem Verhalten."

So ganz gefallen mir die Worte aus Lottes Mund nicht. Soll das heißen, ich bin im Allgemeinen ruppig zu ihr? Vor dem Kühlschrank hole ich Luft, ermahne mich selbst, nicht weiter darüber nachzudenken und einfach den Rest des Abends an der Seite meiner Traumfrau zu genießen.

„Mein Gewinn", hält Lotte später noch einmal den Brief in die Höhe. „Es geht um das Preisrätsel, an dem ich teilgenommen habe."

„Du denkst wirklich, der Gewinn ist eine Reise nach Monaco? Vielleicht bekommen wir eher noch einen weiteren Kochtopf oder eine neue Kaffeemaschine", grinse ich Lotte an. Ihre Angewohnheit, Preisrätsel auszufüllen, kenne ich noch von früher. Bisher hat Lotte lediglich Dinge gewonnen, die schon in ihrem Haushalt existierten.

„Nein, Franz! Ich habe tatsächlich eine Reise nach Monaco gewonnen", ihre Stimme wird hoch. Rasch springt Lotte von ihrem Stuhl auf, kommt zu mir und fällt mir um den Hals.

„Monaco, ich komme!"

„Was ich doch für ein Glück habe, dass du zunächst den Sex mit mir vorgezogen hast, vor der überschwänglichen Freude über den Gewinn. Muss ich dich begleiten?" Mein Einwand und die damit verbundene Frage lässt Lotte kalt. „An dem Wochenende spielt auch die Bundesliga", werfe ich gleich

21

nach. „Und es wird ja auch vielmehr eine Reise für Frauen sein, habe ich Recht?"

Lotte grinst. „Tja, dann muss ich auf meine Mädels zurückgreifen. Bei Karin konnte ich vorhin nicht richtig zu Wort kommen aber vielleicht hören mir Petra und Ina zu." Rasch angelt Lotte ihr Handy und telefoniert mit Petra und Ina. Spontan ist Lotte, das muss ich zugeben. Mit einer neuen Flasche Bier ziehe ich mich vor den Fernseher zurück. Immerhin kommt Fußball.

„Franz! Ich bin glücklich", liegt mir Lotte eine Stunde später wieder im Arm. „Der Abend mit dir, jetzt noch mein Gewinn, alles ist so herrlich. Ich kann es kaum glauben. Jetzt lebe ich wie Lydia Lowere." Das Telefonat mit den Freundinnen hat die Stimmung von Lotte noch gesteigert. „Mir geht es so gut!" An dieser Stelle ziehe ich Lotte noch ein Stückchen näher und verschließe ihre Lippen mit den meinen. Mir ist nicht nach Reden, schon gar nicht über eine imaginäre Reise nach Monaco. Vielmehr keimen in meinem Kopf gerade die Bilder vom frühen Abend auf. Lotte in roten Dessous auf dem Bett und Lotte ohne Dessous im Anschluss.

Freitagabend

Lotte

Richtig aufgeregt bin ich in der Vorfreude auf meine Freundinnen. Es gibt so viele Dinge zu besprechen. Zum einen mein Gewinn der Reise nach Monaco und die Frage, wer möchte mich auf der Reise begleiten. Ebenso ansprechen möchte ich die Vernissage von Anton Wall, die in zwei Wochen stattfinden wird. Für Anton ist unsere Unterstützung sehr wichtig, wie ich gestern schon Ina gegenüber angedeutet habe. Dankbar habe ich bei dem Gespräch auch Inas Angebot angenommen, mir den Kartoffelsalat zuzubereiten.

Meine zweite Aushilfe im Café hat sich krankgemeldet und ich war heute länger im Einsatz als geplant, schon gestern habe ich sie vertreten müssen. Mein Blick fällt in meinen Spiegel, der im Flur hängt. Ich wollte mich eigentlich noch umziehen, was ich aus Zeitmangel nicht geschafft habe. Mitten in meine Gedanken klingelt es an meiner Tür. Ich blicke auf meine Armbanduhr. Es ist Punkt 19 Uhr. Mit einem Ruck öffne ich die Haustüre und vor mir sehe ich meine Freundin Ina. In ihren Armen hält sie eine große Schüssel. Ich tippe sogleich auf ihren Kartoffelsalat à la Ina.

„Kannst du mir die Schüssel bitte abnehmen?", wirft sie mir entgegen. „Mir ist warm", zieht sie ihre Strickjacke aus. „Wir setzen uns doch in deinen Garten?", eilt sie in meine Küche voraus. Ich grinse innerlich über das Verhalten von Ina. „Nur deshalb habe ich vorsichtshalber an eine Strickjacke gedacht. Am späten Abend kann es kühl werden", fügt sie nach. Nickend folge ich ihr. „Natürlich habe ich den Tisch im Garten vorbereitet, Ina. Das Wetter ist fantastisch und du weißt ja, ich bin so lange in meinem Garten, wie die Temperaturen in Deutschland es zulassen. Strickjacken gibt es in meinem Haus in allen Farben, da musst du dir keine Sorgen machen um kalte Schultern."

Petra und Karin kommen, als wir gerade im Garten an dem gedeckten Tisch sitzen. Die zwei Freundinnen sind gleich durch den Garten marschiert, ohne groß an der Tür zu klingeln. „Hereinspaziert!", rufe ich den Freundinnen entgegen. Im Anschluss eile ich an meinen Kühlschrank, hole eine gekühlte Flasche Prosecco hervor und nehme diese mit in den Garten. „Auf einen schönen Abend!", prosten wir kurz darauf mit den vollen Gläsern aneinander. „Karin, es ist so schön, dass du gekommen bist, obgleich du die Vernissage für Anton vorbereiten musst." Karin strahlt mich an. „Unser Direktor hat Anton für den heutigen Abend zu sich zum Abendessen eingeladen, damit er nicht so allein am Wochenende ist", teilt sie uns mit. Nur, so, wie Karin es sagt, es schwingt den Worten noch eine Botschaft mit, denke ich. „Mit dem Direktor vom Museum hast du noch ein gutes Verhältnis?" Meine Frage lässt sie kurz auflachen. „Deine Frage ist zweideutig, Lotte!"

Petra und Ina fangen an zu kichern, ich tue es den beiden gleich. „Setzt euch an den Tisch, ich hole rasch die Würstchen", eile ich erneut in meine Küche. Ina folgt mir, sie will den Kartoffelsalat nach draußen tragen. Zuvor hatte ich ihn noch einmal kühlgestellt.

„Karin ist noch immer in den Mann verknallt", flüstert sie mir zu. Mir fehlen gerade die passenden Worte, was nicht oft vorkommt. Daher nicke ich nur und gehe mit Ina wieder zurück in den Garten, wo zumindest Karin schon sehnsüchtig auf die Würstchen und den Kartoffelsalat wartet. „Mich hast du heute vergessen?" Petra blickt betrübt über den Tisch. Ich sehe die Freundin erschrocken an. „Meine zweite Aushilfe ist krank, es tut mir leid, Petra." Die Frage, ob sie nicht doch einmal mit uns essen will, spare ich mir. „Im Kühlschrank sind noch Tomaten", füge ich nach. Petra nickt, steht auf und eilt in meine Küche. Karin bleibt unbeirrt von der Situation mit Blick auf die Würstchen sitzen. Kaum, dass Petra in der Küche verschwunden ist, greift sie bei den Würstchen zu. „Drei Tage habe ich Zeit zum Schlemmen", stöhnend vor Freude wandert die erste Gabel zu ihrem Mund. Ina wartet allem Anschein nach noch auf die Rückkehr von Petra an unseren Tisch. „Es war nicht gut von dir, Petra zu vergessen", sagt sie mir. Mein Versuch, mich rauszureden, er fruchtet nicht bei ihr.

„Wieso nur kann das Püppchen nicht mit uns essen?" Karins Worte hallen über den Tisch. Puh, so denke ich, jetzt kann die Stimmung kippen, was ich nicht riskieren möchte. „Ina hat Recht, Petra ist wie sie ist. Wir haben sie lieb und müssen lernen, das zu akzeptieren", ich unterbreche meine Worte, Petra kommt auf uns zu. Sie wirkt zufrieden, nicht beleidigt und trägt eine kleine Schüssel in ihren Händen. „Lotte", hebt Petra die Stimme, kaum dass sie an unserem Tisch sitzt. Kurz habe ich Bedenken, sie meckere nun über mein Versäumnis, keinen Salat für sie vorbereitet zu haben. Mein Besteck lege ich neben meinem Teller ab. „Gut, Petra, sag, was du zu sagen hast." Karin blickt mich an, kaut aber weiter auf einem Stück Wurst herum. Inzwischen hat sie sich auch drei große Löffel Kartoffelsalat auf den Teller gelegt. „Kann ich für einige Tage hier bei dir wohnen, wenn Anton Wall aus Dresden zurück ist?"

„Petra, du Süße! Sehr gerne. Dann kommt auch wieder gesundes Essen auf meinen Tisch", spontan springe ich auf und umarme die Freundin. „Mit meinen Freundinnen kommt keine Langeweile in meinem Leben auf", proste ich später den Mädels zu.

„Dazu möchte ich etwas sagen", räuspert sich Karin. „Können wir nicht gemeinsam nach Monaco reisen, wir vier zusammen?"

Mit einem Mal wird es laut am Tisch, vier Frauen reden durcheinander, strahlen und lachen, heben ihr Glas.

„Stopp!", ich klopfe mit meiner Gabel gegen mein Glas und verschaffe mir Gehör. „Diese Idee von Karin ist wunderbar. Ihr macht mir eine große Freude, wenn ihr mich begleitet. Zwei Personen sind gratis und die weiteren Kosten teilen wir uns." „Es ist aber doch deine Reise und dein Gewinn", wirft Ina ein. „Egal! Mit euch gemeinsam wird es erst schön. Wir legen zusammen und werden vier unvergessliche Tage erleben und genießen."

„Ob wir alle Urlaub bekommen, so kurzfristig?" Ina bringt die Sorge von Petra auf den Punkt. Kurz denke ich, meine Freundin Ina, sie macht sich immer zu viele Sorgen. In diesem Fall jedoch liegt sie richtig. „Ich werde mich gleich Montagmorgen darum kümmern." Petra betont noch, ihr würde eine kleine Auszeit wirklich guttun. „Seit meiner Trennung bin ich innerlich ausgebrannt."

Kurz wird es still am Tisch. „Wie läuft es mit deinem Dachdecker?" Karin spricht aus, was auch ich mich frage. Petra nippt an ihrem Prosecco und lässt uns warten. „Mit Klaus ist es schön, wirklich", sie lächelt versonnen. „Trotzdem muss ich noch das Ende meiner langjährigen Beziehung verarbeiten, bevor ich mich wieder ganz öffnen kann. Es ist aber sehr schön, Klaus zu kennen und zu erleben, wie geduldig er mit mir umgeht." Karin legt ihren Kopf zur Seite. „Glaubst du, er meint es ernst? Können sich Männer in uns Frauen hineinversetzen oder ist es vielmehr nur ein Spiel, um dich ins Bett zu bekommen?" Alle Augen liegen auf Petra. Sie zuckt mit den Schultern. „Warten wir es ab, die Zukunft wird es zeigen. Für den Moment bin ich sehr glücklich, wenn Klaus in meiner

Nähe weilt. Einzig", sie macht eine Pause und wir sehen sie neugierig an.

„Erzähl schon, bitte!", fordere ich von Petra, nachdem sich die Pause in die Länge zieht.

„Mir fehlen die Schmetterlinge in meinem Bauch. Ich mag Klaus, das ist aber auch schon alles an Gefühlen. Ich habe Angst, mich nie mehr richtig verlieben zu können. Eine kleine Reise mit meinen Freundinnen würde mir wirklich guttun."

„Mir ebenso", lässt Karin kurz den Blick sinken. „Meine Situation zu Hause spitzt sich zu. Mein Freund wirft mir immer öfter vor, ich sei zu dick, mache keinen Sport." Karins Worte bleiben unkommentiert. Petra, das habe ich gesehen, hat kurz geschluckt, sich aber mit Worten zurückgehalten. Für sie ist es keine Herausforderung, sportlich aktiv zu werden, gesund zu essen und immer gepflegt unterwegs zu sein.

Vom Grunde sind wir Freundinnen sehr unterschiedlich, grübele ich, als mich Ina aus den Gedanken rausholt.

„Lotte? Kannst du mir die Unterlagen geben, von deiner Reise? Dann schaue ich nach Flügen für uns und sehe zu, dass wir noch ein Doppelzimmer im gleichen Hotel bekommen." Freudig lasse ich mich von Ina aus meinen Gedanken ziehen. „Lieb von dir, Ina."

Karin lächelt Ina kurz zu, betont ebenso, es sei lieb von Ina, sich zu kümmern, doch dann gilt ihr Interesse wieder den Würstchen.

Petra, so kann ich beobachten, knabbert zufrieden auf den Tomaten herum, die sie noch in meinem Kühlschrank gefunden hat. „Ich bin so aufgeregt", lege ich mein Besteck zur Seite, nachdem ich noch eine weitere Portion von Inas Kartoffelsalat geschlemmt habe. „Monaco wird wunderschön und hoffentlich auch ereignisreich für uns werden."

„Ich werde in jedem Fall die schönen Boutiquen aufsuchen", betont Petra. Karins Gedanken sind noch vom Essen gefangen. „Gibt es heute keinen Nachtisch?" Mit ihrer Frage fängt sie schon an, ihren Teller zur Seite zur stellen. Ich grinse und gehe ihr zur Hand. „Beim Nachtisch habe ich an dich gedacht, Petra. Nur, wenn ich ehrlich sein darf", meine Worte unterbreche ich, mein Blick haftet an Petra die mich spontan anstrahlt. „Fantastisch! Es gibt Obstsalat? Frisch zubereitet?", sie freut sich wirklich. Mein Nicken folgt ihren Worten prompt. „Wo ist das Problem? Du hörst dich so zweifelnd an. Wie soll ich mein erstes Empfinden auf deine Worte ausdrücken? Schuldbewusst?"

Ohne Petra weiter die Gelegenheit zu geben, nach der passenden Ausdrucksweise zu suchen, sage ich: „Die Wahrheit jedoch ist, mir würde ein Eis mit Sahne jetzt guttun. Meine Seele schreit förmlich danach." Karin klatscht in ihre Hände, Ina grinst in sich hinein, wie ich sehen darf. Petra räuspert sich, behält aber den gleichen Gesichtsausdruck. Wie kann sie nur so beherrscht sein, frage ich mich. „Gut, dann esse ich das Obst und ihr schaufelt euch weiter die Kalorien auf eure Hüften." Ups, jetzt hat sie doch noch die innere Stärke verloren, denke ich spontan. „Für mich bitte auch nur Obst", fängt Ina an, ihren Teller abzuräumen. „Johann hat mich letzte Nacht auf meine Figur angesprochen. Ihm ist nicht entgangen, ich habe bereits drei Kilo abgenommen." Ein Kichern folgt und wir wissen genau, Ina hatte gestern Sex.

„In diesem Leben werde ich keine Model-Maße mehr erreichen", seufzt Karin. „Mir ist es aber inzwischen egal, ich will das Leben genießen, auch die kalorischen Gelüste ausleben", wirft sie lachend über den Tisch. Kurz stellt Ina noch einmal die Teller in ihren Händen ab, wir prosten uns zu. „Auf die Freundschaft!"

Im Nachgang wuseln meine Freundinnen in meiner Küche herum, bis die Eisschüsseln und der Obstsalat vor uns stehen. „Hmmmm! Wie lecker!" Meine Freude über das Eis kann ich nicht verbergen. „Möchtet ihr den Titel meiner neuen Kolumne erfahren?" Spontan höre ich aus drei Mündern ein lautes: Ja!

„Meine besten Freundinnen heißt die Überschrift."

„Dann kannst du ja über uns schreiben", lacht Petra und steckt sich ein Stück Apfel in den Mund. „Ja, das werde ich auch tun. Die kleine Reise nach Monaco wird mir bestimmt auch neue Impulse schenken."

Karin lehnt sich in ihrem Stuhl zurück. „Wen wir nur alles treffen werden? In Monaco, so habe ich gelesen, sind viele Schauspieler und Stars unterwegs. Das wäre doch aufregend, auf einige Stars zu treffen. So unverhofft. Mein Outfit werde ich gut auswählen. Ich denke mal, in Monaco kann ich mir noch erlauben, kurze Röcke zu tragen." Sie blickt kurz versonnen in den Himmel und fügt nach: „Unbedingt möchte ich das Kunstmuseum aufsuchen. Mit den Kollegen habe ich schon oft telefoniert, leider sind wir uns bis heute nie persönlich begegnet." Nach ihren Worten greift Karin noch einmal zum Eis. „Das war eine gute Idee von dir, Lotte!"

„Als Gastgeberin lässt Lotte aber nach", Petra hält ein leeres Glas in die Luft. Auf dem Weg in meine Küche denke ich, wie schön es doch ist, Freundinnen zu haben. Der laue Spätsommerabend lässt es zu, dass wir noch kurz vor Mitternacht in meinem Garten sitzen. Monaco ist das große Thema in unserer Runde. „Ich muss mich bis Montag gedulden, um nach Urlaub zu fragen", sagt Petra, als sie nach ihrer Tasche greift. „Du willst schon gehen?" Mitten in meine Frage kommen Klaus und Franz in den Garten. Grinsend verabschiede ich meine Freundin, die, so ihre Worte, nur von Klaus nach Hause gefahren wird. „Selbstverständlich, ich würde mir nichts

29

weiter dabei denken", umarme ich Petra grinsend zum Abschied. „Könnt ihr mich bitte bei Rosalinde und Vincenz vorbeifahren?", Karin eilt den beiden Turteltäubchen nach.

„Ob es eine gute Idee von Karin ist?" Meine Frage stelle ich Ina, die auch im Begriff ist zu gehen.

„Lauft ihr alle vor mir weg?", Franz eilt den Freundinnen nach, ich tue es ihm gleich. „Keine Sorge, es liegt ausnahmsweise nicht an deiner Anwesenheit", kichert Karin und steigt bei Klaus mit in sein Auto. Petra nimmt auf dem Vordersitz Platz.

„Wenn wir aus Monaco zurück sind, dann darfst du wieder einen Grillabend für uns organisieren", betont Ina und verabschiedet sich mit einer Umarmung von mir und Franz.

„Trinken wir noch ein Bier zusammen?" Franz zieht mich an sich, als wir anschließend allein vor meinem Haus stehen.

„Ich nehme mir lieber noch einen Prosecco", ziehe ich Franz mit in den Garten. „Es wird kühl, lass uns ins Wohnzimmer gehen." Kurz blicke ich Franz in seine Augen. „Du strahlst ja richtig", knuffe ich ihn in die Seite. „Bei so einer hübschen Freundin", an der Stelle unterbreche ich Franz. Seine neue Art gefällt mir ja inzwischen gut. Die Schmeicheleien sind jedoch etwas überzogen, was ich selbst einzuschätzen weiß. Gut, offen zugeben darf ich, mir tut es gut, diese Worte zu hören. Glücklich küsse ich ihn noch auf der Schwelle zu meiner Küche auf seinen Mund.

Der nächste Morgen

Meine Augen öffne ich in der Gewissheit, eine wunderschöne Nacht verbracht zu haben. Viel Schlaf habe ich nicht gefunden, in den Armen von Franz, jedoch viel Freude. Leise husche ich aus dem Bett, putze mir im Bad rasch meine Zähne und eile die Stufen hinunter an meinen Schreibtisch. Ideen für die neue Kolumne haben mir meine Freundinnen am gestrigen Abend ausreichend aufgezeigt und diese möchte ich nun aufschreiben.

Meine lieben Leserinnen,
mit Freude habe ich den Titel für die nächsten Kolumnen aufgenommen. Meine besten Freundinnen lautet der Tenor. Endlich kann ich einmal sagen, mir gefällt meine neue Aufgabe. Ich habe keine Bauchschmerzen, nicht genügend Stoff für meine Kolumnen zu finden.
Am gestrigen Abend hatte ich in meinem Garten zu einem Mädelsabend eingeladen. Ina kam als Erste und brachte ihren legendären Kartoffelsalat mit, was mich erfreute. Wenn ich jetzt zurückdenke, wundere ich mich doch über meine Freundin. Mein Rasen, das muss ich offen zugeben, er war wieder einmal nicht gemäht, die Hecke nicht zurückgeschnitten und doch hat Ina keinen bissigen Kommentar gemacht. Ich denke, inzwischen hat meine Freundin ihren Frieden mit mir und meiner Art zu leben gefunden. Meine künstlerische Ader ist ihr vertraut, mein nicht sehr ausgeprägter Ordnungssinn ebenfalls. Wie in einer funktionierenden Ehe läuft es auch in einer Freundschaft unter Frauen. Geben und Nehmen sollen im Gleichklang stehen. Offene Augen sollte jede für die Anliegen und Bedürfnisse der anderen haben, damit diese nicht übersehen werden. Ina hat ein gutes Gespür, wann ich Unterstützung brauche. Ihr Angebot, den legendären Kartoffelsalat à la Ina mitzubringen, habe ich gerne angenommen. Sie spürt,

wann es mir zu viel wird mit meiner Arbeit im Café und dann eilt sie mir zur Seite.

Meine Freundin Ina, das ist mir gleich aufgefallen, hat sich auch optisch verändert, zum Positiven. Sie trägt neuerdings Röcke, die über den Knien enden, was ihre Beine viel länger wirken lässt und die gesamte Erscheinung viel jünger. Offen gesagt, ich denke auch, eine erfüllende Beziehung mit gutem Sex wirken ebenfalls positiv auf das Gemüt.

Mit Karin als Gast habe ich Unterstützung beim Schlemmen erhalten, mit Petra den Wink, auch einmal zum Salat zu greifen, was ich gestern am Abend vermieden habe. Kurz muss ich lächeln. Meinen spontanen Gedanken, den ich gerade im Kopf habe, will ich nicht verheimlichen: Immerhin habe ich am späten Abend noch einige Kalorien mit Franz verbrannt. Körperlich sind wir auf einer Wellenlänge. So, wie mit Franz, konnte ich noch mit keinem Freund den Sex genießen. Angst, die Beziehung könne wieder einmal zerbrechen, trage ich in meinem Herzen. Doch egal, was das Schicksal mir in den nächsten Monaten noch an Bürden bringen wird, eines ist gewiss, meine Freundinnen bleiben an meiner Seite. Jeder Liebeskummer wurde gemeinsam verdaut. Meine Freundinnen haben mich immer aufgebaut, wenn ich Liebeskummer hatte. Ohne meine Mädels wäre mein Leben nicht halb so gut und schön für mich bis heute verlaufen.
Natürlich streiten auch wir mal untereinander, zum Glück nur selten und nur für eine kurze Zeit. In meinen Augen ist eine Frauenfreundschaft das Wertvollste im Leben. Nur leider nicht körperlich befriedigend für mich. Diesen Part füllt Franz aus.

Neuerdings achte ich viel mehr auf mein Aussehen, esse einmal in der Woche nur Gemüse und Salat, nicht nur für die Figur, auch der Gesundheit zuliebe. Größe 42 bedeutet nicht nur, ich bin etwas kräftiger als andere Frauen, es heißt auch, ich habe mehr Rundungen. In meinem Fall auch noch an den schönsten Stellen, wenn ich meine Oberschenkel einmal außer Acht lasse und die dazugehörigen Dellen ebenso. Ist es nicht schön, heute kann ich über meine kleinen Schwächen lachen, Scherze aufschreiben, ohne mich zu ärgern. Die Liebe zu Franz hat mich wieder gestärkt, als Frau. Noch vor zwei Jahren habe ich mich in Größe 38/40 gezwängt, in die Kleidung gehungert. Für mich war eine Frau attraktiv, wenn sie wie ein Modell aussah. Jetzt aber habe ich begriffen, es gibt auch sehr schöne Frauen mit, oder gerade wegen, den paar Pfund mehr auf den Hüften.

Was die Liebe betrifft, so kann ich bei meinen Freundinnen beobachten, meine Tante Lydia Lowere hat uns alle positiv verändert. Petra sucht aktuell die Nähe von einem Mann, der, im wahrsten Sinne des Wortes, auf den Dächern unterwegs ist und meine Freundin im Höhenflug vor einem emotionalen Tief aufgefangen hat. Mit Klaus kam ein Mann in unseren Kreis, der noch einmal für Veränderungen sorgte. Die Tatsache, er ist der Bruder von Franz, macht unsere privaten Treffen noch schöner. Ein kleiner Wermutstropfen ist in meinen Augen die Frage: Passt Klaus zu Petra und funktioniert eine Liebe ohne Schmetterlinge? Ich habe schon oft die berühmten Schmetterlinge gespürt und kann nur sagen, es war jedes Mal wunderschön. Petra sagt, sie sei ein Kopfmensch und brauche keine Schmetterlinge, was ich nicht glauben möchte. Mit Franz, besonders dann, wenn wir intim waren, kommen die schönen Gefühle regelmäßig wieder auf.
Trotzdem frage ich mich, was sind die wunderbaren Stunden in den Armen eines Mannes, ohne die Gewissheit, eine beste Freundin zu haben. Nichts! Mein großes Glück: Mit Ina, Karin und Petra habe ich drei beste Freundinnen an der Seite. Jeden Liebeskummer, jede Sorge im Alltag kann ich mit meinen Mädels besprechen. Außerdem kann ich mich so zeigen, wie ich bin, mal

geschminkt und aufgehübscht, ebenso auch mal im Schlabberlook und ungeschminkt.

Lösungen für anstehende Probleme suchen wir gemeinsam bei unseren Mädelsabenden.
Es gibt noch eine besondere Neuigkeit, meine Leserinnen! Ich habe gewonnen! Auch dieser Gewinn wird mit meinen Freundinnen geteilt. Nächste Woche reisen wir, hoffentlich gemeinsam, nach Monaco. Wenn wir alle Urlaub bekommen, steht der Reise nichts im Weg.

Meine lieben Leserinnen, ich bin so aufgeregt und voller Vorfreude auf diese Reise. Mein Tick, alle Rätsel in den Zeitschriften zu lösen, die mir in die Hände kommen, hat uns die Reise beschert. Am Montag, so hoffe ich sehr, kommt die Rückmeldung der Freundinnen, dass auch sie Urlaub bekommen und wir am Donnerstag schon den Flieger besteigen können. Einmal wieder die Zeit zu haben, mit den Freundinnen etwas Schönes außerhalb unseres Dorfes zu erleben, ist für mich gerade das Größte. Gut, schon eine Woche später ist die Vernissage von Anton Wall, mein Interview mit Frau Krautwinkel für das Fernsehen steht auch noch an.
„Das Leben kann so prickelnd sein wie Champagner", hat meine Tante oft gesagt. Aktuell spüre ich, Lydia Lowere hat das Leben verstanden und es geliebt und gelebt, in jeder Hinsicht. Eine Frage lag gestern am Abend in der Luft: Wer teilt sich mit wem das Doppelzimmer? Ich denke, Karin und ich passen sehr gut zusammen. Mit ihr habe ich zwar weniger Platz im Bett als beispielsweise mit Petra, jedoch die Gewissheit, ohne Tadel im Bett noch eine Tafel Schokolade naschen zu können.

Das Leben kann so schön sein, meine Schwestern im Geiste. Wir müssen stets mit offenen Augen das Schöne annehmen und zulassen. Vieles liegt auch an uns, unserem Blickwinkel und Handeln.

Für heute verabschiede ich mich von meinem Laptop. In der nächsten Woche, sobald ich die Reise angetreten habe, werde ich mich wieder melden. Zuvor wünsche ich mir Reaktionen von euch, meinen Leserinnen. Wie sieht es mit dem Thema Freundin in eurem Leben aus? Oder passt eventuell die Überschrift Meine besten Freundinnen auch in Ihr Leben?

Neugierig auf die Rückmeldungen verabschiede ich mich nun, in der Gewissheit, den heutigen Vormittag mit Franz zu verbringen.

Eure
Lotte

Schon beim Zuklappen meines Laptops höre ich ein Geräusch, das ich meiner Kaffeemaschine zuordnen kann. „Franz?" Auf der Schwelle zur Küche bleibe ich überrascht stehen. Franz am Herd vorzufinden, er bereitet für uns Rührei vor, ist noch immer neu für mich. Es gab schon einmal die Zeit, da hat er viel für mich gekocht. Diese Phase in seinem Leben hielt nur wenige Monate an und dann kam eine erneute Trennung, da ich ihm zu sehr geklammert habe, wie er sagte. Meine Erinnerungen schüttele ich weg, das Ende war einmal mehr ernüchternd und traurig für mich. Kurz denke ich an meine Kolumne. Ohne meine Freundinnen hätte ich den Liebeskummer nicht überstanden.

„Meine hübsche Freundin grübelt zu viel", dreht sich Franz zu mir um. „Was wirst du nächstes Wochenende machen, wenn ich in Monaco bin?" Kaum, dass ich die Frage über meine Lippen gelassen habe, ärgere ich mich über mein Verhalten. Franz lacht und dreht sich wieder zur Bratpfanne um. „Gehört das nicht zu dem Teil unserer Beziehung, den wir unsere Vergangenheit nennen?"

Lydia Lowere, so blicke ich kurz in den Himmel. Wieso nur habe ich nicht deine Gene geerbt? Deine Leichtigkeit, die Dinge zu nehmen und sie auch noch so zu verändern, dass ich die Siegerin bin?

„Möchtest du noch einen frischen Orangensaft?" Franz holt mich in die Realität zurück.

Jetzt lebe ich, jetzt kann ich genießen, beschwöre ich mich auf dem kurzen Weg zum Frühstückstisch. Einmal atme ich noch tief durch, dann aber lächele ich Franz an. „Einen Orangensaft? Sehr gerne, mein Schatz."

Nachmittag

Meine Schicht im Café starte ich mit einer Viertelstunde Verspätung. Zu meiner Erleichterung ist meine zweite Aushilfe wieder fit und gibt keinen Kommentar von sich. Am heutigen Nachmittag scheint die Nachfrage nach meiner Marzipantorte außergewöhnlich hoch zu sein. Die Tische sind alle besetzt und ich laufe ständig mit vollen Tabletts durch die Reihen.

„Das Pärchen ist aber verliebt", gluckst meine Aushilfe und zeigt mit dem Kopf in die Richtung der Eingangstür. Kurz halte ich inne, an dem Tisch, direkt am Eingang sitzt ein Paar, das mir bekannt ist. Petras Ex Freund scheint es sich gutgehen zu lassen, ausgerechnet in meinen vier Wänden. Er weiß doch, dass Petra und ich Freundinnen sind. Mir wäre es mehr als unangenehm, wenn Petra jetzt hier auftauchen würde.

„Den Tisch übernehme ich", betone ich und kann sehen, meine Aushilfe kann gerade nichts mit meinen Worten anfangen. Mir ist es egal. Selbstbewusst schreite ich an die Seite des Paares. „Die Torte geht heute aufs Haus", sage ich und stelle die Teller ab. „Lotte, das ist aber aufmerksam von dir."

Ein Lächeln folgt. „Wir kennen uns durch eine gemeinsame Bekannte", lässt er die junge Frau an seiner Seite wissen. Tief luftholend sehe ich beide grimmig an. „Mit der Torte möchte ich dir nur den Abschied aus meinem Café versüßen. Wenn du bitte hier nicht mehr auftauchen kannst, es wäre mir lieb. Wie du sicherlich noch weißt, ich bin mit Ina und Petra befreundet."

Im Umdrehen höre ich Worte, die ich so nicht erwartet habe. „Dumme Kuh, mit deinem dicken Hintern passt du doch nicht mehr durch die Reihen", lässt mich kurz nach Luft schnappen. Ich kann es mir zum Glück selbst verbieten, zu reagieren. Mit vor Aufregung feuchten Händen gehe ich kurz in die Küche. Erst, als meine Aushilfe kommt und mir sagt, das Paar sei gegangen, bin ich in der Lage weiterzuarbeiten. Arme Petra, überlege ich und bringe das nächste Stück Torte zu einer Frau, die schon sehnsüchtig darauf wartet. Etwas später denke ich schon, Petra hat Glück, das diese Beziehung auseinander ging. Mit einem solchen Mann wäre sie auf Dauer unglücklich geworden. Ob sie mit Klaus das große Glück finden wird? Petra hat schon mehrmals betont, keine Schmetterlinge zu spüren, was mir erneut Bedenken macht. Zumindest zu Beginn einer neuen Beziehung sollte Frau auf Wolke 7 schweben. Kennt Klaus sich mit den Herzen der Frauen ebenso gut aus wie mit den Dächern der Welt?

„An Tisch drei müssen noch zwei Stück Marzipantorte", unterbricht meine Aushilfe meine Gedanken. Rasch fange ich mich wieder und nur wenige Minuten später ist der Besuch von Petras Ex vergessen.

Petra

Vor Freude könnte ich einen Luftsprung machen. Mein Chef gibt mir ab Mittwochabend frei. Meiner kleinen Reise nach Monaco steht nichts mehr im Weg.

In der Mittagspause sende ich eine Nachricht an Lotte. Meine Finger zittern und ich vertippe mich zwei Mal. Ina kann ich telefonisch erreichen, auch sie ist aufgeregt vor Freude auf die Reise. „Sehr schön, Petra", höre ich sie sagen, „auch ich habe alles vorbereitet. Mein Sohn Wolfi wird von Johann und seiner Mutter Rosalinde betreut. Was für mich bedeutet, ich bin frei für Monaco!" Die letzten Worte hat Ina voller Euphorie gesagt. „Du sprühst vor Energie", sage ich ihr. „Ja! Es stimmt. Ich freue mich sehr auf die Zeit mit euch! Nach Flügen habe ich auch gesehen. Ich warte noch auf die Rückmeldung von Karin und dann steht der Reservierung nichts im Weg."

Meine Mittagspause vergeht viel zu schnell. Ich schaffe es gerade noch, mir einen Salat zu holen und eine Tasse Kaffee zu trinken, dann muss ich an meinen Platz zurück.

Auch am Nachmittag muss ich mich ermahnen, mich auf die Kunden zu konzentrieren. Einmal mehr spüre ich diese kleine Auszeit, den Kurzurlaub, zu brauchen. Beim Verlassen der Bank am Abend sehe ich Klaus, der auf mich zu warten scheint. Ohne nachzudenken, eile ich ihm entgegen. „Du strahlst so", umarmt er mich herzlich. Rasch berichte ich von der anstehenden Reise mit den Freundinnen nach Monaco. „Vielleicht verreisen wir auch einmal?" Die Sehnsucht in seiner Stimme kann ich hören, bemühe ich mich jedoch, cool zu bleiben. „Was hast du für heute noch geplant?", meine Frage soll für etwas Abstand sorgen.

Klaus bleibt stehen, hält meine Hand und ich komme nicht umhin, mich zu ihm umzudrehen. „Petra?" „Ja?" Schweigen

38

kommt auf. Jetzt wird mir die Situation unangenehm, weitere Kollegen verlassen die Bank und selbstverständlich werden wir gesehen. „Möchtest du mit mir Essen gehen?" Vom Grunde will ich Ja sagen. Die Stunden, die ich bisher mit Klaus habe verbringen dürfen, sie waren sehr schön. Trotzdem scheue ich noch die ganz große Nähe und das Zulassen von tieferen Gefühlen. „Kannst du mir noch etwas Zeit lassen?" Auf meine Worte umfasst Klaus auch meine zweite Hand, haucht mir einen Kuss auf die Wange. Wie schön, so mein Empfinden.

„Dann lass uns jetzt zum Essen gehen", nehme ich anschließend wieder Abstand zu Klaus. Mein Magen zieht sich zusammen und ich frage mich, liegt es an der Nähe von Klaus? In den letzten Tagen habe ich oft überlegt ihm aus dem Weg zu gehen, jedoch habe ich Angst vor der Einsamkeit. Nicht jeden Tag haben meine Freundinnen für mich Zeit. Besonders die Wochenenden ängstigen mich, liegen wie ein Stein in meinem Magen.

Gegen 20 Uhr erhalte ich eine Nachricht von Ina. Karin hat auch Urlaub bekommen und unserer Reise steht nichts mehr im Wege. Die Flüge sind schon gebucht, teilt mir Ina mit. Wir treffen uns am Donnerstag bei Lotte und fahren gemeinsam zum Flughafen, darf ich ebenso der Nachricht entnehmen. Meine Stimmung steigt, was Klaus nicht entgeht. „Ist es mir zu verdanken, Petra, dass du so gelöst bist?" Zufrieden mit dem Moment lege ich ihm die Nachricht von Ina neben seinen Teller. „Oh, es geht um eure Reise nach Monaco", seine Stimme schwankt. Kurz überlege ich, was ich sagen soll. Dann aber kommt der Kellner an den Tisch und ich bestelle mir ein Glas Wein. „Die gute Nachricht muss gefeiert werden", stoße ich mit Klaus an. Sein verändertes Verhalten, seitdem ich ihm die Nachricht gezeigt habe, versuche ich zu übersehen. Mir geht es gerade gut und das schöne Glücksgefühl möchte ich mir erhalten.

„Soll ich noch mit zu dir, auf eine Tasse Kaffee?" Die Frage stellt mir Klaus vor meiner Wohnung. „Nein, ich muss morgen wieder früh aufstehen", schneller als gewollt kommen die Worte über meine Lippen. Mit einer raschen Umarmung verabschiede ich mich von Klaus und schließe die Tür zum Flur auf. In dem Moment, als die Tür in ihr Schloss fällt, hole ich tief Luft. Beschwingt eile ich die Stufen hoch in der Gewissheit, bald darf ich verreisen.

Donnerstag Tag der Abreise

Lotte

„Das Leben kann so schön sein", euphorisch öffne ich meine Tür und blicke in die strahlenden Augen von Ina, Karin und Petra. „Wir starten ins Glück", ergänze ich. Petra gibt mir einen Knuff in die Seite. „Monaco wird uns sicherlich Abwechslung und neue Eindrücke bringen. Ob wir jedoch das große Glück finden?" Kurz schiele ich zu Petra. „Gönn mir doch die Vorfreude." Ein Stimmengewusel entfacht. Karin ermahnt uns, nun endlich aufzubrechen. „Der Flieger wird nicht auf uns warten."

Am Flughafen angekommen, spüre ich noch immer die Freude, ein neues Abenteuer zu erleben. „Lotte, du benimmst dich heute wie ein Teenager", mahnt Ina mich. „Danke dir, meine Liebe, für das Kompliment, noch so jung zu sein." Ina grimmt mich an. „Das hatten wir doch schon."

Petra spricht die Aufteilung der beiden Doppelzimmer an, als wir gerade im Flugzeug die Plätze einnehmen. „Von mir aus teile ich mein Zimmer mit Karin", töne ich über die Köpfe der anderen Gäste. Karin nickt. „Sehr gute Idee." Petra lächelt

Ina an, die scheint auch mit der Auswahl zufrieden zu sein, neben Petra zu schlafen. Somit ist das geregelt.

„Für uns habe ich Schokoriegel eingepackt", flüstert mir Karin zu, die neben mir sitzt. Beruhigend, denke ich und blicke aus dem kleinen Fenster, als sich das Flugzeug in die Höhe begibt. „Für mich ist es immer wieder ein erhabenes Gefühl", sage ich, ohne eine Antwort zu erwarten. Genieße den Moment, so denke ich mir. Kurz wandern meine Gedanken zu Lydia Lowere. Was aus ihr geworden ist. Gibt es ein Leben nach dem Tod? Werden wir uns eines Tages wiedersehen?

„Lotte? Träumst du?" Karin zippt an meinem Arm. Es ist gut, aus den Gedanken gerissen zu werden denke ich und frage Karin eilig: „Die Vorbereitungen zu der Vernissage von Anton, laufen sie gut?" Karin nickt. „Er zeigt mir immer wieder neue und positive Seiten von sich, unser Freund und Künstler. Jetzt hat er die Studenten in seinen Bann gezogen, einen Vortrag über seine Arbeit gehalten, bei der alle mitgefiebert haben. Mein Empfinden zum Ende des Vortrags war, die Studenten möchten eine zweite Vorlesung von Anton Wall. Erste Anfragen, so unser Direktor, liegen schon vor."

„Du magst den Direktor noch immer?", zögerlich spreche ich meine Worte aus. Karin windet sich. Kurz denke ich, sie will ihre Ruhe haben, wende meinen Kopf wieder in Richtung Fenster und sehe, wie wir über die Wolken kommen. „Ein toller Anblick", wende ich mich wieder zu Karin. „Möchtest du etwas schlafen?"

Sie verneint. „Mit dem Kunstdirektor habe ich so schöne Stunden verbracht. Die Liebe, so hat es auch Lydia Lowere schon gesagt, sie ist oft mit Umwegen zu genießen. Der Mann hat mich berührt, menschlich und körperlich. Dankbar bin ich, wir können gut zusammenarbeiten, ohne uns zu verletzen. Die Vergangenheit bewahre ich in meinem Herzen. Oft denke ich noch an schöne Momente in seinen Armen. Immer, wenn ich traurig bin, hilft mir die Erinnerung an diese Stunden über meinen Kummer hinweg."

Was für Worte aus dem Mund von Karin. „Sehr ergreifend, was du mir gerade erzählt hast." Für den Moment schweigen wir. Ich blicke aus dem Fenster und erfreue mich an den Wolken, die mich gedanklich wieder auf die Reise schicken. Ein Leben ohne große Träume, so meine Überlegung, das wäre doch traurig. Karin hat ausgesprochen, was ich auch oft empfinde. Immer dann, wenn es in meinem Leben turbulent wird, helfen mir Träume und Erinnerungen an schöne Momente, die Situation zu überstehen.

„Wie läuft es mit dir und Franz?" Karins Frage kommt unverhofft. „Sehr gut", antworte ich ihr spontan. „So gut, dass es mir schon wieder Angst macht und ich mich öfter frage, wie lange es noch gutgehen wird."

Karin nickt. „Vom Grunde kannst du doch zufrieden sein, zumindest für den Moment. Denk öfter an deine verstorbene Tante Lydia. Unser Tick, immer die Zukunft genau planen zu wollen, funktioniert so nicht."

„Lotte? Karin? Ist alles gut bei euch?" Petras Stimme kommt über den Gang an unsere Ohren. Huch, jetzt erst merken wir, die Stewardess steht neben uns und wartet darauf, dass wir ihr die Tabletts mit Essen abnehmen. „Meine Freundinnen reagieren nicht mehr auf Essen, das sorgt mich", hören wir Petra lachen, nachdem Karin und ich endlich reagiert haben.

Nizza

„Ich organisiere uns ein Taxi", eilt Ina aus dem Flughafen. Wir haben gerade erst unser Gepäck erhalten und schon mahnt sie uns, ihr nachzueilen. Auf der Fahrt sind wir aufgedreht und albern wie junge Mädchen. Unser Taxifahrer scheint aber seine Freude an uns gefunden zu haben, wie wir seinen Reaktionen entnehmen.

Unser Hotel

„Es sieht super aus", Petra nimmt ihr Handy und macht gleich ein Foto. „Stellt euch doch bitte mal zusammen", fordert sie uns auf. Jede von uns ist aufgeregt, freudig aufgeregt.

„Ich schlage vor, wir beziehen kurz die Zimmer, dann gönnen wir uns ein Glas Prosecco zum Start in das lange Wochenende." Mein Vorschlag wird mit Zustimmung aufgenommen.

„Etwas klein, dafür sehr sauber", fällt wenig später Karins Resümee aus, nachdem wir unser Zimmer in Augenschein genommen haben. „Die Lage direkt am Spielcasino ist grandios." Mein Blick aus dem Fenster lässt mich staunen. „Dort unten, in dem Café kehren wir gleich ein. Ich werde mich wie ein Star fühlen." Meine Jeans, die bequem für den Flug war, streife ich ab, ebenso das Shirt. „Jetzt mache ich mich hübsch!", werfe ich mir ein Sommerkleid über.

„Wow! Da muss ich gleich ein Foto machen und es Franz senden", macht Karin einen Scherz. Dann aber tut sie es mir gleich und zieht ebenfalls ein hübsches Kleid an. Petra und Ina stehen schon in der Halle des Hotels, als wir dort ankommen. Die Freundinnen haben sich ebenfalls umgezogen.

„Wir sind startklar!" Mit diesen Worten gehen wir los. „Ab in das pralle Leben", steuere ich das Café an, das mir schon vom Blick aus meinem Fenster im Zimmer ins Auge gefallen war. Petra ist die Einzige in unserer kleinen Runde, die Französisch spricht. Ihr gelingt es, besser gesagt, ihrem Charme unterliegt ein Kellner und wir werden an einen der begehrtesten Tische, gleich mit Blick auf das Casino, gebracht.

„Größe 36 kommt bei den Männern gut an", muss ich neidvoll zugeben. Petra reagiert wie immer, zurückhaltend und ohne noch ein Wort zu meinem Kommentar zu sagen.

„Schaut nur, da vorne, die Frau!", Karins Stimme überschlägt sich. „Das ist eine Schauspielerin. Sie heißt Silvi Lewe", erklärt sie uns. „Sie sieht aus wie in ihren Filmen früher. Heute macht sie Sendungen, in denen junge Talente entdeckt werden", höre ich aus Petras Mund.

„Du kennst die Sendungen?" Meine Frage wird mit Nicken untermalt. „Natürlich, Lotte. Schaut nur, sie ist so hübsch gekleidet. Ich mag den Style von Silvi." Unsere Petra kommt ins Schwärmen.

„Auf diesen Absätzen kannst aus unserer Runde nur du gehen", gebe ich offen zu.

„Für mich sind Sneaker besser", stöhnt Ina. „Sie ist in unserem Alter und wirkt so flott, ich bewundere die Frau." Meine Ina, denke ich und schaue kurz zu ihr. Neue Worte aus ihrem Mund. „Du hast dich verändert, Ina."

Mich beachtet gerade keine der Freundinnen, vielmehr liegen alle Augen auf Silvi Lewe, die doch tatsächlich an den Nebentisch von uns gebracht wird. Der Kellner scheint sie gut zu kennen, was ich der angeregten Unterhaltung der beiden entnehme. „Wow", flüstert Petra, „schaut euch die Handtasche an. Das neuste Modell. Ich liebe diese It-Bag."

Der Kellner kommt mit einer Runde Prosecco an unseren Tisch und für einen Moment sind wir abgelenkt. „Prost! Auf eine schöne und abenteuerliche Zeit in Monaco!", erhebe ich mein Glas.

Kaum, dass wir angestoßen und uns gegenseitig eine schöne Zeit gewünscht haben, fällt unsere Aufmerksamkeit wieder auf den Nachbartisch. Silvi Lewe bekommt von dem Kellner ein Glas Champagner serviert. „Ich wünsche Ihnen einen schönen Urlaub", dreht sie sich mit einem Male zu uns um und prostet uns mit ihrem Champagner zu. Verlegen, da wir die Frau mit unseren Blicken sicherlich genervt haben, tuen wir es ihr gleich und heben unserer Gläser.

„Entschuldigen Sie bitte unser Verhalten, Frau Lewe", höre ich Petra sagen. Kurz schaue ich sie an, dann jedoch wieder zum Nachbartisch. „Das macht doch nichts", lächelt sie uns zu. „Mir tut es gut, einmal wieder Deutsch zu sprechen. Seit meinem Umzug vor mehr als zehn Jahren habe ich wenig Gelegenheiten dazu", nippt sie an ihrem Champagner, dreht sich wieder um und greift in ihre Tasche. Im nächsten Moment wendet sie ihren Blick von uns ab, scheint konzentriert auf den Inhalt der Zeitschrift zu sein.

Petra

Was für ein Zufall, habe ich noch gedacht, als Silvi Lewe auf das Café zukam, in dem wir sitzen. Unser Verhalten ihr gegenüber ist als pubertär einzustufen. Die Mädels vom Land kommen einmal heraus und lassen sich gleich anmerken, wo sie herkommen. Mir ist es mit einem Male peinlich, die Frau so beäugt zu haben. Jedoch ist die Freude, sie zu sehen, echt. Als Silvi Lewe uns noch zuprostet, uns kurz zu verstehen gibt, alles ist gut, auch unser Verhalten, bin ich positiv überrascht. „Richtig schön, wie sie sich verhält. Ob ich immer so gelassen reagieren würde, wenn mich überall die Menschen anstarren würden?" Meine Worte zeigen Wirkung. Die Freundinnen nicken mir zu. „Mir würde es sicherlich schwerfallen, immer in der Öffentlichkeit zu stehen und jeden Augenblick erkannt zu werden. Am schlimmsten, finde ich, muss es doch sein, wenn Fremde sich dazu bewogen fühlen, in das Handeln einzugreifen. Zu kommentieren, was sie von uns erfahren haben." Ina sagt, was wir auch denken. Mit Inas Worten beschließen wir, die Frau in Ruhe ihren Champagner trinken zu lassen. „Ihr Mann ist jetzt auch in der Sendung dabei. Er ist auch Schauspieler, jedoch nicht so erfolgreich wie seine Frau. Nebenher hat er eine Kollektion für Männer entworfen", gibt Karin uns noch einen letzten Einblick in ihre Kenntnisse über die Frau am Nachbartisch.

„Wie sind die Pläne für den Nachmittag?", möchte Karin wissen. „Heute oder morgen möchte ich das Kunstmuseum aufsuchen. Die aktuelle Ausstellung soll atemberaubend schön sein", schwärmt sie uns vor. Lottes Handy piept und sie vertieft sich ganz in die eingehende Nachricht. Dann dürfen wir sehen, wie Lotte ihr Handy mit beiden Händen an ihr Herz drückt. „Muss ich mir nun Sorgen um dich machen?"

Meine Frage lässt sie kurz mürrisch werden. „Hey! Ich mache Scherze!" Lotte lässt sich rasch beruhigen.

„Hat Franz sich gemeldet?", will Ina wissen.

Unsere Ina, denke ich. Sie hat sich sehr verändert, zum Positiven. Dass wir beide nun in einem Zimmer übernachten, ohne Ärger, dafür bin ich dankbar. Kurz wandern meine Gedanken zurück zu der Zeit, als ich mit Inas erstem Mann ein Verhältnis hatte. Niemals hätte ich erwartet, heute mit Ina so eng befreundet zu sein.

„Die Zeit heilt viele Wunden", sage ich und spüre sofort, meine Freundinnen wissen gerade nicht, wo ich gedanklich unterwegs war.

„Soll ich die Nachricht von Franz vorlesen?", fragt Lotte und somit liegt die Aufmerksamkeit wieder bei ihr. Natürlich sind wir neugierig, was Franz unserer Lotte geschrieben hat.

„Lotte, meine süße Verführung,

Zuckerstücke braucht das Leben, so die Worte deiner Tante Lydia Lowere. Für mich bist du das Zuckerstück in meinem Leben. Mit jeder Tasse Kaffee, die ich trinke – du kennst meine Vorliebe, immer zwei Stücke Zucker zu nehmen –, bin ich in Gedanken bei dir. Lotte, ich vermisse dich schon sehr. So, wie sich der Zucker in meinem Kaffee auflöst, so hast du dich gerade aus meinem Leben gelöst. Gut, es sind nur wenige Tage, die wir getrennt sind, doch schon nach wenigen Stunden vermisse ich dich. Deine Nähe, dein Duft, alles fehlt mir.

Darf ich mich bei deiner Rückkehr, auf einen Abend mit den schönen, erotischen Dessous freuen? Mir wird schon schwindelig bei dem Gedanken daran. Du erhitzt meinen Körper, obgleich du hunderte von Kilometern entfernt bist. Meine scharfe Lotte, ich küsse dich auf deinen Bauchnabel. Genieße die Zeit mit deinen Mädels, dein Franz"

„Richtig schön", lasse ich Lotte wissen. „Beneidenswert", raunt Karin und blickt sehnsüchtig in die Ferne. Woran oder an wen die Freundin gerade denken mag, frage ich mich, sage aber nichts. Auch Ina wirkt angetan von der Nachricht. „Franz scheint sich verändert zu haben, Lotte. Ich wünsche es dir von ganzem Herzen." Lotte hat Tränen in den Augen. „Franz liebst du?", sage ich und schaue ihr in die Augen. „Ja", kommt die knappe Antwort. Zu mehr ist Lotte gerade nicht in der Lage. „Mir ist es noch so fremd, mit einem Male verhält sich Franz so, wie ich es mir immer gewünscht habe."

Jede von uns nippt an ihrem Prosecco und mit Sicherheit denkt jede von uns an einen Mann, der gerade in ihr Herz Einzug findet oder schon seinen festen Platz darin hat.

„Was hat es mit den Dessous auf sich?" Ina hakt nach und möchte genauer wissen, was ich mich auch schon gefragt habe. „Es waren aber keine roten Dessous?", lacht Karin. Unvermittelt ändert sich die Körperhaltung von Lotte.

„Doch, es waren rote Dessous", lässt sie uns wissen. Im Anschluss kommen die Worte nur so aus ihrem Mund gesprudelt und wir erfahren von dem Abend, der für Lotte so ganz nach ihren Wünschen vom Ablauf her war, anders als noch vor Monaten.

„Du warst aber richtig mutig, Lotte", gebe ich offen zu.

„Meine Befürchtung war, über die Erfahrung mit den roten Dessous in Kombination mit Bratkartoffeln, kommst du nie hinweg." Ich sage ihr, was ich denke. Lotte nickt mir zu.

„Angst war schon mein Begleiter an dem Abend, zumindest zu Beginn. Franz hat ja direkt auf meine Wäsche reagiert und die körperliche Nähe im Anschluss war erfüllend. Er gibt mir und meinem Körper, was ich brauche", so Lottes Resultat, das kurz für erneute Ruhe am Tisch sorgt.

„Sollen wir losgehen?" Mit ihrer Frage dreht sich Ina nach dem Kellner um. „Ach, Petra, kannst du den Mann rufen? Deine Sprachkenntnisse machen es dir doch leicht." Kaum, dass ich meinen Arm hebe, um mich bemerkbar zu machen, hören wir vom Nachbartisch eine Stimme. Sie gehört zu Silvi Lewe. In der linken Hand hält sie eine Zeitschrift und mit der rechten Hand zeigt sie auf eine Kolumne und ein Foto. „Die Frau auf dem Foto, das sind doch Sie?", ihr Blick hängt auf Lotte. Unsere Freundin wird rot, was ich richtig süß finde. „Ja, das ist meine Kolumne", hören wir Lotte stolz antworten. Silvi Lewe nickt. „Sie schreiben sehr schön. Und die Frauen, mit denen Sie den Mädelsabend verbringen, sitzen mit am Tisch, vermute ich einmal", sie lacht uns freundlich an. „Schreiben Sie öfter Kolumnen?" Silvi Lewe scheint Gefallen an Lotte gefunden zu haben. Lotte gibt ihr mit Stolz in der Stimme Antwort.

„Kommen Sie doch an meinen Tisch, ich lade Sie ein auf ein Glas Champagner!"

Zögerlich sieht uns Lotte an. „Was soll ich jetzt machen?" Silvi Lewe reagiert schneller. „Natürlich sind Ihre Freundinnen auch eingeladen." „Ja, dann", steht Karin spontan auf. Stühle werden gerückt, Stimmen werden laut, aufgeregt wechseln wir an den Nachbartisch und umkreisen die Frau. Erfrischend natürlich strahlt sie uns an. „So eine Mädelsrunde habe ich mir immer gewünscht. Wir sind ja so viel unterwegs und mir fehlt die Zeit, mich um die Freundschaften zu kümmern."

Wie magnetisiert hängen wir an ihren Lippen. Lotte berichtet von den Kolumnen, aber auch von ihrem Café in Limburg. „Die Begegnungen mit den Menschen im Café bringen mir die nötigen Anregungen zum Schreiben." Als Silvi Lewe ihr sagt, ab jetzt werde sie auf die Zeitschrift achten und diese öfter kaufen und lesen, ist Lotte wie benebelt.

„Das meine ich ernst", betont Silvi Lewe. „Jetzt, wo ich Sie kennengelernt habe, das gibt doch eine Verbundenheit."

Karin taut mit einem Male auch auf und berichtet vom Kunstmuseum, ihrer Arbeit dort und dem Wunsch, die neue Ausstellung hier im Museum ansehen zu können.

„Wir haben in unserem Garten auch eine Skulptur aus den Händen des Künstlers, dem gerade die Ausstellung gewidmet ist. Mein Papio hat sie gekauft. Zunächst war ich nicht begeistert, schleppt der mir so ein großes Teil an. Der halbe Garten ist zugestellt. Jetzt jedoch merke ich, die Skulptur bringt Leben in den Garten. Sie können sich nicht vorstellen, wie viele Fremde bei uns am Haus vorbeilaufen und das Kunstwerk fotografieren wollen."

Auf die Frage an Ina und mich, was wir beruflich machen, folgen nur kurze Dialoge. Unsere Tätigkeiten sind leider nicht spektakulär und lassen keine Fantasie aufkommen.

„Auf keinen Fall möchte ich aufdringlich erscheinen, aber die Skulptur in Ihrem Garten reizt mich schon." Karin wirkt verträumt. Die Kunst, das ist nicht zu leugnen, ist ein Teil ihres Lebens. Auch Silvi Lewe entgeht dies nicht. „Gut, dann lade ich euch ein, auf ein Glas Champagner in meinem Garten." Für wenige Sekunden herrscht Schweigen am Tisch. Keine von uns Freundinnen will glauben, was die aus Funk und Fernsehen bekannte Frau gerade gesagt hat. „Was? Wieso? Wirklich?", unsere Fragen, die im Anschluss an die Denkpause aus uns heraussprudeln, bringen Silvi Lewe zum Lachen. „Ihr Mädels gefallt mir", fügt sie grinsend nach. „Nein, wirklich, ich lade euch ein. Am Abend geben Papio und ich ein Gartenfest für einige Freunde."

Meine Bedenken, ob wir in diese Runde passen, lacht Silvi Lewe weg. „Ihr seht doch klasse aus, woher kommt der Selbstzweifel? Wir sollten uns jetzt aber das Du anbieten. Ich bin Silvi", hebt sie ihren Champagner in die Höhe. Eine halbe Stunde später verabschiedet sich Silvi von uns. Wir verlassen nun ebenfalls das Café.

Eine Stunde später

Noch immer aufgedreht und nervös von dem Erlebnis, dem Kennenlernen von Silvi und der Einladung für den Abend, kreisen unsere Gespräche nur noch um die Frage: Was ziehen wir am Abend an. „Wenn ich das gewusst hätte, so eine außergewöhnliche Einladung zu erhalten, ich hätte mein neues Kleid mitgenommen", jammert Lotte. „Unter keinen Umständen sollen alle Gäste denken, ich komme vom Land."

Karin lacht. „Du kommst vom Land, meine liebe Lotte." Wir lachen nun alle vier. „Lasst uns doch ein wenig durch die Straßen gehen. Wir haben noch genügend Zeit, uns später aufzuhübschen", meint Ina. „Eine Cola und einen Kaffee brauche ich auch, ebenso etwas zum Essen. Ich will nüchtern zu der Gartenfeier gehen und wirklich alles genießen, was wir sehen und erleben werden." Karin findet Inas Idee gut. „Essen ist eine schöne Idee, mein Magen meldet sich schon seit einer Weile. Einziges Problem, wir müssen uns einigen wo, und was wir essen möchten."

„Für mich reicht ein gemischter Salat", blicke ich in die Runde. Karin verdreht sogleich die Augen. „Salatblätter sind für Hasen aber nicht für eine gestandene Frau wie mich", antwortet mir Karin. Erneut fallen wir in lautes Lachen. „Lasst uns weitergehen, die Leute starren uns schon an", überrede ich meine Freundinnen, mit mir die Straßenseite zu wechseln.

„Der Italiener sieht doch gut aus", entdeckt Lotte ein kleines Lokal. „Hier werden wir alle fündig", eilt sie zielstrebig voraus.

Lotte, so fällt mir auf, hat auch zugenommen. Was soll's, denke ich mir. Jede von uns muss mit sich selbst im Reinen leben und was mir guttut, muss nicht richtig sein für die Freundinnen. Zugeben kann ich aber, auf das Verhalten von

Ina stolz zu sein. Jede Woche walken wir zusammen und Ina hat seitdem Zeitpunkt auch ihre Ernährung etwas umgestellt, was schon zu sehen ist.

„Hast du Franz schon auf seine Nachricht geantwortet?", will Karin von Lotte wissen, als sie ihren Mund mit einem großen Stück Pizza mit extra viel Käse füllt. Lotte nickt, sie hat ebenfalls ein Stück Pizza im Mund. Kurz frage ich mich, wie wir am Abend auf die Gäste von Silvi wirken werden. Dann aber sage ich mir, die anderen Leute sind auch nur aus Fleisch und Blut, was mich wieder etwas beruhigt. Von meiner Arbeit bei der Bank bin ich es gewohnt, mich auf die verschiedenen Menschen einzustellen.

„Petra? Woran denkst du gerade? An Klaus? Den Mann vom Dach?" Karins Mund scheint gerade einmal frei von Pizza zu sein. „Iss lieber deinen Teller auf, dann gibt es auch schönes Wetter", necke ich die Freundin. „Wie läuft es denn mit Klaus?", möchte nun auch Ina wissen. Ich winde mich etwas. „Waren wir nicht gerade bei Lotte und Franz? Ist die Frage, was Lotte ihm geantwortet hat, schon geklärt?"

Ina legt ihre Gabel zur Seite und die Hand kurz auf meine. „Oh, oh! Du warst aber in Gedanken versunken. Dein Salat ist auch noch nicht aufgegessen, Petra. Lotte hat uns die Antwort an Franz vorgelesen." Ich schaue in die Runde, hebe meine Hände. „Tja, was kann ich dazu noch sagen? Ich spendiere eine Runde Kaffee. In Anbetracht der Einladung am Abend verzichten wir einmal auf Prosecco", ich ernte allgemeine Zustimmung untermalt von Lachen.

„Ich mag meine Freundinnen", höre ich Lotte sagen. „Für Petra lese ich meine Nachricht an Franz noch einmal vor", mit diesen Worten holt sie ihr Handy aus der Tasche. Neugierig beobachte ich ihr Handeln.

Mein Franz,

wie die Sonne, die am Morgen aufgeht, so erlebe ich meine Nähe zu dir. Immer wieder gelingt es dir, mich zu faszinieren, zu verzaubern. Jetzt sind es deine liebevollen Worte, die du mir geschrieben hast. Ein anderes Mal sind es deine Hände, die mich zum Glühen bringen. Schon jetzt sehne ich mich wieder nach deiner Nähe, besonders der körperlichen, Franz. Ob mit roter Unterwäsche oder in einem anderen Farbton, ich werde meinen Freund nach meiner Rückkehr verzaubern.
Ich küsse dich in Gedanken dort, wo ich es so gerne tue. Lachen darf ich bei der Erinnerung daran.
Feucht und warm, du weißt genau, was ich ausdrücken möchte. In diesem Punkt sind wir immer auf einem Nenner.

Deine Lotte

„Oh! Und das habe ich verpasst zu hören?", kurz grinse ich Lotte an. „Nur gut, dass du mich noch auf Umwegen in den Genuss der Nachricht gebracht hast. Lotte, eine Frau wie dich findet Franz so schnell nicht mehr. Ihr zwei habt die gleichen Vorlieben, wie es sich anhört und du oft andeutest. Ich liebe ja auch die Nähe zu einem Mann, genieße die Zweisamkeit, jedoch bin ich gegenüber dir, Lotte, eher brav." Lotte scheinen meine Worte zu gefallen.

„Kleine Spielchen, liebe Petra, beleben die Beziehung. Sex verbindet und kittet, hast du mir vor einer ganzen Weile selbst empfohlen. Erinnere dich doch bitte an das Buch, das du mir einmal mitgebracht hast."

Ich denke kurz nach. „War das Buch nicht für Ina?" Karin legt ihr Besteck zur Seite, ihr Teller ist bis auf den letzten Krümel leer. „Hat das gutgetan", lehnt sie sich im Stuhl zurück. „Mädels, es ist egal, wer das Buch bekommen sollte oder jetzt hat. In jedem Fall könnten wir uns mit neuer Lektüre ausrüsten und ausprobieren, was uns noch guttun kann. Lotte könnte uns Einblicke schenken in ihre Vorlieben", an der Stelle wird Karin von Lotte unterbrochen. „Sehr gute Idee, Karin. Ich bin dabei. Also bei dem Wunsch, Einblicke in mein Sexleben zu geben", sie lacht laut. „Ebenso, wie nach neuer Lektüre Ausschau zu halten." Ina legt noch einmal ihre Hand auf meine. Sie spricht gerne mit Körperkontakt. „In meiner Erinnerung warst du die Frau in der Runde, die von grandiosem Sex geschwärmt hat, sind diese Zeiten vorbei?" Ausgerechnet Ina stellt solche Fragen, daran muss ich mich noch gewöhnen. „Erst bestelle ich mir einen Espresso", lasse ich die neugierigen Freundinnen noch etwas warten. „Also, Petra, was ist passiert? Bist du mit Klaus nicht glücklich?" Lotte hakt nach, kaum dass ich meinen Espresso vor mir stehen habe. „Mir liegt die Trennung von Marc noch im Magen und ich kann mich nicht mehr öffnen. Ich habe Angst, meine Gefühle zu zeigen, mich fallenzulassen." Drei Paar staunende Augen liegen nun auf mir. „Wie furchtbar, Petra! Wir gehen gleich einkaufen. Der erste Rat, um aus einer sexuellen Krise wieder rauszufinden, der geht an dich!" Karin winkt im Anschluss dem Kellner zu und bittet um die Rechnung. „Vielleicht liegt es an Klaus? Wenn der richtige Mann dir über den Weg läuft, der deine weibliche Seite zum Glühen bringt, Petra, dann ändert sich dein Verhalten wieder", gibt mir Ina als Rat. Verwundert sehe ich die Freundin an. Bisher waren unsere Rollen so anders. Ich war die Frau mit den Ratschlägen und nicht die Empfängerin. „Gerne möchte ich an deine Worte glauben", lächele ich Ina an.

Karin

Unser gemeinsamer Ausflug fängt schon jetzt an mir gutzutun. Meine Seele, so fühle ich, sie erholt sich und ich spüre neue Energie in mir. Fast empfinde ich eine Art der Befreiung. Mit meinen Freundinnen kann ich über jedes Thema sprechen. Wir diskutieren auch miteinander und suchen genauso Lösungen zusammen, was ich liebe. Von der ersten Minute im Flugzeug an habe ich angefangen zu entspannen. Als kleine Krönung sehe ich die Bekanntschaft mit Silvi Lewe für mich. Meine Freundinnen werden es auch so empfinden. Da schaue ich immer die Sendung und erfreue mich an den kleinen Witzeleien zwischen Silvi und ihrem Mann Papio, bewundere die Erscheinung von Silvi, die schöne Kleidung, die coole Art, wie sie sich gibt. Jetzt habe ich diese Frau getroffen und ich kann sagen, sie ist sehr nett und gibt sich ganz normal und unbefangen. Für sie gab es keinen Grund, sich mit uns zu unterhalten. Es war ihre freie Entscheidung. Lottes Kolumnen kommen bei den Frauen wirklich gut an. Sie hat uns die Tür geöffnet zu einer anderen Welt, wie ich es sehe. Auf den Abend, das neue Treffen mit Silvi in ihrem Garten, ich freue mich sehr darauf.

Beim Mittagessen kommen wir, wie so oft, auf Männer zu sprechen. Lotte schwebt gerade auf Wolke 7 mit Franz, was ich ihr von Herzen gönne. Zu oft schon ist sie von der Wolke auf den harten Boden der Realität gestürzt und wir mussten über Wochen miterleben, wie sehr sie leidet.

„Wie ist dein Sex, Ina?", meine Frage nach dem Mittagessen, lässt die Runde still werden. „Wir waren gerade mit der Antwort von Petra beschäftigt", redet sich Ina geschickt heraus. Alle Augen liegen wieder auf Petra. „Ja, es stimmt. Ich habe seit meiner letzten Beziehung eine Veränderung durchgemacht", schenkt Petra uns einen Einblick in ihre Seele. Sie scheint Redebedarf zu haben und daher halte ich mich zurück.

Petra trinkt ihren Espresso aus, lehnt sich im Stuhl zurück, schließt kurz ihre Augen. Ich sehe zu Lotte, sie zuckt mit den Schultern. Keine Minute später öffnet Petra ihre Augen und fängt an zu reden. „Mir ist es unangenehm. Bisher habe ich mit Ratschlägen um mich geworfen. Sei es zur gesunden Ernährung, zum Thema Sport, wie kann Frau abnehmen und auch, das stimmt, zum Thema Sex habe ich die Ratgeberin gemimt."

Ich bestelle mir auch einen Espresso, wir scheinen noch eine Weile im Restaurant zu bleiben, wie ich spüre.

„Ein kleines Eis zum Espresso würde mir gefallen", wirft Lotte vergnügt ein. Ihre Idee nehme ich gerne auf und winke dem Kellner. „Petra, regelst du die Bestellung für uns?" Mit Leichtigkeit erledigt Petra diese Aufgabe.

„Wo hast du Französisch gelernt?", fragt Ina sie. „Eindeutig, zweideutig", kommt die Bemerkung von Lotte über den Tisch und wieder verfallen wir in lautes Lachen. „Müssen wir überall auffallen?", fragt Petra und erntet von mir ein lautes: „Ja!"

Das Eis kommt an den Tisch, als Petra uns neue Einblicke schenkt. „Bisher durfte ich den wilden und ungezügelten Sex ausleben." Ihren Worten folgt Schweigen. Kurz konzentriere ich mich auf meinen Eisbecher und fühle mich wohl.

„Das war mit meinem Ex?" Inas Kommentar, ihre Frage hätte noch vor zwei Jahren für Zündstoff in der Runde gesorgt, heute jedoch bleiben wir ruhig. Ina hat mit Johann einen Mann an der Seite, den sie liebt, so ihre Worte und ich kann beobachten, der Freundin geht es inzwischen gut.

„Ja, es stimmt, Ina. Ich wollte nicht den Namen aussprechen. Keine alten Wunden öffnen. Nicht bei dir und nicht bei mir."

Lotte schiebt den leeren Eisbecher ein Stück von sich. „Was gut war, musst du doch nicht ablegen, ich meine, es dir nicht abgewöhnen. Oder du hast mit Klaus noch nicht den Mann gefunden, der dich richtig scharf macht. Vielleicht bist du nur mit Klaus befreundet, um nicht allein zu sein?" Auch Ina und ich sind dieser Meinung. Petra hört aufmerksam den Tipps der Freundinnen zu.

Meine eigenen Gedanken wandern zu meiner Beziehung und kurz auch zu dem Direktor vom Kunstmuseum, mit dem ich eine Liaison hatte. Eigentlich finde ich es noch heute schade, dass er sich nicht von seiner Frau getrennt und für mich entschieden hat. Meine Enttäuschung über seine Entscheidung hatte aber zu keinem Zeitpunkt eine Auswirkung auf unsere weitere Zusammenarbeit oder die Tatsache, dass ich den Mann noch immer sehr gerne sehe.

„Karin? Möchtest du nicht hören, was uns Petra aus dem Nähkästchen erzählt?" Ina wirkt gerade wie eine Lehrerin auf mich. Zugeben darf ich aber, sie hat Recht. „Mein Kopf war auch mit einem Mann beschäftigt", lache ich offen in die Runde. „Dafür haben wir doch Verständnis", betont Lotte. „Zu einem späteren Zeitpunkt kommen wir auf den mysteriösen Mann zu sprechen, der in deinem Kopf Einzug gehalten hat. Jetzt aber will ich von Petra wissen, wo es klemmt in Sachen Sex."

Lotte lehnt sich ein Stückchen vor. Für Außenstehende müssen wir sehr vertraut wirken, was ja auch stimmt. „Mir tut es gut, einmal darüber zu sprechen. Obgleich", Petra schnäuzt ihre Nase, ein ungewohnter Anblick in der Öffentlichkeit. Zu meiner Freude spricht Petra weiter. „Wieso ich jetzt so lustlos durch die Gegend wandele, ist mir selbst ein Rätsel. Mit meinem Ex war der Sex sehr aufregend und ich habe meine experimentierfreudige Seite ausgelebt." Petra hält plötzlich inne und schaut zu Ina. „Ist es wirklich ok, wenn ich weiterspreche?"

Ina nickt. „Mir hat die Freude am Sex zu dieser Zeit gefehlt, daher habe ich auch nichts vermisst. Vom Grunde her ist alles so gekommen in meinem Leben, wie es für mich das Beste ist. Mit Johann an meiner Seite blühe ich auf, als Frau und als Mensch."

Lotte bringt sich wieder ein. „Jetzt magst du den Sex aber wieder, Ina?" Die Freundin lacht. „Ja, dank Johann liebe ich die Zweisamkeit und unseren Sex."

Kurz schiele ich zum Nachbartisch, mir ist nicht entgangen, die beiden Herren, die dort sitzen, nehmen inzwischen an unserer Unterhaltung teil. Zumindest so, dass sie uns belauschen. Bevor ich die Gelegenheit erhalte, meine Freundinnen auf die Männer aufmerksam zu machen, höre ich Ina weitersprechen. „Ja, jetzt kann ich endlich meine Seite ausleben, die bis vor wenigen Monaten noch tief in mir schlummerte. Mir geht es inzwischen sehr gut. Johann hat mich aus meinem Dornröschenschlaf geweckt."

So, wie Ina es sagt, ich glaube ihr jedes Wort.

„Beneidenswert", höre ich Petra sagen. „Wir scheinen gerade die Seiten getauscht zu haben."

Petra wirkt nicht gelöst, was ich auch anspreche. „Mir ist gerade alles zu viel, zu anstrengend. Ich liebe meine Arbeit, trotzdem habe ich mich sehr auf dieses Wochenende gefreut. Tief in mir spüre ich eine Müdigkeit, eine Leere, die mich in meinem Verhalten bremst, mir nicht die Möglichkeit lässt, glücklich zu leben. Auch meine Angst, keine Wohnung zu finden, belastet mich."

Oh, weh! Mit einem Mal ist die Leichtigkeit verschwunden. Die beiden Herren vom Nachbartisch, so kann ich sehen, haben auch kein Interesse mehr an unserer Unterhaltung. Den Problemen von Frauen zuzuhören, obliegt den Herren allem Anschein nach nicht. Ihr Interesse galt mehr der Berichterstattung über unseren Sex.

„Seit meiner Trennung, der Gewissheit, ich wurde sitzengelassen, bin ich in meinem Ego geschrumpft. Mein Blick auf mich, meinen eigenen Körper zeigt mir nicht mehr die aktive, sportliche junge Frau, als die ich mich noch vor wenigen Wochen gefühlt habe." Petra, das fällt mir nun auf, sie hat unter ihren Augen kleine Fältchen bekommen.

„Auf keinen Fall lässt du dich durch die Trennung so runterziehen. Das kann ich nicht zulassen, Petra. In unserer Runde warst du, nein, bist du immer wie die kleine Prinzessin. Hübsch angezogen, durch deine schmale, mädchenhafte Figur wirkst du immer noch sehr jugendlich auf mich." Lottes Worte fruchten, wie ich an dem veränderten Gesichtsausdruck von Petra sehen darf.

„Was ist mit Klaus? Ihr trefft euch schon eine Weile, hat er es nicht geschafft, dein Herz zu erobern?" Ina sagt, was ich schon eine Weile überlege. „Meine Angst, erneut versetzt zu werden, lässt mich Abstand halten. Gut, wir haben uns geküsst, das erste Mal", berichtet Petra mit einem Lächeln im Gesicht. „Dann gefällt dir der Mann?", Lotte hakt nach. „Ja, natürlich gefällt mir Klaus von seiner Erscheinung. Ob wir aber zusammenpassen, das ist eine andere Frage. Ich spüre, wie schon erwähnt, keine Schmetterlinge in mir, das ist doch komisch?" Das sehen wir genauso.

„Wir bezahlen jetzt, dann ziehen wir in die Stadt und kaufen die besten und schärfsten Ratgeber, die es auf dem Markt gibt." Inas Bedenken, die Bücher gibt es eventuell nur in französischer Sprache in Monaco zu kaufen, teile ich nicht. „Petra spricht fließend Französisch. Dann müssen wir auf unsere Ratgeber warten, bis wir wieder zu Hause sind."

Nachmittag

Lotte

Wie viel heute schon passiert ist, überlege ich, als ich gerade unser Zimmer betrete. Mir ist nach etwas Ruhe vor der Einladung am Abend. Auf meinem Handy kann ich den Eingang der neuen E-Mails sehen, was mich neugierig werden lässt. Meinen Laptop habe ich für alle Fälle eingepackt und jetzt ist der richtige Zeitpunkt, ihn zum Vorschein zu holen.

Karin, Petra und Ina spazieren noch eine Runde durch die Straßen. Die Suche nach einem Sex-Ratgeber treibt die Freundinnen an, ebenso der Wunsch, neue Kleidung für den Abend zu kaufen. Noch immer habe ich die Unterhaltung beim Italiener in meinem Kopf. Petra muss wieder frei und stark werden, darum müssen wir uns in den nächsten Wochen kümmern. Kurz hole ich tief Luft, dann ermahne ich mich, die bleibende Zeit zu nutzen und mir die Rückmeldungen auf meine Kolumne anzusehen. Gleich 22 Rückmeldungen auf meine erste Kolumne sind eingegangen. Das Thema Meine besten Freundinnen scheint Anklang zu finden. Neugierig öffne ich die Nachricht von Suse.

Liebe Lotte Wolke,
das neue Thema: Meine besten Freundinnen, hat auch mich dazu bewogen, zu schreiben. Beim Lesen der Kolumne von Ihnen kamen sofort Bilder in meinen Kopf. Erinnerungen an Erlebnisse aus der Jugend, die ich schon vergessen hatte. Überrascht war ich über das, was mir mit einem Male wieder an Erinnerungen durch den Kopf ging. Solche mit meinen Freundinnen gehörten ebenso dazu, wie die erste Liebe zu einem Jungen. Eine meiner damaligen Freundinnen habe ich aus den Augen verloren, was mir aktuell leidtut. Ich habe mir vorgenommen, wieder den Kontakt zu

suchen und vielleicht gelingt es uns, an alte Zeiten anzuknüpfen. Auch jetzt im Alter bin ich noch bemüht, Freundschaften zu pflegen. Ein Leben ohne einen Austausch mit einer Freundin wäre in meinen Augen trist und langweilig. Ihre Kolumne hat mich mitten ins Herz getroffen. Ich bin glücklich wieder einmal an vergangene Tage zu denken.

Bereits über 47 Jahre bin ich verheiratet und ich kann sagen, meinen Mann kenne ich sehr gut, er mich ebenfalls. Oft kann ich voraussagen, wenn ich ihm etwas erzähle, wie die Antwort ausfällt. Es gibt Situationen, da spüre ich, das Thema ist meinem Mann zu weiblich, zu uninteressant. Zu neuen Geräten für den Haushalt spreche ich ihn auch nicht an. Damit kann ich bei meinem Mann nicht punkten, wie ich in all den Jahren gelernt habe. Meine Frauen, die ich regelmäßig treffe, sie hören mir zu, überlegen mit mir, helfen auch, Lösungen zu finden.

Auch über die Beziehung zu unseren Männern tauschen wir uns aus. Nicht ganz so offen, wie Sie oft berichten, jedoch sehr nah an der Wahrheit kommen auch bei uns die Probleme auf den Tisch. Für Ihre Art, auch die privaten Probleme anzusprechen, Ihre Schwestern im Geist mitzunehmen, bis in Ihr Schlafzimmer, dafür bewundere ich Sie. Mir ist es nicht in die Wiege gelegt worden, so offen zu sein. Jedoch freue ich mich schon im Vorfeld, jedes Mal aufs Neue, Ihre Kolumne zu lesen. Das nächste Treffen mit meinen Freundinnen findet nächste Woche in meinem Haus statt. Dieses Mal werde ich Würstchen und Kartoffelsalat vorbereiten, in Anlehnung an die Mädelsabende, von denen Sie immer berichten.

Traurig hat mich beim Lesen Ihrer Kolumne eine Erinnerung an meine Jugend gemacht.

In jungen Jahren wurde ich einmal von einer besten Freundin sehr enttäuscht. (Sie ist es auch, die ich aus den Augen verloren habe). Wir zwei waren täglich zusammen, es gab keine Geheimnisse

61

zwischen uns, so zumindest habe ich es empfunden. Gerade hatte ich meinen heutigen Mann kennengelernt, ihr vorgeschwärmt, wie sehr ich den jungen Mann mag, der Trompete spielt und bei jedem Fest in der Region einen Auftritt hat. Ebenso habe ich erwähnt, dass ich vor Verliebtheit Schmetterlinge in meinem Bauch spüre. Meine damalige Freundin hat meine Offenheit, meine Vertrautheit und meinen guten Glauben an sie als beste Freundin schamlos ausgenutzt.

Es war an einem Samstag, im Dorf war gerade Kirmes und die gesamte Jugend hat sich schon auf den Abend mit Musik gefreut, ich ebenfalls. Ausgerechnet an diesem Tag bekam ich Fieber, Kopfschmerzen und fühlte mich schlapp und krank. Meine Mutter hat mir Bettruhe verordnet. Sehnsüchtig habe ich in meinem Bett gelegen und der Musik gelauscht, die bis in mein Zimmer drang. Überlegungen, noch am Abend das Bett zu verlassen, heimlich aus dem Haus zu schleichen, waren in meinem Kopf. Meine Hoffnung, den jungen Mann zu treffen, mit ihm zu tanzen und sich auf diese Weise näherzukommen, waren in meinem Sinn. Leider war ich zu schwach, zu fiebrig, um mein Bett an diesem Samstagabend zu verlassen.

Meine Freundin wurde von meiner Mutter informiert, ich sei krank und kann nicht mitkommen. Gedanken habe ich mir gemacht, meine Freundin steht nun allein auf dem Kirmesplatz, fühlt sich unwohl, ohne mich an der Seite. Meine Sorge um sie war echt.

Zwei Tage später, es war ein Montag und ich konnte wieder das Haus verlassen, traf ich meine Freundin. Sie war verändert, wirkte zurückhaltend auf mich. Nicht einmal gefragt hat sie, wie ich das Wochenende empfunden habe, so allein in meinem Bett, mit einer Erkältung. Auf meine Frage, ob es ihr am Samstagabend langweilig war, wurde sie rot im Gesicht. Dann hat sie sich rasch verabschiedet, sie müsse noch für ihre Mutter einkaufen. Komisch, dachte ich damals. Bisher haben wir alle Erledigungen und Einkäufe für unsere Mütter gemeinsam erledigt.

„Hat deine Freundin einen jungen Mann kennengelernt? Er soll Trompete spielen", fragte mich meine Mutter beim Abendessen. „Die Leute im Dorf haben sie am Kirmesabend zusammen gesehen, händchenhaltend. Ein fescher junger Mann", habe ich noch gehört, dann wurde mir schlecht.

Niemandem außer meiner Freundin hatte ich zuvor von meiner Schwärmerei für den jungen Mann berichtet. Nur ihr hatte ich meine Gefühle anvertraut. Es tat so weh, so enttäuscht worden zu sein. Drei Wochen waren beide ein Paar. Mir sind sie natürlich auch zusammen über den Weg gelaufen. Gegen Tränen habe ich angekämpft und versucht, mir nichts von meinem Kummer anmerken zu lassen. Beide so vertraut zu sehen, es tat weh. Ebenso die Tatsache, dass meine Freundin in dieser Zeit leider den Kontakt zu mir abgebrochen hat. Mit einem Male wollte sie mich nicht mehr in ihrer Nähe wissen. Ob es Eifersucht war? Dachte sie vielleicht, der Trompeter würde sich doch für mich interessieren, wenn er mich nur näher kennenlernt? Mir dann seine Liebe schenken?

Wieso nur, so habe ich mich oft gefragt, hat sie nicht ein Gespräch mit mir gesucht. Ob sie in den Trompeter auch so verliebt war wie ich? Die Antwort ist bis zum heutigen Tag noch offen. Das zumindest würde in meinen Augen ihr Verhalten erklären und entschuldigen. Unsere Wege haben sich ab dieser Kirmes getrennt. Lisa ist kurze Zeit später zu einer Tante gezogen und hat eine Ausbildung begonnen, 80 Kilometer entfernt von unserem Dorf. Ihren Weg habe ich noch einige Jahre verfolgt, gemeinsame Freun-

de von früher habe ich immer wieder nach ihr gefragt. Was sie macht, wo sie arbeitet, wie sie wohnt, wen sie geheiratet hat.

Mein heutiger Mann hat vier Monate nach dieser Kirmes, auf dem Weihnachtsmarkt in unserem Dorf die Nähe zu mir gesucht. Zuvor hatte er einen Auftritt mit seiner Trompete. Heimlich habe ich ihm gelauscht, sein musikalisches Talent habe ich schon damals bewundert. Meine ehrliche Frage, wieso er zuvor mit meiner Freundin zusammen war, hat er weggelacht. Ich war sehr jung, sehr verliebt und naiv, wie ich heute denke. Für Sie, Lotte, sind meine Worte eventuell fremd. Ich kann lachen bei dem Gedanken, Sie erschrocken zu haben. Heutzutage sind die jungen Leute offener und eine kleine Romanze bricht keine Freundschaften mehr. Vergessen Sie bitte nicht, ich bin schon über 47 Jahre verheiratet. Dank meiner Töchter bin ich nicht stehengeblieben und kann sehr gut einschätzen, wie junge Menschen die Liebe heute sehen.

Die Liebe, das Leben, es kann uns auch einmal auf Umwege lenken, die dann doch zum Glück führen können.

Bis heute habe ich nie über diese Erinnerung gesprochen, nicht einmal mit meinen Freundinnen, die ich regelmäßig treffe. Wie ausgeblendet aus meinem Gedächtnis war Lisa, meine damals beste Freundin. Schade, so denke ich heute, dass wir durch die Verliebtheit zu einem jungen Mann so auseinandergerissen wurden. In den ersten Wochen war Wut in mir und Enttäuschung über das Verhalten von Lisa. Jetzt, in einem reiferen Alter und mit mehr Lebenserfahrung, hege ich keinen Groll mehr auf Lisa. Zuvor waren wir unzertrennlich, wie Zwillinge, die nicht ohne die andere sein konnte, täglich zusammen.

Passen Sie auf Ihre Freundschaften auf, Lotte. Mir gefällt immer wieder zu lesen, wie offen Sie und Ihre Freundinnen über alles reden. Nicht nur über Männer, auch über das gegenseitige Verständnis untereinander. In meinen Augen ist dies der richtige Weg, um die Freundschaft und das gegenseitige Vertrauen zu erhalten.

Mit besten Grüßen
Ihre
Suse

Nach dem Lesen von Suses Antwort lehne ich mich in meinem Stuhl zurück. Wie schön, so mein Gedanke, dass Suse schreibt, dank ihrer Töchter heute so aufgeschlossen zu sein. Sie hat inzwischen einen neuen Blick auf ihr Leben, das finde ich bewundernswert. Viele Menschen haben eine Meinung und die muss für immer richtig sein. Egal, wie sehr sich die Welt in den letzten Jahren verändert hat. Kurz stehe ich auf und schenke mir die Muße, aus dem Fenster zu sehen. Dann gebe ich meinem inneren Wunsch nach, eine weitere Rückmeldung meiner Leserinnen zu öffnen. Ich entscheide mich für die Mail von Vivi.

Liebe Lotte,
schon seit Jahren lese ich deine Kolumnen. Wundere dich bitte nicht, über meine vertrauliche Ansprache und dass ich dich duze. Wir zwei sind im gleichen Alter und mir kommt es nicht in den Sinn, dich zu siezen. Für mich ist Lotte keine Fremde. In den letzten Jahren habe ich durch das Lesen deiner Kolumnen so viel aus deinem Leben und über dich erfahren. Immer wieder hatte ich das Gefühl, ich will dir schreiben, auf eine deiner zahlreichen Kolumnen antworten und reagieren. Wie so oft im Leben, war der Wunsch in meinem Kopf, die Ausführung jedoch ist auf der Strecke geblieben. Mal war es die Arbeit, dann die Kinder, die Wäsche, es kam immer etwas dazwischen. Heute jedoch habe ich

mich nicht gedrückt, dir zu antworten. Zugeben kann ich, es liegt noch ein Korb Wäsche im Waschraum, der darauf wartet, gefaltet und gebügelt zu werden. Darum werde ich mich in einer halben Stunde kümmern.

Liebe Lotte, du schreibst immer wieder von den Treffen mit deinen Freundinnen. Es ist so schön für mich, von diesen Stunden zu erfahren. Einblicke in dein Leben und das deiner Freundinnen zu erhalten.

Ich bin leider nicht sehr kommunikativ. Offen gestanden, ich gehöre zu den Menschen in der zweiten Reihe. Selbst die Elternabende meiner Kinder ringen mir Kraft ab. In der Öffentlichkeit bekomme ich Schweißausbrüche, fühle mich schwach. Nur in meinem Haus bin ich „perfekt", funktioniere so, wie es von mir erwartet wird, wie ich es auch von mir selbst fordere.

Mit Sicherheit steckt in meinem Verhalten auch der Grund, so gerne an deinem Leben teilzuhaben.

Das neue Thema Meine besten Freundinnen hat mich zunächst traurig werden lassen. Dann aber habe ich mir gesagt, es gibt keinen Grund zur Tristesse, ich habe doch Lotte als Freundin, zumindest als Schwester im Geiste.

Liebe Lotte, wenn du das nächste Treffen mit deinen Freundinnen hast, denke bitte kurz an mich.

Deine
Vivi

Durcheinander von den Zeilen, die Vivi mir geschrieben hat, lehne ich mich in meinem Stuhl zurück. Vivi, so vermute ich, hat nervliche Probleme. Ob sie alleinerziehend ist? Von einem Partner hat sie nichts geschrieben. Mich hat die Nachricht von ihr traurig gemacht. So viel Einsamkeit ist daraus zu lesen. Wie gut es mir geht. In einer Stunde werden Karin, Ina und Petra auch im Hotel eintreffen, wir werden uns gemeinsam für die Einladung am Abend bei Silvi schön machen. Sicherlich haben wir schon im Vorfeld viel zu lachen und zu reden. Ich hole tief Luft.

Auf das Öffnen einer weiteren Nachricht möchte ich am liebsten verzichten, jedoch muss ich die Reaktionen meiner Leserinnen lesen, was mir auch wichtig ist.

Rasch entscheide ich mich für die Rückmeldung von Sonja.

Liebe Lotte Wolke,

Sie schreiben mir aus dem Herzen, schon seit vielen Jahren. Ähnlich wie Sie habe auch ich einen großen Freundeskreis, der mir viel bedeutet. Besonders hänge ich an meinen zwei Freundinnen, die ich noch aus Kindergartentagen kenne. In all den vielen Jahren sind wir uns nahe geblieben. Kein Freund, kein Mann hat es geschafft, uns drei zu trennen. Vom Grunde sind meine Freundinnen wie Schwestern für mich. Vertraute Menschen, die mir nah sind, mich kennen, mit all den Schwächen, die ich habe, auch mit meinen Stärken. Immer wieder wurde ich von meinen Freundinnen motiviert, wenn ich den Wunsch auf eine Veränderung hatte. Jedes Für und Wider wurde besprochen.

Die Ratschläge meiner Freundinnen sind mir wichtig. Ich habe in den letzten Jahren mehr als ein Mal die Erfahrung gemacht, sie meinen es nur gut mit mir. Oft heißt es, drei Frauen können sich nicht untereinander verstehen, es gibt Streit und Eifersüchteleien. Bei uns ist das nicht der Fall. Gut, es gibt auch bei uns mal harte Worte. Jedoch sind diese immer dazu da, einmal den Finger in die Wunde zu legen. Der Freundin zu zeigen, du bist auf dem Holzweg. Für mich darf ich sagen, mir fällt es im ersten

Moment schwer, diese Hinweise aufzunehmen. Im Nachgang bin ich dankbar für so viel Ehrlichkeit. Selbst in der Partnerschaft konnte ich dies so nie erfahren. Für mich sind meine Freundinnen so wichtig wie ihre Freundinnen für Sie, Lotte Wolke. Sie sind ein Teil meiner Familie.

Schreiben Sie bitte weiter!

Sonja

In der nächsten Stunde lese ich noch weitere Rückmeldungen auf meine erste Kolumne. Mein Fazit: Mit Karin, Ina und Petra an meiner Seite darf ich sehr glücklich sein. Es gibt nichts Vertrauteres als die beste Freundin. In dieser Gewissheit schließe ich meinen Laptop. Morgen, so meine Überlegung, werde ich meinen Leserinnen einen Einblick in die Reise schenken und von dem Gartenfest berichten.

Petra

Monaco fängt an, mir immer besser zu gefallen. Die Tatsache, wir sind am Abend bei Silvi Lewe zur Gartenparty eingeladen, lässt mich in Vorfreude schwelgen. Aufgeregt wie ein Teenager fiebere ich dem Fest entgegen. Zum Glück habe ich ein passendes Kleid dabei, in dem ich mich am Abend wohlfühlen werde. Nicht geahnt hatte ich, so eine Einladung zu erhalten, und doch habe ich das schöne Kleid in meinem Schrank eingepackt. Das Leben ist gerade im positiven Sinne aufregend, was ich auch Karin und Ina sage.

Wir drei schlendern durch die Straßen und drücken unsere Nasen an die Schaufenster. „So ein Kleid kannst nur du tragen, Petra", zeigt mir Ina eine Auslage, die ich auch gerade bewundert habe.

„Lieb von dir", lege ich meine Hand auf ihren Arm. „Schau dir nur den Preis an", stöhne ich im nächsten Augenblick. „Tausend Euro!", staunt auch Karin. „Trotzdem ist es ein Traumkleid", wirft sie nach. „Ich habe da vorn noch ein Center gesehen, die Preise, soweit ich die Geschäfte kenne, sind für uns erschwinglich", füge ich vergnügt nach.

Eine Stunde später verlassen Ina, Karin und ich lachend, vergnügt und aufgedreht das Shopping-Center. Jede von uns hat etwas Schönes gefunden.

„Welches Kleid werde ich heute Abend zu dem Gartenfest anziehen? Zwei neue Kleider trage ich in der Einkaufstasche." Karins Frage lässt uns lächeln. „Wir kommen später mit in dein Zimmer und du führst uns beide Kleider vor, dann wird entschieden", lasse ich die Freundin wissen. Auf dem Weg zum Hotel kommt eine Nachricht von Klaus auf mein Handy. Kurz bleibe ich stehen und öffne die Nachricht.

Liebe Petra,

kaum bist du auf Reisen, da vermisse ich dich schon. Heute, bei meiner Arbeit auf dem Dach, ich konnte mich kaum konzentrieren. Meine Gedanken sind immer wieder zu dir gewandert. Für mich bist du eine bezaubernde Frau, wenn auch etwas zurückhaltend in deinem Verhalten.

Ich liebe es, wenn du lachst, Petra. Von der ersten Begegnung an habe ich so empfunden. Das kleine Grübchen an deinem Mund, beim Lachen, es fasziniert mich. Mein Bruder hat mir von der Einladung am Abend berichtet, bei Silvi und Papio Lewe. Lotte muss ihn angerufen oder geschrieben haben. Es freut mich sehr für euch Freundinnen, dass ihr solch ein Erlebnis habt. Ich treffe am Abend Freunde in der Kneipe. Mein Bruder wird sicherlich auch mitkommen.

In der letzten Nacht habe ich über dein Verhalten mir gegenüber nachgedacht. Muss ich mir Sorgen machen? Bisher war keine Frau abweisend mir gegenüber. Ich möchte dich nicht drängeln, Petra. Versteh bitte meine offenen Worte nicht falsch.

Ich wünsche mir sehr, du kannst deine Zurückhaltung mir gegenüber ganz ablegen.

Ich wünsche dir nur das Beste,
Klaus

Mit der Nachricht von Klaus habe ich die Bilder unserer letzten Begegnung vor Augen. Unser Treffen vor der Bank, das gemeinsame Abendessen und meine anschließende Flucht in meine Wohnung. Jetzt kann ich lächeln über mich und mein Verhalten. Mit Klaus spreche ich gerne, dass er meine Leidenschaft, das Joggen teilt, ist auch ein Pluspunkt. Plötzlich spüre ich einen Stich in meinem Magen. Aber reicht ein gemeinsames Hobby für eine feste Partnerschaft aus? Verliebt fühle ich mich nicht. Aus seinen Zeilen lese ich Verständnis für mich und mein Verhalten ihm gegenüber, jedoch lese ich auch die Sehnsucht nach körperlicher Zweisamkeit. Seine Worte üben auch einen Druck auf mich aus, was mir nicht behagt.

„Petra? Was ist nur los mit dir? Geht es dir nicht gut?" Ina kommt an meine Seite. „Gibt es schlechte Nachrichten?" Auch Karin ist besorgt. Kurz bin ich den Tränen nahe.

„Die Nachricht ist von Klaus." Mehr Worte kann ich nicht von mir geben. Karin nimmt mein Handy und liest den Text. „Wo ist dein Problem? Ich kann keine Boshaftigkeit oder Verletzung in den Worten finden. Er lobt dich, scheint zum Ausdruck zu bringen, du bist seine Traumfrau." Karin gibt auch Ina mein Handy. Ich lasse es geschehen und setze mich auf einen Stein. Die Freundinnen kommen an meine Seite.

„Wir haben kurz beim Pizzaessen davon gesprochen", stammele ich herum. „Deine momentane Verklemmtheit?" Ich blicke Karin erschrocken an. „Spinnst du? So, wie du dich ausdrückst, muss ich mich ja noch schlechter fühlen." Meine Stimme ist hoch geworden. Ina legt sanft ihre Hand auf die meine. „Keine Sorge, Petra. Karin hat vergessen, ihre Worte besser zu verpacken und gesagt, was ihr gerade in den Sinn kam." Ob mich das nun milder stimmen kann? Skeptisch blicke ich zu Ina. Meine Hände hebe ich und lege diese vor meine Augen. „Klaus und ich haben uns geküsst, das war aber auch schon alles. Er ist in meiner Nähe, lenkt mich von meinem Kummer ab, das tut mir sehr gut. Nur, ich bin nicht in ihn verliebt." Meine Freundinnen sagen kein Wort, hören mir aufmerksam zu. Die vielen Touristen, die an uns vorbeiziehen, interessieren sich nicht für uns. Tränen kommen aus meinen Augen. „Nicht weinen, Petra. Am Abend sind deine Augen sonst rot, das sieht nicht hübsch aus", Ina nimmt mich kurz in den Arm. „Wir sollten zum Hotel gehen", entziehe ich mich ihren Armen. Mir ist es unangenehm, mich in der Öffentlichkeit gehenzulassen. Meine Freundinnen kennen mich inzwischen sehr gut und ohne zu meckern, ziehen sie mit mir in Richtung Hotel.

Wenige Meter vor dem Hoteleingang bleibe ich stehen. „Ich möchte Klaus keine falschen Hoffnungen machen und ich möchte mich nicht verbiegen, schon gar nicht in der Liebe." Ina sieht mich mitfühlend an. „Das ist auch richtig so, Petra! Dein Prinz wird kommen und du wirst dich wieder öffnen und lieben können. Mach dir keinen Stress."

Karin mischt sich ein. „Klaus hat aber schöne Worte gewählt für seine Nachricht. Aus den Zeilen kann ich lesen, er ist bereit für eine Beziehung mit dir. Auf Sex mit dir scheint er zu warten." Für Karin ist alles in Ordnung, wie ich ihr anmerken kann.

„Kein Mann ist es wert, an dir zu zweifeln, Petra. Du bist verlassen worden, das tut weh", kurz hält Ina inne.

Ich denke zu wissen, was ihr gerade durch den Kopf geht. Mein Blick ist auf den Boden gerichtet. Ina gibt mir einen kleinen freundschaftlichen Schubs. „Hörst du, Petra, kein Mann soll dich in deinem Handeln beeinflussen. Du bist verlassen und enttäuscht worden, das ist schlimm. Das Leben, insbesondere deines, Petra, geht weiter. Du bist liebenswert und nichts an dir ist verkehrt. Glaube an dich, denke nicht mehr an die Vergangenheit. Alles wird gut werden", Ina zieht mich anschließend mit ins Hotel.

„Wir gehen kurz in unser Zimmer, machen uns frisch und dann kommen wir zur Modenschau in euer Zimmer", verabschiedet Ina Karin, als wir vor unserem Zimmer angekommen sind. Schweigend bin ich ihr und Karin gefolgt. „Du kannst dich zuerst frisch machen", legt Ina ihre Tasche ab. „Ich besorge uns zwei Tassen Kaffee und Orangensaft in der Zwischenzeit."

Wie lieb sie nur zu mir ist, denke ich und gehe in das Badezimmer. Ob es mir gelingen wird, die Erlebnisse, um das Scheitern meiner Beziehung zu verdauen? Beim Waschen meines Gesichts fällt mir ein, ich habe Klaus noch keine Antwort gesendet. Mit Ina kommt auch die gute Laune zurück. Der Kaffee und auch der Saft bringen mich wieder in Schwung. „Prosecco wäre mir lieber gewesen", grinse ich die Freundin an, „doch davon werden wir am Abend noch reichlich bekommen." Mit dem Anziehen von meinem Kleid fange ich an, gelöster zu werden. Kurz blicke ich zu Ina, die sich gerade ihr Kleid überstreift. Dankbar bin ich, so gute Freundinnen zu haben. In meinen Augen ist dies wie ein Geschenk. Nun finde ich auch die richtigen Worte für Klaus:

Lieber Klaus,

rührend finde ich deine Worte. Meine erste Reaktion auf deine Nachricht war eine Träne, die sich von ganz allein ihren Weg aus dem Auge über meine Wange gewählt hat. Unsere letzte Begegnung war für mich schön. Trotzdem bin ich nicht bereit, dich näher an mich heranzulassen.
Die Antwort auf die Frage nach dem Warum, ich suche sie noch. Sicherlich hattest du dir den Verlauf des Abends anders vorgestellt? Aus deinen Worten lese ich keinen Groll, nur Nettigkeiten mir gegenüber. Allerdings lese ich auch eine Ungeduld auf die fehlende Zweisamkeit aus deinen Worten.
Die Liebe ist für mich gerade wie eine Gangschaltung. Es gelingt mir nicht, den nächsthöheren Gang einzulegen, alles ist blockiert. Unter keinen Umständen möchte ich dir falsche Hoffnung auf eine gemeinsame Zukunft mit mir schenken. Zugeben kann ich

aber, die Zeit mit dir, die wir gemeinsam verbringen konnten, sie war schön.
Gerade habe ich mich für die Einladung bei Silvi Lewe umgezo-
gen. Ich freue mich sehr auf die Party, auf die neuen Eindrücke,
die uns erwarten werden, ebenso. Nächste Woche werde ich dir
viel von unserer Reise berichten, falls es dich interessiert.

Danke für deine Geduld,
Petra

Lotte

Karin kommt gutgelaunt mit einer Einkaufstüte in unser Zimmer. „Petra ist sehr nah am Wasser gebaut", lässt sie sich auf einen Stuhl nieder. In wenigen Minuten bin ich über den Ausflug informiert und habe die Details zu Petras Seelenleben aufgenommen. „Am Abend werde ich mich um Petra küm- mern. Etwas Abwechslung und die Gelegenheit zum Lachen werden ihr helfen, über die Trennung hinwegzukommen. Lie- beskummer kann richtig schmerzen." Karin hebt auf meine Worte kurz die Augenbrauen. „Wem sagst du das?"

Noch am Überlegen, wie ich auf die Worte von Karin re- agieren soll, geht sie an mir vorbei in das kleine Badezimmer. „Petra und Ina kommen gleich rüber und wir begutachten ge- meinsam mein Outfit für den Abend."

Oh, ha, denke ich. Dann wird es wohl auch für mich Zeit, die Garderobe rauszulegen.

Eine Stunde später

Es klopft an unsere Tür und Karin öffnet, da ich noch im Badezimmer bin. Hören kann ich, Ina und Petra sind angekommen.

„Gebt mir noch fünf Minuten", rufe ich laut aus dem Badezimmer. „Keine Eile, das Resultat ist entscheidend", kichert Petra. Ihr scheint es besser zu gehen, denke ich beruhigt.

„Spieglein, Spieglein an der Wand, wer ist die Schönste im ganzen Land?", mit diesen Worten verlasse ich wenig später das Badezimmer und stehe vor meinen Freundinnen.

„Sehr schön, Lotte! Du siehst sexy aus!" Wir tauschen Komplimente aus, die auch so gemeint sind. Immerhin haben wir uns alle hübsch gemacht. Mein Blick bleibt an Karin hängen. „Dein Kleid, das du jetzt trägst, es ist sehr schön. Hast du dich schon entschieden?" Karin verneint meine Frage mit dem Schütteln ihres Kopfes. „Dann zieh dich jetzt um", betont Ina. Sie hat uns noch eine Tüte mit Chips mitgebracht. Petras Blick haftet kurz auf Ina, als sie eine Handvoll Chips in ihren Mund wirft. Ein Kommentar aus Petras Mund kommt nicht, obwohl es für Petra bestimmt schmerzlich ist zu sehen, Ina schaufelt sich gerade die Kalorien in ihren Mund. Immerhin joggen beide seit einigen Wochen und Ina hat auch schon abgenommen.

Karin kommt aus dem Badezimmer und zieht die Aufmerksamkeit auf sich. „Wow! Karin! Damit reißt du alle Männeraugen am Abend auf dich", bekunde ich ihr. „Auf ihr Dekolleté", wirft Ina nach. Wo sie Recht hat. Karin hat ein Kleid an, das ihre Vorzüge perfekt betont. „Lass dieses Kleid an!", hebt Petra den Daumen in die Höhe. „Du siehst wirklich sehr weiblich darin aus." Kurz fällt ihr Blick über den eigenen Körper. „Meine Brust sieht neben deiner aus wie aus der Kinderabteilung." Ein Lachen folgt den eigenen Worten. Unrecht hat Petra mit ihrer eigenen Auswertung nicht, wie ich spontan denke.

Pünktlich um 19.30 Uhr fahren wir mit dem Taxi am Haus von Silvi und Papio Lewe vor. „So einer Einladung würde ich auch folgen", hält der Taxifahrer vor dem Haus an. „Dann wünsche ich Ihnen viel Spaß heute Abend", entlässt er uns aus seinem Wagen, nachdem er nebst Fahrpreis auch ein gutes Trinkgeld erhalten hat.

Beeindruckt bleiben wir auf der Straße stehen. Stimmengewirr dringt an unsere Ohren. „Wie schön", haucht Ina. „Allein die Lichterketten sehen beeindruckend aus", schwärmt sie weiter. „Niemals hätte ich so ein Erlebnis erwartet", flüstert Karin. Petra nickt. „Verrückt, was wir heute alles erleben dürfen."

Ich freue mich zu sehen, Petra scheint es besser zu gehen. Ihre Augen strahlen wieder, sie hat sich hübsch geschminkt und in ihrem Kleid sieht sie wie ein Model aus. Sie ist sehr dünn geworden, unsere Freundin.

„Herzlich willkommen!", dringt eine Stimme an unsere Ohren. Silvi kommt auf uns zu.

„Wie sie nur in diesen Schuhen so gut gehen kann", flüstere ich anerkennend. „Ihr habt euch richtig in Schale geworfen", verteilt Silvi Küsschen auf unsere Wangen. „Papio!" Im Umdrehen ruft sie ihren Mann. Auf den Moment habe ich mich schon sehr gefreut. Wie er nur in Natur sein wird? „Mein Mann ist am Grill beschäftigt", lässt uns Silvi wissen. Wir folgen ihrem Blick und entdecken ihren Mann im Einsatz. Würstchen, Steaks und Gemüse liegen auf dem Grill. Ich bekomme Hunger bei dem Anblick. Mein Magen knurrt. Zu meiner Erleichterung hört es nur Karin, die unmittelbar an meiner Seite weilt. „Ich hoffe, es gibt auch noch Salate und Kartoffelgratin", lässt mich Karin wissen. Kurz gebe ich ihr einen liebevollen Knuff in die Seite.

„Dann folgt mir mal, Mädels!" Silvi eilt voraus. „Wie du nur in den hohen Schuhen auf dem Rasen zurechtkommst", fragt Ina, die ihr am nächsten ist. Silvi dreht sich mit einem wohlwollenden Blick um. „Das ist alles eine Sache der Übung und des Willens. Wer schön aussehen will, muss auch mal leiden", geht sie weiter. Ina, die Ballerinas trägt, wirkt etwas dörflich hinter Silvi. Wie schön, denke ich, dass wir alle so unterschiedlich sind. Somit können wir uns gegenseitig Anregungen geben und voneinander lernen.

„Zuerst gibt es ein Glas Champagner für euch", ruft Silvi einen Kellner, kaum dass wir am Grill angekommen sind. „Ich trinke später mit euch", lacht Silvi, nachdem wir unsere Gläser in den Händen halten. „Wenn ich mit allen Gästen ein Glas trinke, ist der Abend rasch zu Ende." Das kann ich nachvollziehen. Wir stoßen mit ihrem Wasserglas an.

„Was sehen meine Augen? Silvi hat mir hübsche junge Frauen an den Grill gebracht? Das kann sie gerne öfter tun", tönt Papio über den Grill. Unser Gekicher scheint ihn zu motivieren, noch einen Scherz nachzulegen. „Meine Silvi weiß, wie viel Mann in mir steckt. Einem anderen Gast hätte sie keine vier Frauen an die Seite gestellt." Erneut fallen wir in lautes Lachen. Gäste, die unmittelbar neben uns stehen, tun es uns gleich. Die Stimmung ist locker und die Leute sind aufgeschlossen, wie wir rasch merken. Im Anschluss werden wir mit Köstlichkeiten vom Grill verwöhnt.

„Ich kann doch unmöglich noch eine dritte Portion nehmen", Karin leckt sich die Lippen. „Das Fleisch ist köstlich. Besonders in Verbindung mit dem Nudelsalat à la Silvi." Ich nicke ihr aufmunternd zu. „Komm, Karin", sehe ich sie an, „wir gönnen uns noch eine Portion mit extra viel Nudelsalat."

Gegen 22 Uhr begrüßt Papio die Gäste offiziell. Die kleine Musikgruppe hat einen Tusch gespielt und für die nötige Aufmerksamkeit unter den Gästen gesorgt. Wir stehen am Rand der Bühne und haben einen freien Blick auf Papio.

Locker und mit den richtigen Worten hebt er einige der anwesenden Gäste hervor. „Unser Immobilienkönig von Nizza hat es sich nicht nehmen lassen zu kommen", hören wir ihn sagen. „Kein Wunder, der Mann ist schon lange hinter unserem Anwesen her", folgt ein Lacher. Die Gäste tun es Papio gleich. Später begrüßt der Hausherr auch eine Schauspielerin, die uns erst jetzt ins Auge fällt. „Wahnsinn! Wenn wir das zu Hause erzählen, das glaubt uns niemand", schwärmt Petra. Ihre Wangen glühen. Sie sieht wie immer sehr hübsch aus, wie ich finde. Ob Klaus ihr Herz erobern wird? Passt er überhaupt zu meiner Freundin? Karin ist zart, in jeder Hinsicht. Sie kann keinen Mann an die Seite bekommen, der ruppig mit ihr umgeht. Ihre Seele ist noch verletzt und ich wünsche ihr, dass diese Wunden bald verheilt sind.

„Lotte? Silvi begrüßt uns gerade. Du wirkst so abwesend. Lächele doch mal." Der Hinweis kommt von Karin und ich bin ihr dankbar. Unvermittelt blicke ich wieder zur Bühne. In der Tat hat jetzt Silvi das Mikrofon in den Händen.

„Die Mädels habe ich sozusagen auf der Straße kennengelernt", lautes Lachen der Gäste untermalt ihre Worte. Mit der Hand zeigt Silvi zu uns. Von null auf hundert sind wir der Mittelpunkt der Gartenparty. Verlegen sehen wir uns an. „Alle starren zu uns", wispert Ina. Dann hebt sie den Arm und winkt den Gästen zu. „Du bist so locker geworden, Ina, ich bewundere dich", mache ich es ihr gleich.

Keine zwei Minuten später begrüßt Silvi die nächsten Gäste und wir sind aus dem Fokus der Aufmerksamkeit heraus. „Für den Moment kam ich mir wie ein Star vor", schwärmt Karin.

„Ich brauche einen Nachtisch", blickt sie wieder zur Bühne. Silvi und Papio verlassen diese gerade und mischen sich unter die Gäste.

„Schon aufregend, so ein Leben in der Öffentlichkeit", blicke ich beiden nach. „Nimmst du mich mit zum Dessertbuffet?", meine Frage an Karin wird mit einem zufriedenen Nicken angenommen. „Möchtet ihr auch mitkommen?" Petra hebt die Hände. „Danke, nein." Ina überlegt kurz, verzichtet aber auch auf die süße Nachspeise. „Ich muss nächste Woche wieder mit Petra walken gehen, sonst ist mein Erfolg nach diesen Tagen nicht mehr auf der Waage sichtbar."

Auf Inas Worte gebe ich keinen Kommentar, Karin verzichtet auch darauf. Ich hake mich bei der Freundin unter und ziehe sie mit in Richtung Nachspeisen.

Ina

Wie spannend mein Leben inzwischen verläuft. Ich kann kaum glauben, was ich heute Abend erleben darf. Ich, Ina, stehe mitten unter erlesenen Gästen von Silvi und Papio Lewe. Die kleine Ina aus Bremberg. Dass ich aus einem 300-Seelen-Dorf stamme, davon ist gerade nichts zu spüren.

„Kannst du mich fotografieren?", Petra wirft sich in Pose. „Das Kleid sieht richtig schön an dir aus", nehme ich mein Handy aus der Handtasche. „Für wen soll ich dich fotografieren? Für Klaus?" Petra blickt mich kurz erschrocken an. „Du sollst doch lächeln, meine Liebe!", muntere ich sie wieder auf. Petra strahlt unvermittelt, was ich schon lustig finde. „Meine eitle Freundin", hebe ich das Handy.

„So eine hübsche Freundin möchte ich auch haben", höre ich eine männliche Stimme hinter mir sagen. „Darf ich um den nächsten Tanz bitten?" Der Mann, zu dem diese Stimme gehört, ist ungefähr in Petras Alter. Er geht, ohne auf mich zu achten, auf Petra zu und streckt ihr seine Hand auffordernd entgegen. Überraschend für mich fällt sein Blick dann doch zurück und er sieht mich an. „Sie erlauben doch, dass ich Ihre Freundin kurz entführe?"

„Natürlich, bitte", stammele ich ihm entgegen. Petra, das wundert mich sehr, nimmt die Aufforderung zum Tanzen an. Sie gibt ihm seine Hand und kichernd, wie ein Teenager geht sie mit dem Fremden Richtung Bühne und auf die Tanzfläche.

Meine Verwunderung ist groß. Zugeben darf ich, der Mann sieht sehr gut aus, er würde, soweit ich das beurteilen kann, sehr gut in das Beuteschema von Petra passen. Mein Blick haftet noch an Petra, als diese sich vergnügt auf der Tanzfläche dreht. Eng umschlungen wirbelt der Fremde Petra über das Parkett.

„Die beiden scheinen sich ja richtig zu amüsieren." Im Umdrehen weiß ich schon, diese Stimme gehört zu unserer Gastgeberin Silvi. „Petra hat gerade eine Enttäuschung hinter sich. Sie ist sehr verletzlich." Meine Worte lassen Silvi kurz staunen. „Davon ist jetzt aber nichts mehr zu sehen. Sie wirkt vergnügt." Das finde ich auch. „Tolle Party, Silvi. Lieben Dank noch einmal für deine Einladung. Für uns ist es wie ein Einblick in eine andere Welt. So viel Glanz und so viele bekannte Gäste, die ich sonst nur im Fernseher zu sehen bekomme. Mittendrin stehe ich, die Ina vom Land." Silvi legt die Hand auf meine Schulter. „Ihr Mädels macht mir eine große Freude. Ich habe euch schon am Nachmittag um die Verbundenheit, die ich spürte, beneidet."

„Silvi!", Lotte und Karin kommen zurück. Beide haben eine große Portion Nachtisch in einem Schüsselchen. „Deine Auswahl an Salaten und Nachspeisen ist köstlich!", schwärmt Karin.

„So soll es auch sein, ihr Lieben. Fühlt euch bei uns wie zu Hause!" Kaum, dass Silvi diese Worte gesagt hat, spricht sie ein weiterer Gast an und zieht sie mit zu einer Gruppe. Unser Blick haftet an Silvi. „So herzlich, wie sie ist", höre ich Karin sagen. In ihrer Stimme liegt viel Wärme. „Das glaubt uns niemand, wenn wir zu Hause von der Einladung erzählen", höre ich Lotte sagen. „Ich Landei stehe mitten in Monaco auf dem Grundstück der bekannten Schauspielerin und Leiterin der Talentsendung, Silvi Lewe. Anzufügen sei: Ich bin eingeladen, nicht eingebrochen." Wir lachen auf ihre Worte. „Wo ist Petra? Holt sich unser Püppchen jetzt doch ein paar Kalorien?" Karin bekommt von mir einen Schubs auf ihre Worte. „Du sollst Petra nicht immer ärgern, das hat sie nicht verdient. Sie ist nun einmal sehr schlank. Wenn sich Petra so wohl fühlt, warum nicht?"

Kurz löffeln Lotte und Karin an ihrem Nachtisch. Die Frage, wo nun Petra steckt, kommt erst wieder auf, als beide zufrieden lächelnd die leeren Schüsselchen einem Kellner mitgeben. „Bringen Sie uns bitte noch ein Glas Champagner", blickt Lotte ihm nach.

„Petra tanzt", mit dem Kopf zeige ich in Richtung der Bühne. Unvermittelt stehen Lotte und Karin dicht neben mir, folgen meinem Blick zur Bühne. „Der Mann sieht sehr gut aus", raunt Lotte. „Er würde gut zu unserer Petra passen", kommt nach.

„Sie tanzt nur, meine Lieben, mehr nicht." Meine Bemühungen, die Freundinnen vom Schmieden weiterer Pläne abzuhalten, missglücken. „Wirklich, der Mann passt zu unserer Freundin. Schaut doch nur, wie schön sie tanzen. Petra strahlt über das ganze Gesicht. So locker habe ich sie in den letzten Wochen nicht mehr gesehen."

„Wenn Anton Wall nach seiner Ausstellung in unserem Kunstmuseum in Dresden zurückkommt, steht Petra auf der Straße."

„Karin! Wo denkst du nur hin. Petra wird bei mir einziehen, vorrübergehend", betont Lotte. „Wir sind schon eine gute Gemeinschaft", greife ich kurz nach den Händen von Karin und Lotte. „Lässt du mich wohl los?", scherzt Karin und blickt sich um. „So kommt gewiss kein Mann auf mich zu und fragt, ob wir tanzen wollen." Ich muss erneut schmunzeln.

„Mit euch an der Seite dreht sich mein Leben. Langeweile kommt nicht auf unser Programm", sage ich und nehme ein Glas Champagner entgegen. Der Kellner verteilt auch an Karin und Lotte ein Glas.

„Auf die Freundschaft!"

„Halt! Da möchte ich aber mit euch anstoßen dürfen", gesellt sich Silvi wieder in unsere Runde.

„Auf die Frauenfreundschaft!", hebt Lotte ihr Glas und wir stoßen erneut an, mit Silvi. „Du bist auch auf Champagner umgestiegen?" Meine Frage lächelt sie weg. „Ich habe alle Gäste begrüßt und genügend Essen zu mir genommen, jetzt fängt der entspannende Teil der Party an."

„Silvi, wer ist der Mann, mit dem unsere Freundin tanzt? Sie scheint keine Lust mehr zu haben, die Tanzfläche zu verlassen." Lotte fragt, was auch mich interessiert. Automatisch wandern unsere Augen wieder zur Tanzfläche. Petra wirkt vergnügt, sie lässt sich von dem Mann immer um die eigene Achse drehen. „Tanzen kann er", hebt Karin den Kopf. „Petra macht sich aber auch sehr gut auf der Tanzfläche", füge ich nach. Verträumt haftet mein Blick auf meiner Freundin. „Wie schön, Petra mal wieder so strahlend zu sehen."

„Wollt ihr nun wissen, wer der Mann ist oder nicht?" Silvi kommt auf die Frage von Lotte zurück und sogleich sind auch Karin und ich in ihrem Bann und hängen an ihren Lippen. Die Neugierde ist groß. „Marco ist ein Freund von Papio", gibt Silvi Auskunft. In dem Moment, als sie weitersprechen möchte, kommt eine junge Frau an ihre Seite, spricht in ihr Ohr. „Ihr müsst mich kurz entschuldigen", dreht sich Silvi von uns weg und in Begleitung der Frau geht sie auf ihr Haus zu.

„Schade!", Lotte hebt die Schultern. „Jetzt wissen wir immerhin seinen Vornamen. Marco." Vergnügt stoßen wir unsere Gläser aneinander. „Petra wird später das Rätsel auflösen, ich hoffe es zumindest", belustigt kommen die Worte aus meinem Mund. „Wir nehmen Petra aber mit ins Hotel, wenn wir gehen", betone ich. „Ja, Mami", kommt eine direkte Schelte von Karin. „Petra ist alt genug, um zu wissen, was sie tut. Dieser Marco scheint sie nicht nur zum Lächeln zu bringen, Petra strahlt ja richtig", folgt eine Belehrung von Lotte.

„Schaut nur!", lenkt Karin unseren Blick auf einen Mann, der ganz in Schwarz gekleidet nur wenige Meter von uns entfernt steht. Ihm ist unsere spontane Aufmerksamkeit nicht entgangen. Höflich nickt er uns zu. „Kannst du mir verraten, Karin, wer der Mann ist?" Meine Frage bleibt offen, da der Fremde gerade auf uns zukommt.

„Silvi und Papio haben immer interessante Gäste. Wenn ich mich vorstellen darf." Karin schneidet ihm das Wort ab.

„Sie haben die aktuelle Ausstellung im Kunstmuseum in Monaco. Das Bild, der magische Fall, es ist von Ihnen, Herr Antonio." Verwundert schaue ich Lotte an, die sich an meine Seite gestellt hat. „Karin säuselt", flüstere ich in ihr Ohr. „Sie kennen meine neue Ausstellung schon? Wie hat sie Ihnen gefallen?" Der Künstler Antonio tritt einen weiteren Schritt auf Karin zu. Lotte und ich sind die Zaungäste, wie ich gerade denke. Karin lacht mit offenem Mund, sie strahlt, die Augen glänzen. „Nein, leider habe ich noch keine Gelegenheit gefunden. Für morgen jedoch steht ein Besuch der Ausstellung auf meinem Plan." Die nächsten Minuten verfolgen Lotte und ich die weitere Unterhaltung zwischen Antonio und Karin.

„Hast du Lust auf einen Espresso?" Meinen Vorschlag nimmt Lotte nickend an.

„Was ist mit Karin? Findet sie Antonio als Mann attraktiv oder geht es nur um seine Arbeit? Seine Kunst? Die neue Vernissage?"

Auf Lottes Frage kann ich keine Antwort finden. In meinen Augen kann der Mann für Karin ein Objekt der Begierde sein, ebenso die Tatsache, er ist ein bekannter Künstler. „Hoffentlich stehe ich in einer halben Stunde nicht allein hier", albert Lotte, nachdem wir einen Espresso in den Händen halten und etwas Abstand zu Karin und Antonio gewonnen haben. Lottes Handy klingelt. Verlegen angelt sie es aus ihrer Handtasche. „Ein Anruf von Franz", grinst mich Lotte an.

Lotte

Das laute Klingeln meines Handys hat zum Glück nicht für große Aufmerksamkeit gesorgt. Ina hat gelächelt, ich bin sehr froh zu beobachten, meine Freundin wird immer lockerer.

„Was macht meine Traumfrau?", eröffnet Franz unsere Unterhaltung. „Ich staune über meine Freundinnen und genieße das Ambiente der Gartenparty", an der Stelle unterbricht mich Franz. „Flirtest du mit anderen Männern?"

Ich hole kurz Luft. „Selbstverständlich, Franz. Hier sind die schönsten Männer der Welt versammelt und alle wollen nur mit mir tanzen." Kurz höre ich Franz heftig atmen. „Lotte!", seine Stimme ist laut geworden. „Bist du betrunken?" Puh! Jetzt klingt seine Stimme aufgebracht. „Ina steht neben mir, mein Lieber. Petra und Karin scheinen in der Tat männlichen Kontakt zu knüpfen." Kurz denke ich, das Telefonat ist unterbrochen, ich blicke skeptisch zu Ina. Dann aber höre ich Franz' Stimme wieder. „Ich vermisse dich, Lotte!" Mein Gesicht fängt an zu glühen. Wie oft habe ich mir in meinen Träumen genau diese Worte von Franz gewünscht? Jetzt, da ich sie höre, kann ich nicht antworten. Ina bemerkt meine Veränderung. Kein Wunder, meine Freundin kennt mich von Kindertagen an. Ihr kann ich nichts vorspielen. Ina hält mir die offene Hand entgegen und ich verstehe, gebe ihr das Handy. „Franz? Ich bin es, Ina. Geht es dir gut?", beginnt Ina die Unterhaltung mit meinem Freund. Um die Aufregung zu verdauen, drehe ich mich zu einem Kellner um, lasse mir noch ein Glas Champagner geben. Auch für Ina nehme ich ein Glas entgegen.

Ina lacht laut, hört, so kann ich sehen, auch Franz zu. Mit dem Handy am Ohr dreht sie sich wieder zu mir. „Franz organisiert für das kommende Wochenende eine Gartenparty", lässt sie mich wissen. Jetzt halte ich die Hand wieder offen und Ina legt mir das Handy in meine Hand zurück. „Franz? Deine

Worte von vorhin, du hast mich aus der Fassung gebracht." Mehr gehaucht als richtig ausgesprochen kommen meine Worte zu Franz. „Denk an deine Tante Lydia. Lass das Glück doch zu, wenn es auf dem Weg zu dir ist."

Kurz blicke ich zum Himmel, dann spüre ich ein wohliges Gefühl in meinem Körper.

„Ina?", suche ich das Gespräch mit meiner Freundin, nachdem das Telefonat mit Franz beendet ist. „Wie lerne ich, so zu empfinden, wie meine verstorbene Tante es zu Lebzeiten konnte? Locker sein und das Glück annehmen, hat Franz mir als Rat gegeben." Ina stößt mit mir an. „Was ich gelernt habe, meine Liebe, kannst du auch. Wir haben uns verändert in den letzten Jahren, das ist gut so! Dank dem Erbe von Lydia, ihrem Einfluss noch nach dem Tod auf uns, sind wir erwachsener und aufgeschlossener geworden. Für mich darf ich sagen, auch selbstbewusster. Heute lebe ich glücklich in mir und mit Johann an meiner Seite. Das Leben, Lotte, kann gerade nicht schöner für mich sein."

Staunend stehe ich neben Ina.

„Deine Freundin hat schöne Worte zu ihrem Leben gefunden. Wieso schaust du so traurig? Gefällt dir mein Fest nicht?" Silvi ist in einem Moment zu uns gestoßen, den ich verpasst habe zu bemerken. „Im Gegenteil. Es ist so schön bei dir, dass ich vor Aufregung rührselig bin. Dann hat mir mein Freund am Telefon noch Komplimente gemacht, die ich nicht aus seinem Mund erwartet habe." Silvi lächelt mich an. „Somit ist deine Welt in Ordnung. Ich werde dich besuchen kommen und dann lerne ich deinen Freund kennen", sagt sie ganz selbstverständlich. Ob Silvi uns wirklich besuchen will? Was haben wir zu bieten? Mein altes Häuschen ist nicht mit ihrer Villa zu vergleichen. „Wo ist denn Karin? Immer, wenn ich zu euch komme, fehlt eine Freundin." Ina klärt Silvi rasch auf und zeigt in die Richtung, wo Karin und Antonio stehen. Silvi lacht. „Ihr zwei seid aber fest liiert? Oder muss ich mit weiteren Überraschungen rechnen?"

Ina

Gerade spüre ich eine Lebendigkeit in mir, die ich so in den vergangenen Jahren nicht kannte. Meine Freundinnen tun es mir gleich, wie ich auf der Gartenparty sehen darf. Petra ist schon seit einer Stunde auf der Tanzfläche. „Unsere Freundin hat eine gute Kondition. Ich wäre inzwischen verschwitzt und müde", sage ich zu Lotte, die an meiner Seite weilt. Versonnen nickt mir Lotte zu. „Du bist in deinen Gedanken bei Franz", mahne ich die Freundin. Mein Gesichtsausdruck jedoch verrät ihr, ich bin nicht böse. „Auf das nächste Wochenende freue ich mich. Franz legt sich richtig ins Zeug für dich", füge ich nach.

„Glaubst du, Ina, wir können einmal alle vier zur gleichen Zeit glücklich und verliebt sein? Karin, Petra, du und ich?"

„Ja, wieso auch nicht?", meine Antwort scheint Lotte zu beruhigen. „Eine schöne Vorstellung, wie ich finde. Morgen schreibe ich eine neue Kolumne. Meine Leserinnen müssen von dem heutigen Abend erfahren", schwärmt Lotte. „Bitte schreibe nicht über Karin und Petra. Keine Ahnung, wie es zu Hause weitergeht. Daher müssen nicht alle Menschen einen direkten Einblick in den Verlauf des heutigen Abends erhaschen, Lotte."

„Ich sage einmal mehr, ja, Mami", höre ich Lotte sagen. Auf diese oder eine ähnliche Antwort bin ich gefasst.

Während Petra weiter die Tanzfläche bevorzugt, Karin sich unter einem Apfelbaum in die Neuheiten der Kunst einführen lässt, schlendern Lotte und ich durch den Garten. Für mich ist es faszinierend zu sehen, wie vielfältig der Garten angelegt ist. Lotte, so glaube ich zu ahnen, findet wenig Gefallen an der durchdachten Anlegung. „Es ist so ordentlich", höre ich sie sagen. „Dein Garten ist unordentlich und du vergisst, deinen Rasen zu mähen." Ich blicke der Freundin in ihre Augen. „Franz kann doch diese Aufgabe übernehmen", füge ich nach. Lotte schüttelt den Kopf. „Ina! Ist das so wichtig?" „Für mich schon. Wenn Johann und ich im Garten grillen, dann erfreue ich mich nebenbei auch an dem Anblick des Rasens, der Rosen, der kleinen Ziersträucher."

Mitternacht

Nicht gerechnet habe ich mit einem Feuerwerk. „Traumhaft", blicken Lotte und ich zum Himmel. Solch einem Event beizuwohnen, ich kann es noch immer nicht glauben.

„Schau nur, da steht Petra", schubse ich Lotte. „Zuerst sehe ich mir das Feuerwerk zu Ende an", lässt sie mich wissen. Ich tue es ihr gleich. „Silvi und Papio sind die perfekten Gastgeber." Auf meine Worte höre ich aus Lottes Mund: „Wie wahr, Ina! Noch nie habe ich so eine Party erlebt. Niemand kann mich mehr als Landei bezeichnen."

„Doch, ich darf das noch tun. Zumindest ab und an", hören wir die Stimme von Karin. Kurz wenden wir unsere Aufmerksamkeit ihr zu, dann aber schauen Lotte und ich wieder auf das Feuerwerk. „Ich fühle mich so gut", spricht Karin weiter. Erst, als das Spektakel am Himmel vorbei ist, wende ich meine Augen zu Karin. „Wir gehen also morgen alle in das Kunstmuseum? Liege ich richtig? In die Ausstellung von Antonio?" Amüsiert beobachte ich Karin. Sie strahlt über das ganze Gesicht. „Du glühst ja richtig", sagt Lotte. „Los, erzähle uns schon von Antonio", ihre Stimme klingt hoch, sie ist auch etwas zu laut. „Auf die Ausstellung freue ich mich, ebenso auf die Gewissheit, von dem Künstler persönlich geführt zu werden. Ich werde Einblicke erhalten in seine Arbeit, den Schaffensprozess. Das ist sehr interessant und ihr werdet ebenfalls Freude empfinden."

Karin

Wie gut es mir nur geht. Dankbar bin ich für diesen schönen Abend, den Moment an sich und natürlich auch dafür, dass ich Antonio kennenlernen durfte. Morgen um 10 Uhr bekommen meine Freundinnen und ich eine private Führung durch seine Ausstellung, wie sehr ich mich schon darauf freue. Ich kann es nicht in Worte fassen, was ich tief in mir empfinde. „Kennst du die Werke von Antonio?", die Frage kommt von Ina, als ich endlich wieder neben ihr und Lotte weile. „Du hast uns ziemlich vernachlässigt", wirft sie nach. Es ist die Wahrheit und daher gelobe ich Besserung für den Rest des Abends. „Natürlich kenne ich schon die Werke von dem Künstler. Mich beeindrucken die ineinanderfließenden Farben. Morgen könnt ihr euch selbst einen Eindruck machen. Mich zumindest hat er mit seinen Werken längst in den Bann gezogen." Auf meine Worte bekomme ich eine zweideutige Bemerkung von Lotte zurück.

„Nur mit seinen Werken oder auch mit seiner männlichen Ausstrahlung, liebe Karin?"

Innerlich bin ich aufgewühlt, kann mir selbst gerade die Frage von Lotte nicht beantworten, daher bleibe ich nach außen bemüht gelassen. „Mir geht es um die Kunst", betone ich mit kühler Stimme. Ein Kellner kommt mir in den Blick und ich nutze den Moment, um meinen Freundinnen und weiteren neugierigen Fragen zu entfliehen. Mit drei frischen Champagnergläsern komme ich zurück in die kleine Runde und wie erwartet hat sich der Themenschwerpunkt schon verlagert. „Petra scheint uns vergessen zu haben", schielt Ina in Richtung der Tanzfläche. „Sie ist doch nicht noch immer auf dem Parkett?" Ungläubig sehe ich zur Band und versuche, meine Freundin unter den tanzenden Menschen auszumachen. „Ich kann Petra nicht sehen", recke ich meinen Kopf. „Sie wird eine Pause einlegen. Ihr Tempo, zumindest, soweit ich es verfolgt habe, hat mir schon beim Zusehen den Schweiß auf die Stirn gebracht." Lotte hebt im Anschluss ihr Glas. „Auf uns Freundinnen." Die Gläser klirren aneinander. „Was ist mit mir?" Hinter meinem Rücken taucht Silvi auf und hält uns ihr Glas entgegen. Aufgedreht wie Teenager prosten wir ihr zu. „So ein schönes Feuerwerk, Silvi, ich bin entzückt von dem Abend." Meine Worte gefallen ihr. „Die Vorbereitungen hingen allein in meinen Händen." Ina nickt anerkennend. „Ohne die Organisation von uns Frauen", an dieser Stelle wird Ina unterbrochen.

„Hallo meine Lieben", Petra reiht sich zu uns. Ihre Wangen glühen. „Marco ist ein charmanter Mann, nicht wahr, Petra?" Silvi grinst sie an. „Marco? Wer ist Marco? Ich scheine hier nicht mitzukommen. Kann mich bitte eine von euch aufklären", sehe ich in die Runde. „Kein Wunder, du hast ja die letzte Stunde nur Augen und Ohren für die Kunst gehabt", höre ich aus Inas Mund.

„Keinen Streit, Mädels! Dafür ist der Abend doch zu schön. Außerdem, Petra ist nicht verheiratet, wieso soll sie sich nicht amüsieren? Marco ist ein netter Mann und wie ich weiß, frisch getrennt. Idealer geht es doch kaum", Silvi lacht zufrieden. Wie schön ihre Zähne nur sind, denke ich und mir fällt ein, ich muss dringend meinen Zahnarzt kontaktieren. „Trotzdem will ich mehr über diesen Single-Mann wissen. Was macht Marco beruflich, wo wohnt er? Hier in Monaco?" Ich lasse nicht locker mit meiner Nachfrage nach dem Mann.

Von Petra erhalte ich einen kleinen Kniff in die Seite. „Geht dich der Mann etwas an? Wenn es jemanden aus der Runde wirklich interessieren sollte, was Marco arbeitet, dann doch mich!"

Silvi wird erneut aus unserer Runde gerissen, zu viele Gäste möchten mit ihr sprechen, was ich verstehen kann.

Die Party ist auch weit nach Mitternacht noch in vollem Gang. „Ob die Nachbarn sich nicht beklagen?", diese Frage kommt von Ina, was ich schon typisch finde. Mir ist es nicht einmal in den Sinn gekommen, darüber nachzudenken. Obwohl, ganz unrecht hat die Freundin nicht. „Sicherlich sind alle eingeladen", bringt sich Petra ein. Wir nicken. Diese Erklärung scheint uns plausibel zu sein. „Kommst du morgen mit in die Ausstellung im Kunstmuseum?", möchte ich von ihr wissen. Petra windet sich, wie nicht nur ich sehen darf. „Du hast schon eine Verabredung?" Petra lacht. „Immerhin bin ich schon alt genug dafür. Oder muss ich in der Zukunft erst eine Erlaubnis bei dir einholen?" Petra sagt es mit einem Unterton, der uns verrät, sie amüsiert sich gerade über meine Worte.

„Schon gut! Dürfen wir einen Einblick erhaschen in dein Vorhaben für den morgigen Tag?" Petra strahlt in sich hinein. Selbst bei dem inzwischen schummrigen Licht ist es nicht zu übersehen, ihr geht es gut. „Bist du verknallt?", Lotte tritt einen Schritt näher auf Petra zu. „Schau mich an, Petra? Da ist so ein Funkeln in deinen Augen, das habe ich lange bei dir vermisst." Gerührt fällt Petra ihr in den Arm. Ina und ich sehen uns verwundert an. Petra ist im Allgemeinen nicht der Mensch der großen Gefühle, schon gar nicht, diese in der Öffentlichkeit noch zu zeigen. Umso verwunderter bin ich jetzt. „Darf ich überhaupt ein Gefühl der Schmetterlinge in meinem Bauch zulassen? Ist es nicht eine Ohrfeige gegenüber Klaus? Er bemüht sich um mich und", Petra bricht ihre Worte ab, nimmt zeitgleich auch ein Stück Abstand zu Lotte. „Verwirrt bin ich. Durcheinander und doch so glücklich. Es fühlt sich so gut an, so richtig. Versteht ihr mich?"

Natürlich können wir uns in Petra und ihre Gefühlslage hineinversetzen. „Liebeskummer ist keiner von uns in den letzten Jahren erspart geblieben, Petra. Daher können wir dich sehr gut verstehen." Petra schließt kurz ihre Augen. „Muss ich jetzt Klaus informieren?" Lotte schüttelt den Kopf. „Du hast nur getanzt, Petra. Setz dich nicht schon wieder unter Druck. Heute gehst du mit uns zurück ins Hotel. Morgen beim Frühstück reden wir noch einmal über deine Frage. Überstürze nur nichts, das hilft niemandem. Am allerwenigsten dir. Jetzt unbedacht zu reagieren, damit erreichst du nur Ärger." Meine Worte finden zumindest bei Lotte Anklang. Ina rümpft die Nase, bleibt aber schweigsam. Petra nimmt keine Notiz von Ina, sie ist in ihren Gedanken, spürt die Schmetterlinge im Bauch, wie ich vermute.

3 Uhr in der Frühe verabschieden wir uns von Silvi. Die Umarmung ist herzlich. „Ich komme euch besuchen, versprochen!", hören wir Silvi beim Verlassen des Grundstücks sagen. „Meine Befürchtung ist, sie wird uns vergessen, schon in wenigen Tagen kennt sie vermutlich unsere Namen nicht mehr. Silvi hat so viele Einladungen, Verpflichtungen nicht zu vergessen. Jeden Tag trifft sie viele Menschen. Wo nur soll noch die Zeit bleiben an Lotte zu denken?" Tief Luft holend bleibt Lotte stehen.

„Sie wird uns nicht vergessen. Dich, liebe Lotte, sowieso nicht. So angetan, wie Silvi von deiner Kolumne war. Mit Sicherheit wird sie ab heute regelmäßig deine Zeilen lesen und somit informiert sein über dein Leben", ich halte inne. „Und in kleinen Stücken auch über unser Leben", füge ich an und lache im Anschluss.

Im Hotelzimmer angekommen, spüren wir die Müdigkeit. „Zähneputzen, abschminken und ab ins Bett", eile ich ins Bad. Kaum zehn Minuten später stehe ich wieder im Zimmer und grinse in mich hinein. Meine Freundin Lotte liegt in ihrem Kleid auf dem Bett und schläft. Leise schnarchend und mit einem zufriedenen Gesichtsausdruck liegt sie vor mir. Ich bringe es nicht über mein Herz, sie zu wecken. Daher decke ich Lotte mit einer dünnen Decke zu und lege mich auf meine Seite des Bettes. Rasch komme auch ich in das Land der süßen Träume.

Am Morgen

Petra

Ein paar weitere Stunden Schlaf hätte ich meinem Körper gerne noch gegönnt. Gestern am Abend, besser gesagt heute in der Früh, als wir im Hotel angekommen sind, habe ich gewissenhaft meinen Wecker gestellt, auf 8 Uhr. „Bist du das, Petra? Ist das dein Wecker, der mich so unsanft aus den Träumen holt?" Inas Stimme ist noch dünn. „Süß siehst du aus, so am Morgen, meine Liebe", sage ich und verlasse leichtfüßig meine Seite vom Bett. „Wir sind ein gutes Team, Ina", rufe ich auf dem Weg ins Badezimmer. Mit der Zahnbürste im Mund blicke ich Minuten später noch einmal nach Ina. Sie liegt zufrieden im Bett, in den Händen hält sie ihr Handy.

„Bist du schon um diese Uhrzeit beliebt?"
Ina grinst. „Mit der Zahnbürste im Mund kann ich dich nicht verstehen. Du sabberst außerdem auch beim Reden mit Zahnbürste im Mund." Ups, das ist mir doch peinlich. Ina, so kann ich sehen, vertieft sich augenblicklich wieder in ihr Handy und ich eile zurück in das Badezimmer.

„So, meine Liebe, das Bad ist jetzt frei für dich", ziehe ich zwanzig Minuten später die Bettdecke von Ina weg. „Das kannst du mir nicht antun", krabbelt Ina grinsend aus dem Bett und geht in Richtung Badezimmer. „Ich brauche 15 Minuten", lässt sie mich wissen und verschwindet im Badezimmer. Ich mache es mir mit einem Stadtführer gemütlich und bin innerhalb von Sekunden von dem gefesselt, was ich lesen und erfahren darf.

„Ich habe das vorhin ernst gemeint, Ina. Wir sind ein gutes Team. Ich mag deinen Ordnungssinn. Um ehrlich zu sein, mich graust es vor dem Einzug in Lottes Haus. Trotzdem bin ich dankbar, ein Dach über dem Kopf zu wissen. Halte mich nicht für abgehoben, bitte", erkläre ich Ina, während wir beide zum Frühstücksraum gehen.

„Glaube mir, Petra, ich kann nachvollziehen, was du gesagt hast und was dich bewegt. Wir müssen versuchen, eine Wohnung für dich zu finden. Eventuell verabschiedest du dich für eine Weile von Limburg und ziehst zu uns nach Bremberg? Auf dem Land ist es leichter, eine Wohnung zu finden als in Limburg." Unrecht hat Ina nicht. In Limburg sind die Mieten teurer. Mir liegt es aber am Herzen, eine schöne Wohnung zu finden. Kompromisse kommen nicht in Frage, das ist auch der Grund, wieso ich noch keine neue Bleibe gefunden habe. „Wie schnell nur die Zeit vergangen ist. Die Vernissage von Anton Wall steht kurz bevor, Lottes Fernsehauftritt ebenso. Die Wochen sind nur so vergangen."

Schweigend gehen wir die Treppe hinunter. Was ich schön finde, Ina hat nicht einmal gezögert, als wir an dem Aufzug vorbeigekommen sind. „Nächste Woche treffen wir uns wieder zum Sport", eile ich voraus.

„Wie kann man nur so munter sein nach so einer kurzen Nacht?" Unvermittelt drehen Ina und ich uns um. Kaum, dass wir am Frühstücksraum angekommen sind, hören wir Lottes Stimme hinter uns. „Lotte?" Etwas zu heftig und zu laut ist meine Reaktion auf den Anblick der Freundin.

„Du scheinst nichts mehr zu vertragen, außer gesunder Landluft."

Die Lacher sind auf meiner Seite. Weder Karin noch Ina halten sich zurück. Unsere Lotte sieht heute Morgen verschlafen aus. Sie hat verquollene Augen, die Haut ist fahl, die

Körperhaltung signalisiert, sie ist noch im Ruhemodus. „Leg dich doch nachher noch ein Stündchen ins Bett", legt Ina kurz ihre Hand auf Lottes Schulter. „Gute Idee, nur dann verpasse ich die Führung im Kunstmuseum und Antonio. Das lasse ich mir doch nicht entgehen. Den Mann will ich mir genauer ansehen, aus der Nähe. Wer meiner Freundin Karin näherkommen möchte, der muss erst von uns begutachtet sein." Selbstverständlich gibt Karin spontan einen Kommentar auf Lottes Worte. „Heiraten werde ich diese Woche noch nicht, du kannst dich also entspannen. Im Übrigen habe ich nicht den Eindruck gewonnen, Antonio hat Interesse an mir. Mir kommt es viel mehr so vor, als liebe er", Karin bricht ihre Worte ab. Unvermittelt widmet sich die Freundin dem Frühstücks Buffett. Da auch wir mit dem Frühstück und dem reichhaltigen Angebot beschäftigt sind, kommen keine Nachfragen.

„Wirklich lecker!", erfreue ich mich an dem ersten Schluck aus meiner Kaffeetasse. „Das schwarze Glück bringt mich wieder in Schwung." Lotte schüttelt ihren Kopf. „Noch mehr Schwung? Wer bitte soll dich dann über den ganzen Tag ertragen? Du sprühst schon jetzt vor Energie wie ein Kraftwerk." Mit Freude nehme ich noch einen Schluck Kaffee und beobachte, meine Freundinnen tun es mir gleich. „Jetzt rocken wir das Buffet", steht Karin auf, reibt sich dabei ihre Hände ineinander. Meine Freundin, so denke ich, sie liebt das Essen. In diesem Leben wird sie nicht mehr abnehmen. Lotte eilt Karin nach, während Ina an meiner Seite bleibt. „Deine Gedanken zu lesen, war gerade einfach", blinzelt sie mich an. „Karin wird mit den Pfunden auch glücklich durch das Leben kommen. Ihre Einstellung ist anders als deine Erwartung an dein Leben. Sehe die Menschen in deinem Umfeld nicht nur aus deinem Blickwinkel, Petra." Ina sieht mich milde an und fügt nach: „Bewundernswert finde ich deine Disziplin im Umgang mit unnötigen Kalorien." An dieser Stelle bringe ich mich ein.

„Mir fällt es nicht schwer, auf Kost zu verzichten, die mir nur Kalorien aber keine Energie schenkt. Ich kasteie mich nicht, Ina. So wie ich lebe, das bin ich."

Karin und Lotte kommen an den Tisch zurück, als Ina und ich uns auch auf den Weg zum Buffet machen. Dank Inas Worten halte ich mich mit einer Bemerkung zurück, was mir beim Anblick des überfüllten Tellers von Karin und Lotte schwerfällt.

„Leben und leben lassen", eilt Ina neben mir zum Buffet. Ich komme nicht umhin zu staunen. Meine Freundin hat sich so verändert. „Mir gefällt die neue Ina", greife ich neben ihr zum Vollkornbrot. „Darf ich erfahren, mit wem du schon so früh geschrieben hast? Noch im Bettchen liegend?" Inas Gesichtszüge entspannen sich. „Mit Johann. Er hatte geschrieben, wie sehr er mich vermisst, nach meiner Nähe schmachtet und schon die Stunden zählt, bis zu meiner Rückkehr." Schöne Worte, denke ich und sage es auch zu Ina. „Wieder zu Hause in Bremberg haben Johann und ich noch eine Nacht für uns. Der kleine Wolfi wird bei Rosalinde und Vincenz übernachten und ich in den Armen von Johann", entzückt strahlt mich Ina an. Ja, denke ich, sie hat ihren Mann und ihren Weg gefunden. Wie schön für die Freundin. Meine Gedanken wandern zurück in die Zeit, als ich in das Leben von Ina, Karin und Lotte gekommen bin. Die Anfänge sind nicht als fruchtbar für eine gute Freundschaft zu sehen. Heute schäme ich mich für mein Verhalten, besonders Ina gegenüber.

Verliebt wie ein Teenager war ich zu dieser Zeit, ausgerechnet in Inas ersten Mann. Dass Ina und ich heute so eng befreundet sind, für mich ist es ein Geschenk und ein Zeugnis von Inas großzügigem Herzen. Hätte sie mir nicht verziehen, ich wäre heute nicht mit Lotte und Karin so eng befreundet.

„Damit kommst du über den Tag?" Im Gegensatz zu mir kann sich Karin eine Bemerkung zu meinem Teller nicht verkneifen. „Mehr war nicht auffindbar. Vor mir müssen zwei Frauen das Buffet geplündert haben", antworte ich grinsend. Der Kellner kommt mit einer neuen Kanne Kaffee und erntet dankbare Blicke von uns. „Es ist spät geworden bei den Damen gestern Abend?", sagt er vertraut. Sein Verhalten wundert mich. Während ich ihn skeptisch ansehe, fängt Lotte eine kleine Unterhaltung an. „Nein!", entgegnet Lotte dem Kellner direkt. „Früh trifft es besser." Mit Lachen entlassen wir den Mann von unserem Tisch. Ich muss wieder lockerer werden, mahne ich mich und hoffe, für den restlichen Tag nicht so verklemmt durch die Gegend zu laufen.

„Jetzt zu dir, Petra. Was genau hast du heute vor? Wieso kannst du nicht mit uns ins Kunstmuseum kommen und die neue Ausstellung ansehen?" Karin macht eine Pause beim Essen, das sorgt mich, um ehrlich zu sein. Auch die anderen Freundinnen konzentrieren sich jetzt nur auf meine Person. „Schmeckt es euch nicht?" Meine lockere Frage wird unbeantwortet gelassen. Ich hebe meine Hände vor die Brust. „Gut, ich werde euch einen kleinen Einblick in den Vormittag geben, den ich erleben werde, hoffentlich." Meine Bemühungen, locker zu sein, sie zeigen Wirkung. Karin greift zu meiner Beruhigung wieder zum Besteck und somit auch zu den Bratkartoffeln, die vor ihr liegen. Wenn ich bedenke, wir sind erst beim Frühstück! Kurz schließe ich meine Augen. „Petra?", Ina gibt mir einen kleinen Schubs und holt mich aus den Gedanken heraus.

„Marco will mir Monaco zeigen." Ina reagiert als Erste. „Das ist alles? Wieso hat er uns nicht auch eingeladen?" Lotte poltert los vor Freude. „Ja, das stimmt. Ich möchte auch die geheimen Ecken von Monaco sehen, nicht nur die Blickwinkel der Touristen erhaschen." Mir wird warm. Meine Freundinnen haben mit ihrer Frage einen wunden Punkt angesprochen. Schon gestern am Abend, als Marco mir sein Angebot unterbreitet hat und ich darauf eingegangen bin, kam ein schlechtes Gewissen auf. „Dir sieht man deine Gedanken an", betont Karin. Im Anschluss scheffelt sich die Freundin wieder die Gabel voll. „Ich werde Marco anrufen und selbstverständlich kommt ihr mit, ansonsten sage ich ihm auch ab. Wir sind gemeinsam in dieses Wochenende gestartet und ich fühle mich jetzt schon mies, dass ich nur darüber nachgedacht habe, die Zeit mit einem Mann allein zu verbringen. Es liegt bestimmt an der Tatsache, dass der Mann mir", ich unterbreche mich selbst. Was rede ich hier nur? Marco habe ich vor weniger als einem Tag kennengelernt und jetzt tue ich so, als sei ich in ihn verliebt. Bisher weiß ich sehr wenig von ihm, außer, er kann sehr gut tanzen. „Aktuell bin ich auf einer Rutschbahn unterwegs und suche ständig nach einem Halt. Mir gelingt es weder in Schwung zu kommen noch in der Bahn zu bleiben", greife ich wieder nach meinem Kaffee. „Denke öfter an meine Tante Lydia Lowere! Hätte sie das Leben immer so ernst genommen, ihr wären mit Sicherheit viele schöne Momente verborgen geblieben." Lotte lächelt mir zu und greift im Anschluss beherzt zu dem nächsten Brötchen, das sie mit Schokoladencreme bestreicht. Lydia Lowere denke ich im Nachgang, wie gerne wäre ich so unbekümmert unterwegs, wie diese Frau es zu Lebzeiten war.

Lotte

Petra haben wir richtig ins Schwitzen gebracht. Sie hat es allerdings auch verdient. Lieb fand ich ihre Idee nicht, allein mit Marco Monaco zu erkunden. Karin hat die Führung im Kunstmuseum auch für uns Freundinnen mit ausgemacht. „Unsere Freundin ist verknallt", werfe ich Petra über den Tisch zu. Verlegen tupft sie mit der Serviette den Mund ab. Ihr Angebot, uns doch mitzunehmen, rührt uns. „Schon gut, Petra. Von meiner Seite aus kannst du allein mit Marco Monaco erkunden. Verliebte bekommen einen Sonderstatus in unserer Runde." Ina und Karin untermalen meine Worte und heben den Daumen hoch. „Wir sehen das auch so", beschwören beide. Petra ist verlegen, das kann ich ihr ansehen. So hin und her gerissen wegen eines Mannes, das war sie lange nicht. Marco muss ihr Herz im Sturm erobert haben, grübele ich, während ich mein Brötchen esse und Petra beobachte. Die Freundin hat nur eine Scheibe Vollkornbrot gegessen, damit will sie in den Tag starten?

„Sehen wir uns zum Mittagessen?" Inas Frage lässt Petra wieder zusammenzucken. „Wenn ich ehrlich sein darf", sie zögert. „Du hast auch für das Mittagessen eine Verabredung mit Marco?" Petra nickt uns zu. „Das ist ein Teil seiner Einladung. Zunächst zeigt er mir die Ecken von Monaco, wo die Touristen im Allgemeinen nicht hinkommen oder gehen. Im Anschluss lädt er mich zum Essen ein, in seinem Haus."

Oh! Das wird ja immer interessanter. „Petra! Wo genau wohnt Marco? Was weißt du bisher von ihm? Wir können dich doch nicht einfach so zu einem Fremden gehen lassen, im Ausland? Wenigstens eine Handynummer musst du uns zukommen lassen. Für den Notfall." Inas Sorge kann Petra nicht teilen. „Ihr wisst schon, dass ich volljährig bin?" Erst, als auch ich auf eine Handynummer oder die Anschrift von Marco bestehe, wird sie nachsichtig. „Ihr denkt doch nicht so schlecht von dem Mann?" Karin zuckt die Achseln. „Wir kennen den Mann bisher nicht, außer seinem Namen hast du nichts über ihn gesagt." Karin steht auf und wir sehen ihr nach.

„Jetzt geht sie zum Buffet", echauffiert sich Petra. „Gerade hat sie noch Sorgen, mich will ein Mann verschleppen und jetzt ist es der leere Frühstücksteller, der ihr Interesse weckt."

Ich pruste los vor Freude. „Ja, so ist unsere Freundin." Im Anschluss an meine Bemerkung stehe ich auf und eile ebenfalls noch einmal an das Buffet.

Karin nimmt mich gleich in Empfang. „Findest du es gut, dass Petra sich mit einem fremden Mann trifft?" Karin sorgt sich, das höre ich aus ihren Worten heraus. „Der Mann war bei Silvi und Papio auf der Gartenparty eingeladen, zumindest die zwei kennen Marco, das klingt doch beruhigend. Und ich glaube auch nicht, dass dieser Mann vorhat, unsere Freundin zu entführen."

Mit zwei vollen Tellern steuern wir den Frühstückstisch an. Ina und Petra sind in ein Gespräch vertieft, was mir lieb ist. Somit kann ich mich zunächst den Köstlichkeiten widmen, die ich am Buffet entdeckt habe. Karin ist ebenso begeistert wie ich. „Das Hotel kann ich weiterempfehlen", grinst sie mich an und beißt im Anschluss in einen Pfannkuchen, der mit Preiselbeeren gefüllt ist. „Ich muss leider jetzt los", steht Petra unverhofft eilig von ihrem Stuhl auf. „Ich werde in zwei Minuten vor dem Hotel abgeholt, falls ich nicht sitzengelassen werde", ihre Stimme verrät, Petra ist aufgeregt. Karin legt abrupt das Besteck aus den Händen. Mit vollem Mund murmelt sie: „Die Handynummer von Marco." Petra bleibt stehen, windet sich, dann aber greift sie nach ihrem Handy. „Ich leite dir die Nummer weiter. Es ist ja lieb, wie besorgt ihr um mich seid."

Nachdenklich blicken wir Petra nach, die es auf einmal sehr eilig zu haben scheint.

„Wie ein Schmetterling ist unsere Petra. Sehr hübsch, sehr zart und gerade auch flatterhaft." Auf die Worte von Karin können Ina und ich nur mit lautem Lachen antworten. „Ein Körnchen Wahrheit steckt in deiner Bemerkung", fügt Ina gelöst nach. „Sollten wir uns nicht auch langsam auf den Weg zum Kunstmuseum machen?"

Karin schiebt den Teller ein Stück von sich weg. „Offen gesagt, ich bin jetzt auch aufgeregt. Eventuell hat mich Antonio gestern am Abend, bei den Lichtverhältnissen im Garten, anders gesehen." Sie blickt an ihrem Körper hinunter. „Eventuell hat er meine weiblichen Rundungen nicht gesehen?"

„Du bist sehr schön, Karin. Sehr sinnlich und eine richtige Frau. Antonio wird schon am gestrigen Abend deine weiblichen Vorzüge beachtet haben", beruhigt Ina die Freundin. „Dann ziehen wir mal los in Richtung Kunstmuseum", steht Karin beherzt auf.

Die frische Luft, die ich gleich vor dem Hotel aufsauge, sie tut mir heute Morgen gut. „Gestern Abend habe ich einen Champagner zu viel getrunken."

Karin sieht mich verschmitzt an. „Wir sind keinen Champagner gewohnt, das ist dein Problem. Bei den Mädelsabenden gibt es nur die Hausmarke. Unser Prosecco ist nicht mit dem edlen Getränk vom gestrigen Abend zu vergleichen. Mir zumindest hat er sehr gemundet." Ich nicke und gehe die Stufen vom Hotel hinunter zur Straße. „Ja, er hat mir mehr als nur gemundet, daher konnte ich nicht nein sagen, wenn der Kellner mir ein neues Glas angeboten hat."

Vor dem Museum angekommen, sind unsere Gedanken und die Gespräche noch immer bei der Gartenparty. „Glaubst du,

Lotte, Silvi kommt uns in Bremberg besuchen? Ob sie unser kleines Dorf überhaupt findet?" Ina bleibt mit dem Türgriff in der Hand vor dem Kunstmuseum stehen. Karin tippelt von einem auf den anderen Fuß, sie ist nervös. Eine Antwort kann ich Ina nicht mehr geben, in dem Moment, als ich sprechen möchte, erscheint Antonio und Ina öffnet die Tür.

„Karin!" Mit hoher Stimme eilt der Künstler unserer Freundin entgegen, vorbei an Ina und mir, was ich unschön finde. In meinen Augen ist sein Verhalten unhöflich. Jetzt habe ich das Gefühl, wir stören. Ein Blickwechsel mit Ina reicht mir aus, um zu erkennen, der Freundin geht es genauso. Karin hat uns lieb mit einbezogen in ihre Verabredung, jedoch ohne zu ahnen, wie enttäuscht Antonio über unser Erscheinen sein wird. Glücklich lässt sich Karin von dem Mann zur Begrüßung umarmen und mit in das Innere des Museums ziehen.

„Kommt ihr?" Karin dreht sich zu uns um, sie lächelt uns verlegen an. Zögerlich suche ich erneut den Blickkontakt zu Ina. „Meine Kopfschmerzen", sehe ich wieder zu Karin. „Soll ich dir eine Tablette besorgen? In der Nähe ist bestimmt eine Apotheke", löst sich Karin aus der Umarmung von Antonio und kommt zu mir. Sie sieht mich sorgenvoll an. „Möchtest du dich lieber hinlegen? Sollen Ina und ich dich begleiten." Mit einem Kloß im Hals antworte ich ihr: „Ina kann mich begleiten. Du hast dich doch so auf die Führung gefreut. Um ehrlich zu sein, ich verstehe auch nicht so viel von der Kunst wie du." Karin ringt mit sich, das kann ich sehen. „Ungern möchte ich dich allein lassen, wenn es dir nicht gutgeht, Lotte." Antonio kommt an ihre Seite. „Kann ich helfen?" Immerhin nimmt er mich nun wahr. Auch seine Hand streckt er mir entgegen. „Herzlich willkommen im Museum", säuselt er im Anschluss. Ina wird ebenfalls von dem Künstler begrüßt. „Nicht enttäuscht sein, ich werde eine Apotheke aufsuchen und im Anschluss etwas durch die frische Luft spazieren." Karin nickt.

Antonio strahlt mich plötzlich freudig an. „Mir scheint, die Party hat ihre Spuren hinterlassen", sein Lachen wirkt aufgesetzt. „Ich kümmere mich um Ihre Freundin Karin", mit den Worten zieht er sie am Arm mit sich. Keine zwei Minuten später sind Ina und ich allein vor dem Kunstmuseum.

„Was soll ich jetzt sagen?" Ina sieht mich skeptisch an. „Karin gerät immer an Machos. Sie sollte ihr Beuteschema überdenken", antworte ich Ina. Noch im Umdrehen ahne ich, Antonio wird nur für eine kurze Weile Karins Leben begleiten, wenn es überhaupt so weit kommen wird. Ob er Karins Nähe sucht als Objekt der Begierde oder ob er mehr einen Faible für Kunstliebhaber hat, ist mir noch unklar.

„Antonio gibt mir in seinem Verhalten Rätsel auf. Ob er viele Scherben verursachen wird?" Ina sagt, was ich gerade denke.

„Wir sollten auf dem Rückflug schon den nächsten Mädelsabend festlegen. Mir scheint, es wird wieder ein Abend der großen Gefühle werden." Kurz bleibe ich stehen. „Erleichtert bin ich, Ina, dass aktuell zwischen mir und Franz alles so gut läuft. Am Morgen kam schon wieder eine Nachricht von ihm. Er vermisse mich. Und, Ina, stell dir nur vor, wenn wir zurückkommen, kocht er für uns. Das heißt, er lässt den Italiener kochen, holt für uns das Essen ab und deckt den Tisch." Für mich ist die Welt gerade geordnet. Es fühlt sich nicht langweilig an, nicht spießig, nein, ich fühle mich einfach nur wohl in meiner Haut. Geliebt zu werden, tut gut. Als Kind habe ich mich oft gefragt, bin ich adoptiert? Meine Mutter kann mir gegenüber bis heute nicht die Liebe zeigen, auf die ich jahrelang gewartet habe. Plötzlich fällt mir ein, ich muss sie unbedingt wieder im Heim besuchen. Nach unserer Rückkehr werde ich dies tun, so mein Gedanke beim Betreten einer kleinen Boutique, in die mich Ina mitnimmt. „Oder sollen wir doch lieber zunächst in eine Apotheke und Kopfschmerztabletten für dich kaufen?" Kurz bleibt Ina auf der Schwelle in das Geschäft stehen. Sie erhält auf ihre Frage einen liebevollen Knuff in die Seite von mir. „Du hast genau gespürt, dass ich vorhin geschwindelt habe. Antonio hatte keine Lust auf uns. Ihm war nicht danach, mit zwei Aufpasserinnen durch die Ausstellung zu ziehen. Außerdem", ich gehe an Ina vorbei in das Innere der Boutique, „Karin ist unsere Kunstexpertin. Mir geht es um die Farben, wenn ich ein Bild ansehe. Ob es aber wertvoll ist oder nur wenige Euro kostet, den Unterschied kann ich nicht sehen." Ina nickt. „Vielleicht hat der Künstler auch gespürt, dass wir keine Fachkenntnisse besitzen."

Petra

Wie ein junges Mädchen fühle ich mich. Marco entdecke ich gleich, als ich vor dem Hotel stehe. Lässig an ein Cabriolet gelehnt, wartet er auf mich. „Petra!", ruft er mir entgegen, kaum dass ich ihn sehe. Die wenigen Meter bis zu seinem Wagen lassen mich spüren, ich bin aufgeregt. Wieso nur, so frage ich mich unvermittelt, reagiere ich so auf den Mann. In den letzten Wochen habe ich solche Gefühle nicht mehr gekannt. Auch in der Schlussphase meiner Beziehung war mir nicht mehr bewusst, wie leicht das Leben sich anfühlen kann. Unsere Begrüßung ist herzlich, nicht überzogen. Marco umarmt mich, gibt mir ein Küsschen auf jede Wange, dann hält er galant die Wagentür auf. „Extra für mich hast du dir diesen schicken Wagen geliehen?" Ich gurte mich an und warte auf seine Antwort. Zunächst vernehme ich ein Hüsteln. „Du machst Scherze, Petra? Mir gehört das Auto. Ich hoffe, es gefällt dir." Verwundert sehe ich mich um. „Ein Bentley", staunend beobachte ich Marco, wie er losfährt. „Meine Freundinnen und ich fahren ständig in solchen Autos durch die Stadt", füge ich aufgedreht nach. „Natürlich, Petra. Ich habe es nicht anders erwartet." Eine Weile sitze ich schweigend neben Marco. Fragen, die in meinem Kopf sitzen, wie zum Beispiel: was er arbeitet, um sich solch ein teures Auto zu erlauben, lasse ich nicht über meine Lippen kommen. Der Zeitpunkt, so empfinde ich es gerade, wäre falsch. „Schau nur, Petra. Hier kommen wir jetzt in eine Straße, wo die Touristen nicht mehr zu finden sind. Es ist zu abseits von den Cafés, dem Spielkasino, den Hotels und den edlen Boutiquen."

Mir gefällt, was ich sehe. „Richtig gepflegt sehen die Gärten und Häuser aus." Marco nickt. „In Monaco zu leben, ist teuer. Wir haben in der Regel kleine Wohnungen und wer ein Haus besitzt mit einem kleinen Grundstück, der pflegt es in der Regel auch. Silvi und Papio leben schon exklusiv, wie du gestern sehen durftest." Seine Bemerkung wirft noch weitere Fragen in meinem Kopf auf. So ganz verstehe ich nicht, was Marco mir damit sagen will. Für den Moment ist es nicht wichtig. Ich genieße seine Nähe. Wir steigen aus dem Auto und gehen über eine Straße mit vielen Bäumen. Wie gut ich mich fühle. Versonnen strecke ich meinen Kopf zum Himmel, genieße die Sonne und den Moment. „Oh!" Überrascht sehe ich zu Marco. In dem Augenblick, als ich zum Himmel sah, hat er meine Hand ergriffen. Kribbeln spüre ich, gleichzeitig die Wärme, die von Marcos Hand ausgeht. Ohne auf mein gehauchtes Oh einzugehen, erklärt mir Marco, dass diese Straße eine der ältesten von Monaco sei.

„Hier in Monaco sind die Menschen sehr freundlich, sie sind an Touristen gewöhnt." Marcos Stimme gefällt mir. „Warst du schon einmal im Spielcasino? Ich möchte es mir unbedingt ansehen", plaudere ich los. Amüsiert bleibt Marco stehen. Er hält noch immer meine linke Hand fest. Mit seiner rechten Hand streichelt er über meine Wange. „Hübsche Petra", darf ich hören. Meine Beine fühlen sich wie Wackelpudding an. Im nächsten Moment einfach umzufallen, ist meine Befürchtung.

„Für mich ist es nicht erlaubt, im Casino zu spielen, ebenso ist mir der Eintritt verwehrt, tut mir sehr leid, Petra." Oh, verwundert löse ich mich ein Stück von Marco. „Bist du vorbestraft?" Schneller als meine Gedanken arbeiten, ist die Frage über meine Lippen gerutscht. Marco zieht mich an sich. Wie gut er duftet. Ich lehne meinen Kopf an seine Schulter und am liebsten möchte ich ihn küssen. Im gleichen Moment schellen die Alarmglocken in meinem Kopf. Petra! Marco ist ein Fremder, eventuell ein Mann mit einer Vergangenheit, die nicht in deine Weltvorstellung passt. Sei vorsichtig! Marco hebt mit dem Finger mein Kinn. Ich sehe ihm in seine Augen, die mir schon am gestrigen Abend so gut gefielen. „Glaubst du, ich bin ein Verbrecher?" „Mit deiner Bemerkung zum Casinobesuch kam mir der Gedanke, es gibt einen Punkt in deinem Leben, an dem", mir fehlen die passenden Worte und ich schweige für den Moment. Marco lacht. „Allen Bewohnern von Monaco ist es untersagt, im Spielcasino zu spielen. Auch ein Betreten ist verboten. Auf Initiative von Prinzessin Caroline wurde dies festgelegt. Nur die internationalen Gäste und die Touristen dürfen in das Spielcasino."

Verlegen senke ich meinen Blick. „Das konnte ich ja nicht ahnen", gebe ich Auskunft. Marco küsst mich auf meine Lippen. Nur kurz, ganz zärtlich. Meine Augen schließe ich und genieße seine Nähe. Dann zieht er mich noch ein Stück näher und küsst mich richtig. Seine Zunge kommt in meinen Mund und ich spüre ein Kribbeln im ganzen Körper. Ja, so denke ich, so muss es sich anfühlen, wenn man wieder verliebt ist.

„Wir sollten weitergehen. Auf der Straße zu viele Zärtlichkeiten auszutauschen, kann für Unruhe bei den Anwohnern sorgen", zieht er mich ein Stück weiter. Unsere Hände bleiben zusammen. „Wir fahren jetzt eine kleine Strecke mit meinem Auto. Ich möchte dir den Panoramablick auf die Stadt und den Port Hercule zeigen, ebenso den Aufgang zum Palast." Begeistert strahle ich ihn an. „Bitte einsteigen, hübsche Frau", hält mir Marco Minuten später die Autotür auf. Während der Fahrt halte ich mein Gesicht in Richtung Himmel. Mir geht es gerade sehr gut und ich bin dankbar für den wunderschönen Augenblick an der Seite von Marco.

„Hier können wir parken und du kannst den Blick auf den Jachthafen genießen." In der Tat, Marco hat so recht mit seinen Worten. „Mir gefällt, was ich sehe. Wie pulsierend es am Jachthafen zugeht. Bist du öfter dort unterwegs?" Marco legt seinen Arm um mich, mir gefällt seine Nähe. „Ab und an schon. Ich treffe Freunde, wir machen einen Ausflug zusammen. Auch, um Geschäfte auf den Weg zu bringen, eignet sich eine Ausfahrt mit einer Jacht." Mir kommt das fremd vor, was ich aber nicht sage. Schon wieder überlege ich, was Marco beruflich tut, doch auch jetzt möchte ich nicht nachfragen, den schönen Moment nicht unterbrechen.

„Für morgen empfehle ich dir, um 11.55 Uhr die Wachablösung vor dem Fürstenpalast anzusehen. Jeder Tourist versucht in seinem Kurzurlaub, das Spektakel zu sehen." Ich bin begeistert. „Somit habe ich schon den ersten Programmpunkt für morgen", albere ich und drehe mich zeitgleich zu Marco um. Wieder umarmt er mich und ich spüre seine Lippen auf den meinen. Meine Arme liegen fest um seinen Körper, er tut es mir gleich. „Du bist eine Traumfrau, Petra", flüstert er mir in mein Ohr.

„Können wir in ein Café gehen? Mir ist sehr warm geworden und ein Glas Wasser würde mir jetzt guttun." Marco nickt und zieht mich mit in eine Straße, nur unweit von dem Aussichtspunkt entfernt.

„Es ist nicht so schick wie die Cafés in der Nähe deines Hotels, jedoch kannst du hier einen Espresso trinken, der sehr gut schmeckt. Hier ist es auch viel ruhiger als am Hafen. Am Abend jedoch musst du mit mir am Hafen spazieren und dich in eines der In-Lokale entführen lassen. Für mich ist es eine parallele Welt zu hier, in den Bergen. Jedoch mag ich den Gegensatz." Mir gefällt, was Marco mir sagt. „Wo wohnst du, Marco?" Mich interessiert zu erfahren, lebt er in den Bergen oder mehr in der Nähe des Hafens. „Ich werde dich später mit zu mir nehmen, wenn es für dich in Ordnung ist, Petra?"

Kurz überlege ich, höre in mich hinein, frage mich, was ich möchte. „Du grübelst zu viel, schöne Frau." Zu meiner Enttäuschung hat das kleine Straßencafé heute geschlossen. „Kein Problem, dann fahren wir jetzt zum Hafen, essen und trinken eine Kleinigkeit, dann kannst du mir noch sagen, ob wir im Anschluss zu meinem Haus fahren oder heute lieber nicht."

Marco verhält sich mir gegenüber sehr galant und aufmerksam. Die Fahrt im Cabrio an den Jachthafen gefällt mir. Ich genieße den Urlaub und spüre schon jetzt, die kleine Reise tut meiner Gesundheit gut. Meine Wangen glühen, als wir am Jachthafen ankommen. Zu meiner Verwunderung darf Marco durch einen Teil fahren, der mit einer Schranke verschlossen ist. Gerade staune ich nur, verzichte aber darauf, zu viele Fragen zu stellen. Was ich gerade erleben darf, fühlt sich gut an. Fast komme ich mir wie ein Star vor, der hier am Jachthafen sein Boot liegen hat. „Beeindruckend", sage ich leise. Staunend sehe ich die vielen Boote, die angelegt haben. „Wir fahren jetzt aber nicht zu einem der Boote?" Auf meine Frage erhalte ich sofort eine Antwort. „Da vorn ist mein Parkplatz, gleich neben meinem Boot." Ja, natürlich, wo sonst, denke ich mir. Er hat einen eigenen Parkplatz am Jachthafen und ein Boot. Kein kleines Boot, wie ich nun sehen darf. „Das ist nicht dein Boot, oder?" Marco springt aus dem Wagen, eilt zu meiner Seite und öffnet mir meine Tür. Ob er das immer macht, wenn er eine Frau ausführt. Kurz bleibe ich stehen, betrachte das Boot. Es ist in meinen Augen, groß, sehr groß und ich will ihm nicht glauben, dass es ihm gehört. Es muss ein Vermögen wert sein. An die Gebühr, hier im Hafen anzulegen, darf ich nicht denken. Nein, so glaube ich zu ahnen, Marco ist der Mitarbeiter von einem sehr reichen Mann und er versucht auf diese Weise, mir zu imponieren.

„Männer müssen nicht immer angeben", gehe ich neben ihm zu dem Lokal. Auf meine Bemerkung ernte ich nur einen verständnislosen Blick, was mir gerade nichts ausmacht. „Wunderschön ist es hier. Alles, wirklich alles, was ich heute schon sehen und erleben durfte, es gefällt mir. Ich danke dir sehr für die schönen Stunden, die ich dank dir habe verbringen dürfen." Versonnen blicke ich mich um. Im Lokal angekommen bestellt Marco Champagner für uns.

„Bitte bringen Sie noch eine Flasche Wasser mit", rufe ich dem Kellner nach. „Wo hast du so gut unsere Sprache gelernt?" Auf die Frage habe ich schon gewartet. Mit Stolz berichte ich davon, dass meine Eltern bei meiner Erziehung sehr viel Wert auf Bildung gelegt haben.

„Andere Mädchen haben gesagt bekommen, du heiratest ja doch irgendwann, der Unterricht lohnt sich nicht für dich. Meine Mutter jedoch hat es anders gesehen. Ihr war sehr wichtig, dass ich immer selbstständig bin, wofür ich ihr bis heute sehr dankbar bin."

Der Champagner kommt und wir stoßen an. „Gehört Champagner zum täglichen Ablauf, wenn man hier lebt?" Lustig soll meine Frage wirken, was mir auch gelingt. „Bis zu einem gewissen Punkt, ja!" Marco grinst mich frech an. „Darf ich die Bestellung übernehmen?" Wieso nicht, denke ich mir. Außerdem bin ich neugierig auf seine Auswahl.

Eine Nachricht von Ina kommt später auf mein Handy, als Marco gerade das Essen bezahlt. „Ich rufe kurz meine Freundin an", wähle ich schon Inas Nummer. „Ja, es geht mir sehr gut. Wir haben gerade am Jachthafen gegessen, gleich zeigt Marco mir noch sein Haus", lasse ich Ina den Ablauf des Nachmittages wissen. „Du solltest zum Jachthafen spazieren, Ina. Hier ist es sehr schön und überall sind kleine Restaurants."

Von Ina erfahre ich, sie und Lotte sind schon zurück im Hotel. Lotte möchte noch an ihrer Kolumne schreiben und Ina findet meinen Vorschlag gut, zum Jachthafen zu spazieren. „Sollen wir auf dich warten, Ina? Willst du den Nachmittag mit uns verbringen?" Meine Frage ist für mich selbstverständlich und doch blicke ich unvermittelt zu Marco, der mich milde anlächelt. „Nein, Petra. Ich werde mich nicht langweilen. Außerdem will ich noch für Wolfi ein Mitbringsel einkaufen. Kinder freuen sich doch immer, wenn es eine Überraschung gibt."

Mit Marco gehe ich zurück zu seinem Wagen. Sein Bentley fällt in dieser Umgebung kaum auf. Luxusautos stehen an jeder Ecke. Mich fasziniert, was ich sehen darf. Noch nie habe ich so viele schöne und teure Wagen innerhalb von nur wenigen Stunden gesehen. Darüber sprechen möchte ich nicht. Unter keinen Umständen soll Marco denken, ich bin ein Landei. Grinsend muss ich jetzt an Lotte denken. Wie sehr wir Freundinnen uns alle verändert haben in den letzten Monaten. „Petra? Geht es dir gut?" Reflexartig sehe ich in Marcos Augen. „Ja, es geht mir sogar sehr gut." Vor dem Wagen küsst mich Marco erneut. Meine Wangen glühen und meine Hände werden feucht vor Aufregung. Bisher weiß ich noch fast nichts von diesem Mann und doch küsse ich ihn schon auf der Straße. Für den Moment kenne ich mich und mein Verhalten nicht. Nur eines spüre ich, mir geht es gut.

„Jetzt zeige ich dir mein Haus." Meine Neugierde ist geweckt, zeitgleich hege ich etwas Sorgen, wo ich gleich ankommen werde. Was nur wird mich erwarten? Eventuell hat Marco eine Frau, gefragt habe ich ihn nicht, ob er liiert ist. Nur, so der nächste Gedanke, dann würde er mich nicht mitten auf der Straße küssen. Die Gefahr, uns kann ein Bekannter von ihm sehen, wäre doch zu groß.

Lotte

Mein Vormittag mit Ina war schön. Wir sind durch die Straßen geschlendert, haben Einkäufe getätigt, Cappuccino mit Sahne genossen und die wärmende Sonne auf dem Gesicht gespürt. Gerade kann alles so bleiben, denke ich, als ich mein Zimmer betrete. Schmerzlich fällt mir dann Franz ein. Auf ihn verzichten möchte ich nicht und daher freue ich mich auch wieder auf mein Zuhause und die Gewissheit, ihn wiederzusehen und küssen zu dürfen. Ina hat sich für zwei Stunden von mir getrennt. Sie will noch den Jachthafen aufsuchen, so wie Petra es ihr empfohlen hat. Petras Stimme, so Ina, sie habe gelockert und glücklich geklungen, was mich sehr freut. Am Abend will ich auf jeden Fall mehr über Marco wissen, so meine Überlegung beim Öffnen meines Laptops.

Erstaunt kann ich sehen, es gibt schon wieder neue Rückmeldungen zu meiner Kolumne. Rasch lese ich diese durch, fühle mich im Anschluss in der Gewissheit bestätigt, eine beste Freundin braucht jede Frau. Ich schreibe sogleich motiviert eine weitere Kolumne.

Meine lieben Leserinnen,
aktuell bin ich in Monaco, genieße ein verlängertes Wochenende in der Sonne. Gemeinsam mit Ina, Petra und Karin genieße ich diese Auszeit vom Alltag. Mein Gewinn beim Preisrätsel, eine Kurzreise für zwei Personen nach Monaco, hat uns bewogen, noch ein zweites Doppelzimmer zu buchen und noch zwei Flugtickets zu kaufen, um gemeinsam zu verreisen.
Beste Freundinnen sind ein Geschenk. Wir können uns sagen, was uns gerade auf der Seele brennt. Nicht immer sind wir einer Meinung, jedoch sehe ich auch darin eine Chance der Weiterentwicklung. Nicht immer ist meine Sichtweise die beste oder die richtige, wie ich schon sehr oft spüren durfte.

Beim Lesen der vielen Rückmeldungen auf meine neue Kolumne hat mir eine Frau geschrieben, die mich als ihre Freundin bezeichnet. Leider fehlt ihr im Alltag die Kraft, unter Menschen zu gehen und Freundschaften zu schließen. Meine Kolumnen haben mich ihr nähergebracht, was mich freut! Ich bin sehr gerne eure Schwester im Geiste, die virtuelle Freundin, der ihr alles mitteilen dürft, was auf euren Seelen liegt. Trotzdem wünsche ich meiner Leserin, dass sie schon in naher Zukunft eine wirkliche Freundin findet und ebenso die Kraft, wieder öfter ihr Haus zu verlassen. Wahrheitsgemäß kann ich an dieser Stelle schreiben, wer rausgeht, kann eine Menge erleben!

Gestern haben meine Freundinnen und ich eine Frau persönlich kennengelernt, die ich in der Zukunft gerne meine Freundin nennen möchte. Unverhofft kam Silvi Lewe in unsere Mädelsrunde. Ja, ihr werdet nun staunen. Ich schreibe in der Tat über die Silvi Lewe, die euch aus den Medien bekannt ist. Gemeinsam mit ihrem Mann Papio nimmt sie im Fernsehen die Zuschauer mit in ihr Leben, hat schon viele Rollen gespielt und aktuell sucht sie junge Talente aus. Schon oft habe ich vor dem Fernseher gesessen und gedacht, Wahnsinn, was die alles erleben und wie locker sie durch die Welt reisen. Ebenso locker und fröhlich hat sich Silvi uns gegenüber gezeigt. Nicht vorenthalten möchte ich, wie wir Silvi kennenglernt haben. Mit Ina, Petra und Karin saß ich in einem Straßencafé in der Nähe des bekannten Spielcasinos in Monaco. „Das ist doch Silvi Lewe", meinte mit einem Mal Petra. Unsere Blicke hafteten im Anschluss auf der Frau, die hübsch gekleidet auf uns zu kam. Sicherlich hat sie gesehen und gespürt, wir beobachten sie bei jedem Schritt. Der Zufall wollte es so und Silvi Lewe saß Minuten später neben uns am Tisch. Das, was ich euch jetzt schreibe, ihr werdet es nicht glauben. Silvi hat in einer Zeitschrift gestöbert und tatsächlich meine Kolumne gelesen. Ja, so sind wir ins Gespräch gekommen und saßen schon eine halbe Stunde später an ihrem Tisch und eröffneten eine Mädelsrunde mit Champagner. Nur unser Kartoffelsalat hat gefehlt, wenn ich das jetzt mal einbringen darf. Reden, gemeinsam Lachen, das stand auf dem Programm. Ohne Starallüren hat Silvi uns Einblicke in ihr Leben geschenkt, wir ihr ebenso in unseres. Sie war interessiert, wollte wissen, wo wir in Deutschland leben und wie lange wir schon beste Freundinnen sind.

„So eine Freundschaft habe ich mir immer gewünscht", hat sie mit uns angestoßen. Meinen Freundinnen ging es in der Minute wie mir, wir haben gespürt, Silvi passt zu uns. „Mit dir wären unsere Treffen bestimmt noch lustiger." Die Bemerkung kam von Petra. Ich fand, ebenso wie Petra, Silvi kann neue Impulse bringen, die uns wieder neue Sichtweisen schenken können. Eine Anregung für unser Leben, so ungefähr habe ich mich ausgedrückt. „Wisst ihr was, Mädels, ich lade euch für heute Abend ein, zu unserer Gartenparty", hörten wir Silvi sagen. Verwundert stellten wir unsere Gläser auf dem Tisch ab. So wirklich glauben konnten wir nicht, was gerade an unsere Ohren gedrungen war. Vier junge Frauen vom Land sollen die Party von Silvi Lewe bereichern? Mir wurde schummrig. Zum einen vor Aufregung und zum anderen vor Angst, nicht zu den anderen Gästen zu passen.
„Wir sind doch vom Land", habe ich vorsichtig eingeworfen. „Deine Freunde sind bestimmt sehr mondän und wir wissen nicht", an der Stelle hat Silvi mir das Wort genommen. „Ihr seid eingeladen und meine Gäste. Vier neue Freundinnen zu treffen, das passiert nicht jeden Tag. Ihr seid mir gleich ans Herz gewachsen mit eurer herzlichen Art."

Liebe Leserinnen, natürlich wächst eine neue Freundschaft nicht über den Mittag, das ist mir bewusst. Spüren, ob ein Mensch zu einem passt, das geht sehr schnell. Bei Silvi haben wir dieses Gefühl gespürt, es passt. Im Anschluss an unser spontanes Treffen stieg die Aufregung. Fragen, wie „Was ziehen wir an?", „Haben wir ein Gastgeschenk?", „Was wird auf uns zukommen?", „Wen werden wir sehen und vielleicht sprechen?", waren in unseren Köpfen. Wir sind noch einmal durch die Boutiquen gezogen, haben später im Hotelzimmer die Garderobe gemeinsam ausgesucht und schon dabei viel Vorfreude gespürt. Wie schön die Vorfreude doch ist. Dieses Gefühl zu ahnen, zu erhoffen, was man erwarten darf, ich liebe es. Mit Karin kam ein weiblicher Vamp auf die Party, mit Petra ein modisches Highlight, mit Ina eine hübsche Frau, die adrett gekleidet war und ich kam wie immer, als Mädel vom Land. Jetzt muss ich selbst grinsen. Nein, ich bin nicht in Leggins und Schlabberpulli erschienen. Diese Zeiten sind lange vorbei. Auch ich habe mir ein schönes Kleid angezogen, jedoch darf ich zugeben, neben den anderen Gästen war ich sehr bieder gekleidet. An diesem Abend durfte ich an der großen Welt schnuppern, die ich sonst den Stars zuordne. Im Fernsehen bin ich oft live dabei, wenn ein großes Event stattfindet, allerdings sitze ich dann gemütlich vor dem Fernseher, mit einer Tüte Chips, einem Glas Wein und mit dicken Socken zu meinem Pyjama.

Gestern Abend aber war ich vor Ort, live dabei, mitten in der Gartenparty von Silvi und Papio Lewe. Meine Angst, die ich im Vorfeld der Party hatte, nicht hierher zu passen, sie war rasch verflogen. So, wie wir uns gaben, die Menschen haben uns freundlich auf- und angenommen. Papio hat uns mit frischen Köstlichkeiten vom Grill verwöhnt und in der Küche fanden sich leckere Salate. Nur, das gebe ich offen zu, Inas Kartoffelsalat hat gefehlt. Ich denke, das Rezept werden wir Silvi einmal geben, beim nächsten Wiedersehen. Aufgeregt kann ich euch mitteilen, sie hat sich für einen Besuch angekündigt. Gut, es bleibt abzuwarten, wann Silvi die nötige Zeit für dieses Vorhaben finden wird und ob sie sich in einem Jahr noch an uns erinnert? Meine Frage ist nicht böse gemeint, nur realistisch. Die Gästeliste war lang und wir haben gestern Abend nur einen kleinen Einblick in den Freundeskreis von Silvi und Papio erhaschen können. Kaum vorstellen kann

116

ich mir, die beiden in unserem Dorf zu begrüßen. Mir wird jetzt schon, allein bei der Vorstellung, schwindelig vor Aufregung. Unsere Brause für Erwachsene, wie ich gerne unseren Prosecco nenne, ist auch nicht mit dem Champagner zu vergleichen, den es auf der Gartenparty zu trinken gab. Rein vom Menschlichen her passt Silvi perfekt in unsere Mädelsrunde, das habe ich vom ersten Moment an gespürt.

Die Party war in jeder Hinsicht außergewöhnlich. Amors Pfeile waren auch unterwegs.

Die Liebe, meine Leserinnen, sie war am gestrigen Abend anwesend. Gut, ich soll, so meine Freundin Ina, noch nicht zu viel verraten. Petra und Karin haben Kontakte geknüpft, das zumindest kann ich schon schreiben. Mir hat es sehr gutgetan, die Menschen zu beobachten. Ich liebe es, das Verhalten meiner Mitmenschen zu verfolgen, wie ich schon betont habe.

Meine Schwestern im Geiste. Ich habe sehr viele Rückmeldungen zu dem neuen Thema Meine besten Freundinnen erhalten und erhoffe mir, dass ihr weiterhin so eifrig schreibt. Bitte schenkt mir Einblicke in eure Frauenfreundschaften und bezieht mich mit ein. Wie schon öfter betont, möchte ich noch einmal erwähnen, meine Freundinnen sind für mich wie meine Familie. Wir können über alles reden, ich darf so sein, wie ich bin.

Jetzt werde ich den Laptop schließen und mich mit Ina am Jachthafen treffen. Einen Cappuccino in der Sonne genießen und sicherlich auch etwas essen.

Ich wünsche allen Leserinnen noch ein schönes Wochenende und hoffentlich auch das eine oder andere Gespräch mit der besten Freundin.

Eure
Lotte

Auf dem Weg zum Jachthafen muss ich an Frau Krautwinkel, meine Chefredakteurin, denken. Sie hat sich nicht mehr bei mir gemeldet. Ob das nun ein gutes oder ein schlechtes Zeichen ist? Die Frage nehme ich mit in das Café, in dem ich Ina treffe. „Hast du Sorgen, Lotte?" Ina umarmt mich zur Begrüßung. „Meine Gedanken waren gerade bei Frau Krautwinkel. Sie hat sich noch nicht wieder bei mir gemeldet", setze ich mich auf einen Stuhl. „Die Sonne tut so gut", halte ich mein Gesicht in den Himmel. „Wir haben Urlaub, Lotte. Du schreibst fleißig deine Kolumnen. Wieso soll Frau Krautwinkel zu dir und zu deiner Arbeit negativ eingestellt sein? Mir gefallen deine Beiträge. Den neusten habe ich gerade über mein Handy gelesen. Und", Ina hebt die Stimme, „da bin ich nicht die Einzige, die schon deine Kolumne geöffnet hat, wie ich an der Klickzahl sehen konnte."

Verwundert schaue ich meine Freundin an. Gerade will ich ihr antworten, da kommt schon der Kellner und bringt uns zwei Gläser Prosecco, Cappuccino mit Sahne und für jede von uns ein Stück Torte. „Marzipantorte gab es leider nicht", höre ich Ina sagen. „Ein Verwöhnprogramm nenne ich das, was meine müden Augen gerade sehen", strahlend greife ich nach der Kuchengabel. „Lecker", urteile ich, nachdem ich die Torte probiert habe. „Neugierig bin ich auf das Treffen am Abend mit Karin und Petra", meint Ina und nippt im Anschluss an ihrem Cappuccino. „Kannst du dir die Torte erlauben?", necke ich die Freundin. Sie stöhnt kurz. „Nächste Woche muss ich unbedingt wieder mit Petra Sport machen. Nur jetzt, meine Liebe, jetzt genießen wir ohne Reue die leckere Torte. Genießen heißt das neue Zauberwort", greift Ina zu ihrer Kuchengabel.

Wie recht sie nur hat.

„Ja, was sehen meine Augen?" Die Stimme lässt uns kurz innehalten. Überrascht drehe ich mich um und entdecke Silvi Lewe, die auf uns zukommt. „Silvi!", freudig umarme ich sie und Ina tut es mir gleich. „Setz dich doch zu uns. Magst du auch ein Stück Torte?" Kurz windet Silvi sich. „Gerade habe ich mit Papio Mittag gegessen", ihr Blick haftet auf meiner Torte. „Ein Stück kann ich mir erlauben", winkt sie schon dem Kellner. „Die Party gestern war sehr schön", schwärmt Ina. „Du hast uns eine große Freude mit deiner Einladung bereitet. Die Gelegenheit, einmal Eintauchen zu dürfen in deine Welt, das war ein Erlebnis."

Silvi schaut zunächst Ina, dann mich an. „Wieso sagst du, einmal Eintauchen war schön? Soll unsere Freundschaft schon wieder vorbei sein? Jetzt enttäuscht ihr mich aber doch."

„Du meinst, wir sehen uns ab jetzt regelmäßig?" Inas Frage kommt zögerlich über ihre Lippen. „Selbstverständlich. Ich werde nicht zu jedem Mädelstreffen kommen können, das müsst ihr mir nachsehen. Ein Mal im Jahr aber sehen wir uns, versprochen. Sollte es möglich sein, gerne auch öfter. Mein Bestes werde ich geben, um die zarte Pflanze der neuen Freundschaft wachsen zu lassen."

Schöne Worte, denke ich und spreche meine Gedanken auch aus. „Keine Sentimentalitäten. Ihr tut gerade so, als sei ich von einer anderen Welt." Die Torte für Silvi kommt, wir greifen zur Kuchengabel und geben uns für den Moment dem Genuss hin. „Wieso sind Karin und Petra nicht bei euch?" Silvis Frage kommt, als wir das süße Hüftgold verschlungen haben. Kurz gibt Ina einen Einblick in den Verlauf des heutigen Vormittags. „So, so. Karin hat eine private Führung im Kunstmuseum von dem Künstler Antonio. Nicht schlecht", sie grinst in sich hinein. So ganz kann ich ihren Gedanken nicht folgen, was ich auch sage. „Antonio ist ein ganz lieber Mensch. Gerade hat er mit Liebeskummer zu kämpfen. Karin, so wie ich sie erleben durfte, würde perfekt zu dem Künstler passen, als Muse. Jedoch sehe ich in ihr keine Partnerin für Antonio. Zumindest können beide sich sehr gut über die Kunst austauschen. Ansonsten … ich will nicht zu viel sagen. Karin wird selbst herausfinden, wie Antonio tickt. Am liebsten redet er den ganzen Tag über seine Kunstwerke oder von Ausstellungen, die Kollegen gerade organisieren."

Ich kann lachen. „Karin hat auch immer die Kunst in ihrem hübschen Köpfchen", stimme ich den Worten von Silvi zu. „Somit würde es ja passen. Wenn Antonio jetzt noch Frauen mit Rundungen mag, wäre es umso schöner. Unsere Freundin Karin wird leider viel zu oft von ihrem aktuellen Freund beleidigt. Worte, wie „Aus deinen Hüften kann ein Metzger zehn Schinken machen!" muss sie sich regelmäßig anhören."

Silvi reagiert geschockt auf die Worte von Ina. „Nein, das ist ja entsetzlich. Die arme Karin. Wieso nur lässt sie es zu, dass ihr Freund sich so ihr gegenüber benimmt?"

Ich lege meine Hand auf die von Silvi. „Karin ist geduldig. Sie hat in den letzten Jahren mehr eingesteckt als viele Frauen verkraften können und doch ist sie eine Frohnatur geblieben. Mit Sicherheit hat sie durch ihren Beruf im Kunstmuseum in Dresden zu neuer Kraft gefunden."

Angeregt plaudern wir im Anschluss über Männer im Allgemeinen und ihr Verhalten. „Franz hat sich verändert. Jahrelang bin ich ihm nachgelaufen, habe verzweifelt gehofft, er würde sich ändern und mich nicht nur als Frau sehen, wenn er mit mir Sex möchte." An der Stelle muss ich eine Pause einlegen. Zu viele Erinnerungen sind vor meinen Augen. Ina scheint zu spüren, was ich denke. „Heute aber ist Franz der Freund an deiner Seite, Lotte, der zu dir passt. Ein Mann, der rund um die Uhr hinter dir herläuft, das würde nicht passen." Ja, es stimmt, was Ina sagt. „Eine gute Beziehung braucht auch

Reibungen. Ich könnte es auch nicht ertragen, wenn Papio immer nur Ja sagen würde. Obwohl", Silvi lacht, „einfacher wäre es schon für mich."

Wir lachen mit ihr. „Es wäre zu langweilig", sage ich schließlich. „Somit geht es uns doch gut", lautet mein Resultat. Bevor es eine Gelegenheit für mich gibt, Silvi zu fragen, wer Marco ist, was er tut, wie er lebt, ob er verheiratet ist, kommt Papio zu uns. Schnittig fährt er mit einem sehr schicken Wagen vor, lässt das Fenster runter und grüßt uns. „So schöne Frauen, da fällt mir die Auswahl aber schwer", lachend winkt er uns zu. „So ist er, mein Papio", grinst Silvi und steht von ihrem Stuhl auf. Wir verabschieden uns mit einer Umarmung von ihr und gehen noch mit zum Auto, wo Papio schon wartet. „Ich will nicht ungemütlich sein, wir haben am Abend noch eine Einladung." Wir blicken beiden nach, bis das Auto aus unserem Blickwinkel verschwunden ist.

„Wahnsinn, was für ein Leben. Heute Abend haben Silvi und Papio schon wieder eine Einladung. Mir wäre vielmehr nach einem Abend auf dem Sofa, wenn ich so ein Fest organisiert hätte. So viel Energie habe ich nicht", schaut Ina mich an.

„Mir reicht heute auch ein Abendessen mit euch Freundinnen in der Pizzeria. Gemütlich und ohne, dass ich mich aufbrezeln muss." Von Ina erhalte ich einen freundschaftlichen Knuff in die Seite. „Hallo, Lotte! Du kannst dich bitte auch für mich hübsch anziehen und schminken."

Wieder am Tisch zurück, komme ich auf Petra und Marco zu sprechen. „Wie ärgerlich aber auch, wir haben keine Gelegenheit gefunden, mehr über diesen Mann zu erfahren."

„Immerhin wissen wir jetzt schon ein wenig über Antonio, den Künstler." Ina bestellt noch einen zweiten Cappuccino für uns.

„Wie ich unsere Karin kenne, sie wird Antonio zu der Vernissage von Anton Wall einladen. Ob sich die beiden Künstler vertragen werden?" Meine Ina, denke ich belustigt, sie macht sich schon Sorgen im Vorfeld.

Petra

Gerade habe ich noch meinen Kopf der Sonne entgegengestreckt und die Fahrt im Cabrio genießen dürfen. Für mich war die Fahrtstrecke zu kurz. Als Marco anhält, sehe ich ihn verwundert an, im Nachgang schaue ich auf die Umgebung. Langsam öffnet sich ein großes Tor. Es rattert leise, was ich schon als angenehm empfinde. Bis jetzt war der Tag so perfekt durchgeplant, dass ich schon Bedenken bekomme. Wer ist Marco, brennt erneut die Frage auf meiner Seele. Wieso nur kann er sich dieses Auto, den Anlegeplatz am Jachthafen, hier das großzügige Anwesen, das ich allmählich in voller Größe sehen kann, leisten? Spielt er mir vor, er sei reich und glaubt, mich dadurch zu beeindrucken? Nein, das möchte ich nicht glauben und verbiete mir diese Gedanken. „Petra? Du grübelst zu viel. Eine so hübsche junge Frau, wie du es bist, sollte das Leben genießen. In vollen Zügen." Diese letzten Worte erschrecken mich.

„Marco, was willst du von mir?" Meine Stimme klingt fest und bestimmend. Das Tor verschließt sich hinter uns mit einem lauten Knarren. Als nächstes höre ich das Lachen von Marco. „Petra, sind alle deutschen Frauen so temperamentvoll wie du?"

Mir war entgangen, Marco hat den Motor ausgestellt, wir stehen noch immer in der Einfahrt. Der freie Blick auf das Haus, besser gesagt die Villa, vor mir, lässt mich staunen. „Was bitte spielst du mir gerade vor? Glaubst du wirklich, Marco, mir kann nur ein Mann gefallen, der vermögend ist?" Meine Augen suchen die Umgebung ab. „Dieses Anwesen hier, wem gehört es und wieso hast du den Zugang? Wohnt hier dein Arbeitgeber?" Sanft legt Marco seine Hand auf meinen Arm. „Petra, das hier ist mein Leben. Im Haus ist meine Köchin, die für uns einen Kuchen vorbereitet hat. In

Deutschland ist es doch eine Tradition, am Nachmittag etwas Süßes zu essen, zum Kaffee?"

Zögerlich sehe ich Marco in seine Augen. „Sagst du die Wahrheit?"

Ein Nicken ist seine Antwort und zeitgleich startet Marco den Motor. Langsam rollen wir auf das Entree der Villa zu. Ich bin überwältigt von dem, was meine Augen erblicken.

Auf der Terrasse ist schon ein Tisch für uns eingedeckt, wie ich sehen kann. Die Köchin existiert ebenfalls. Höflich fragt sie nach meinen Wünschen, ob ich lieber Tee oder Kaffee möchte, Milch und Zucker benötige? Auf dem Tisch steht neben einem Käsekuchen auch Sahne und in einer Vase befinden sich frische Blumen. Wie schön, denke ich versonnen. „Du lächelst ja wieder, Petra!"

Mit dem Kaffee kommt wieder Energie in meinen Körper. Die Frage, ob ich ein Stück Kuchen möchte, kann ich nicht verneinen, die Frau sieht mich so glücklich an. Mit Sicherheit hat sie den Kuchen nur für mich gebacken. „Bitte für mich nur ein kleines Stück, zum Probieren."

Marco greift beherzter zu als ich es tue. „Endlich komme ich wieder einmal in den Genuss von Käsekuchen." So ganz kann ich seine Worte nicht einordnen. Kann er nicht jeden Tag seine Köchin bitten, ihm Kuchen zu backen?

„Woher kennst du Silvi und Papio", möchte ich nun wissen. Der Kuchen schmeckt fantastisch, was ich auch sage. „Meine Freundinnen wären restlos begeistert", lobe ich die Köchin, die noch einmal an den Tisch gekommen ist, um frischen Kaffee zu bringen. Ich wiederum werde im Anschluss für meine Sprachkenntnisse gelobt. Erst, als die Köchin wieder im Haus ist, wiederhole ich meine Frage.

„Mit Papio verbindet mich die Liebe zu schönen Autos."

Gut, das mag ja sein, denke ich mir, spreche meine Gedanken auch aus. Marco spießt mit seiner Kuchengabel den Rest seines Käsekuchens auf. „Mir gehört das größte Autohaus in der Gegend. Somit, liebe Petra, hast du deine Erklärung, woher ich Papio kenne. Silvi hat ihn öfter begleitet und auch sie fährt rasante und sehr schöne Wagen. Inzwischen sind wir befreundet, essen öfter zusammen oder treffen uns im Jachthafen für einen Ausflug am Sonntag." Auf der Seele liegen mir nun Fragen, wie: Bist du verheiratet? Hast du Kinder, um die du dich kümmern musst? Keine dieser Fragen lasse ich über meine Lippen kommen. Was ich gerade erleben darf, ist aufregend genug für mich. Wie ein Eintauchen in eine fremde Welt.

„Bleibst du auch zum Abendessen?" Die Frage von Marco kommt, als es schon 18 Uhr ist. Erschrocken habe ich auf meine Armbanduhr gesehen und erst jetzt registriert, ich bin den ganzen Tag schon mit Marco zusammen. „Wo ist die Zeit geblieben?" Wir lächeln uns an. Marco hat mir sein Haus gezeigt. Es ist sehr groß und geräumig. Staunend habe ich auch den Pool betrachtet und mir gedacht, hier könnte ich leben. Fast so, als habe Marco meine Gedanken gelesen, nimmt er mich in seine Arme und küsst mich. „Keine Angst, wir werden gemeinsam Essen, ein Glas Wein genießen und im Anschluss bringe ich dich zu deinen Freundinnen." Er grinst mich an. „Gefällt es dir nicht bei mir?" Unnötiger Weise fügt er diese Frage nach.

„Natürlich gefällt es mir bei dir! Trotzdem muss ich mit Ina, Lotte und Karin sprechen. Ich rufe meine Freundinnen kurz an", auf meine Worte lässt mich Marco allein, was ich sehr taktvoll finde. Mein erster Versuch, Karin zu erreichen, er fruchtet nicht. Schade, so meine Überlegung, dann aber wähle ich Ina an. Sie geht nach dem zweiten Klingeln an ihr Handy. „Petra! Wie schön, dass du mich anrufst", ihre Stimme klingt positiv, was mich freut. „Mit Lotte sitze ich noch immer am Jachthafen", darf ich erfahren. Auch von dem kurzen Treffen mit Silvi berichtet sie mir. „Wo bist du, Petra?" Auf diese Frage habe ich schon gewartet. „Im Haus von Marco." Kurz herrscht Stille. „Ah!", höre ich Ina sagen. Dann tuschelt sie, bestimmt mit Lotte. „Petra? Lotte hier", kann ich ihre Stimme hören, was mich gerade nicht wundert. „Wann sehen wir dich? Geht es dir gut?" Meine Frage, ob gleich Karin das Telefonat übernimmt, wird mit einem Räuspern beantwortet. „Lotte? Was ist los?" Rasch werde ich informiert, dass Karin noch mit dem Künstler zusammen ist. „Sie hat sich bei uns gemeldet und gefragt, ob es für uns in Ordnung sei, wenn sie den Abend mit Antonio verbringe. Er habe so viel Kenntnis von der Kunst", bekomme ich als Auskunft.

„Ja, das passt zu unserer Karin", gebe ich meine Überlegung preis. „Wie sieht es bei dir aus, Petra? Kommst du an den Jachthafen?" Mein Zögern scheint Lotte zu spüren. „Okay, dann sehen wir auch dich erst um 22 Uhr an der Hotelbar. Du kommst aber doch?"

Nach dem Telefonat fühle ich mich den Freundinnen gegenüber, zumindest Ina und Lotte, schlecht. Ich habe beide Freundinnen schon den ganzen Tag alleingelassen. Kleine Beruhigung für mich, Karin verhält sich gerade kein Stück besser als ich den beiden Freundinnen gegenüber.

Noch im Wohnraum stehend, sehe ich mich kurz um. Nirgendwo habe ich ein Foto von einer Frau entdeckt oder von Kindern.

„Petra?" Marco steht unverhofft hinter mir. „Ich habe mich umgesehen", gebe ich offen zu. „Fühle dich wie zu Hause", sagt er gönnerhaft. „Trinkst du mit mir ein Glas Champagner, bis das Essen fertig vorbereitet ist?"

Das Leben hier unter der Sonne, es könnte mir gefallen. „Petra?", steht Marco fragend mit einem Glas Champagner vor mir. „Darf ich dich etwas Persönliches fragen?" Ich nicke. „Bist du verheiratet?" Endlich, so meine Überlegung. Mich hat es schon gewundert, dass Marco diese Frage noch nicht gestellt hat. „Nein", entgegne ich ihm und gehe einen Schritt auf ihn zu. Er hält mir das Glas entgegen. „Hast du Kinder?" Mit einem Kopfschütteln verneine ich diese Frage. „Wie sieht es in deinem Leben aus, Marco?" Endlich kann ich diese Frage über meine Lippen lassen. Er macht es spannend. In dem Augenblick, als ich mir eine Antwort erhoffe, klingelt sein Handy. „Entschuldige, Petra, es ist Papio", nimmt er das Gespräch entgegen. „Mir würde ein Treffen am Montag passen, Papio. Heute habe ich Petra zum Abendessen bei mir", höre ich Marco sagen. Die beiden Männer reden noch eine Weile, dann ist das Telefonat beendet. „Ich soll dich lieb grüßen. Er und Silvi sind auf dem Weg zu Freunden, die heute eine kleine Feier geben", darf ich hören. „Silvi bin ich sehr dankbar dafür, dass sie dich eingeladen hat. Wo sonst wäre ich dir begegnet, Petra?" Erneut liegen wir uns im Arm und ich spüre seine Zunge in meinem Mund. Marco riecht sehr gut, die Nähe zu ihm genieße ich. „Deine Frage habe ich noch nicht beantwortet, Petra." Hellhörig sehe ich ihm in seine Augen. „Es gibt keine Frau in meinem Leben, jedenfalls keine, mit der ich noch verheiratet bin. Seit zwei Jahren bin ich geschieden.

Mein Sohn ist inzwischen 19 Jahre und hat schon sein Abitur. Kann ich mit diesem Lebenslauf bei dir punkten?"

So, wie er mich jetzt ansieht, das, was ich gerade gehört und glücklich aufgenommen habe, ich bin entzückt. Verzaubert würde es auf den Punkt bringen.

„Wie lange bleibst du noch in Monaco?" Diese Frage kommt im Anschluss. Ich muss schlucken. „Noch einen Tag."

Sanft zieht mich Marco erneut an sich. Meine Gedanken gehen auf Wanderschaft. Das, was ich bei Klaus nicht gefunden habe, ist jetzt zu spüren. Ich bin verliebt, in Marco. So gut wie jetzt habe ich mich lange nicht mehr gefühlt. Die Angst der letzten Wochen, wo kann ich in der Zukunft leben, was bringt mir die Zukunft, sie ist verflogen. Irgendwie, so weiß ich jetzt, geht es für mich weiter.

„In zwei Wochen habe ich ein Fest, meinen Geburtstag. Bitte, Petra, sei mein Gast. Noch schöner, sei an meiner Seite als Gastgeberin." Meine Tränen muss ich zurückhalten. So schöne Worte, so liebevoll und die Aussicht, ich sehe Marco wieder, bringt meine Gefühle durcheinander. Positiv durcheinander, wohlgemerkt. Ja, es geht mir gerade sehr gut. Ich bin an der Seite eines Mannes, der mein Herz Stück für Stück erobert und der mir sehr gut gefällt. „Lass uns in das Esszimmer gehen." Zart nimmt er mich an meiner Hand und führt mich in den Raum.

Die Köchin von Marco hat den Tisch mit Köstlichkeiten gefüllt und ich glaube zu ahnen, heute kommen mehr Kalorien in meinen Mund als in der gesamten letzten Woche. „Zu Hause werde ich eine extra Runde durch den Park laufen müssen", lache ich beim Anblick des Tisches. „Oder erwartest du noch weitere Gäste?" Natürlich sind keine weiteren Gäste zu erwarten, ich habe mir einen Scherz erlaubt, was Marco direkt bewusst ist. „Hier kannst du auch joggen gehen. Silvi sehe ich auch öfter am Jachthafen vorbeilaufen. Sie ist ebenfalls sportlich."

22.40 Uhr

Mit Verspätung betrete ich die Hotelbar. Ina, Lotte und Karin entdecke ich zu meiner Freude sogleich. Die Freundinnen sitzen noch an der Bar und haben, allem Anschein nach, auf mich gewartet. Kurz halte ich inne, grinse in mich hinein bei der Erinnerung an die letzten Stunden. Viel zu schnell ist die Zeit verlaufen, den ganzen Tag über kam es mir so vor, als verstreichen die Stunden heute doppelt so schnell wie sonst.

Meinen Freundinnen gegenüber erwähne ich mein Empfinden, nachdem wir uns begrüßt haben. „Dein Strahlen in den Augen, Petra, was bedeutet das?", Lotte sieht mich an und ich ahne zu wissen, was sie denkt. „Du und Marco?" Kurz sehe ich zu Ina und Karin. „Ihr seid neugierig. Gut, wir haben uns geküsst, zufrieden?" Lotte bestellt mir ein Glas Prosecco. „Einzelheiten, meine liebe Petra. Wir haben den ganzen Tag schon darauf gewartet."

Mein Versuch, auf Karin abzulenken, er fruchtet nicht. „Sie hat uns schon die ersten Einblicke geschenkt. Es war nicht so spannend wie bei dir. Kein Kuss, kein Händchenhalten, nur Kunst als Thema über den ganzen Tag. Dem Mann ging es nur um seine Ausstellung." Lotte tut so, als sei das schrecklich für Karin. „Nun, ja. Interesse an der neuen Ausstellung im Kunstmuseum in Dresden mit Anton Wall als Künstler hat er auch gezeigt." Lottes Unterton ist nicht zu überhören.

„Leider kein gesteigertes Interesse an mir als Frau", fügt Karin betrübt an. Ein Blick zu der Freundin reicht mir aus, um zu sehen, mit der Kunst kann man Karin nicht verschrecken. Ihr Gesichtsausdruck ist auch schon wieder gelöst. Sie wirkt nicht unglücklich. „Mir hat es sehr gutgetan, mit dem Künstler zu sprechen. Ein Mann, der gerade noch im Liebeskummer aalt, ist keine Alternative zu meinem aktuellen Leben", lässt sie mich wissen.

„Nun zu dir, Petra. Konnte Marco dein Herz erobern?"
Ausgerechnet Ina fragt mich. „Ja", mehr gehaucht als ausgesprochen antworte ich ihr. „So, wie der heutige Tag verlaufen ist, ich bin glücklich. Marco gefällt mir als Mann, ich fühle etwas, tief in mir ist ein Kribbeln, wenn er meine Hände nimmt, mich küsst. Es fühlt sich gut an." Lotte, Ina und auch Karin hinterfragen jedes Detail des heutigen Tages. „Du siehst ihn in zwei Wochen schon wieder?" Erneut kann ich nur mit einem Nicken antworten. Zu aufgeregt fühle ich mich von den Erlebnissen des Tages. „Möchtest du ihn morgen noch einmal treffen?" Ina hat mit ihrer Frage einen wunden Punkt getroffen, was ich auch offen sage. „Ich bin mit euch hierher geflogen. Wir wollen doch gemeinsam eine schöne Zeit verbringen und jetzt", Lotte hindert mich daran weiterzusprechen. „Petra! So, wie du jetzt redest, vor uns stehst. Lange haben wir darauf gewartet, dich wieder lächeln zu sehen, aus dem Herzen heraus. Seit deiner Trennung hast du viel geweint und mit der kleinen Wohnung über meinem Café als vorrübergehende Wohnung Kompromisse gemacht.

Alles zusammen war keine gute Zeit für dich. Jetzt bist du wieder glücklich und natürlich triffst du Marco morgen. Wir drei werden keine Langeweile aufkommen lassen. Außerdem geht das Mittagessen auf dich, einverstanden?"

Das Angebot von Lotte nehme ich strahlend an. „Beste Freundinnen für immer", kommt eine tränenreiche Antwort von mir. Ina reicht mir ein Taschentuch. „Keine Tränen", sagt sie streng, „oder willst du morgen mit roten Augen zu Marco?" Wir stoßen die Gläser zusammen und ich spüre eine lange vermisste Stärke in mir. „Unsere Freundschaft bedeutet mir sehr viel", betone ich mit fester Stimme. Im Anschluss berichtet Lotte von den ersten Rückmeldungen auf ihre Kolumne. „Das neue Thema findet Anklang." Lotte gibt uns nach diesen Worten Einblicke in die Rückmeldungen von Leserinnen, die sie bereits lesen konnte. „Ohne eine beste Freundin wäre das Leben traurig", reagiert Karin auf die Berichte von Lotte. Kurz schweigen wir, jede von uns hängt ihren Gedanken nach.

Gibt es Pläne den Künstler noch einmal zu treffen, Karin?" Ina lehnt sich in ihrem Sitz zurück, ihr Blick haftet auf Karin. „Antonios Interesse, ebenfalls in naher Zukunft in Dresden eine Ausstellung mit mir zu organisieren, sie ist groß. Wir bleiben im Kontakt."

„Dann bleibt es spannend und wir werden in der Zukunft künstlerisch informiert bleiben", grinst Ina.

Lotte ist noch mit mir und meinem Seelenheil beschäftigt. „Bei Klaus, das wissen wir inzwischen, hast du keine Schmetterlinge gespürt", betont Lotte. „Ich denke, er war noch nicht der richtige Mann für dich."

„Darüber habe ich auch schon nachgedacht", gebe ich Auskunft. Nachdenklich fällt mein Blick auf ein Pärchen, das ebenfalls an der Bar sitzt. „Kein Trübsal", mahnt Karin. „Dir geht es doch gerade sehr gut, Petra. Du hast die Liebe wiedergefunden, was kann es Schöneres geben?" Skeptisch blicke ich die Freundin an. „Für mich ist mit dem Kennenlernen von Marco mein Leben erneut aus den Fugen geraten. Nicht zu vergessen, er wohnt hier in Monaco, ich lebe in Limburg und in wenigen Tagen werde ich zur Untermiete bei Lotte in Bremberg einziehen. Wie gerne hätte ich eine Konstante in meinem Leben." Karin schnauft. „Wir sind jung und somit können uns Veränderungen nur beleben und nicht ängstigen. Lerne Marco in Ruhe kennen, wenn du magst, fliege ihn wieder besuchen, du hast doch alle Möglichkeiten, Petra." Kurz gebe ich zu bedenken, dass ich eine Arbeit habe und nicht so, wie es mir passt, Urlaub bekomme.

„Jetzt denkst du bitte wieder positiv, meine Liebe. Wir trinken noch einen Prosecco und dann gehe ich ins Bett", dreht sich Ina zum Kellner um.

In der Nacht träume ich. Mein Schlaf ist sehr unruhig.

Ich sehe mich auf einem weißen Boot stehen. Meine Haare wehen im Wind und das Boot verlässt den Jachthafen. Wir treiben hinaus auf das Meer. Marco kommt an meine Seite. Für den Moment sorge ich mich nicht, erfreue mich vielmehr an seiner Nähe und der Gewissheit, ich bin geborgen. Dieses wunderschöne und leichte Gefühl verfliegt nur Minuten später. Der Wind wird stärker, das Boot treibt unruhig auf dem Meer. Mein Blick wandert zu dem Platz, wo Marco stehen und das Ruder in seinen Händen halten sollte. Lautes Lachen klingt an meine Ohren. Marco hält ein Glas in seinen Händen, ihm scheint der aufkommende Wind, die Unruhe des Bootes nichts auszumachen. Mir wird schummrig, ich suche Marcos Nähe, halte mich an seinem Arm fest. Frage ihn, wieso er nicht an das Ruder geht und uns dem Schicksal überlässt. Seine Antwort, er habe keine Angst vor einem gemeinsamen Ende mit mir, lässt mich hochschrecken und schreien.

„Petra? Was ist mit dir? Hast du schlecht geträumt?", Ina rüttelt an meiner Schulter. Schweiß liegt auf meiner Stirn. Stöhnend verlasse ich das Bett und suche das Badezimmer auf. „Ina, ich habe Angst. Jede Veränderung bringt Vor- und Nachteile mit sich", lege ich mich wieder in das Bett.

„Petra, so kenne ich dich nicht. Du musst keine Angst haben, wir sind immer für dich da, egal ob du in Limburg, Bremberg oder hier in Monaco bist." Inas Worte geben mir ein Stück der Ruhe zurück, die mir abhandengekommen war. Etwas später schlafe ich wieder ein.

Der nächste Morgen

Mit den ersten Sonnenstrahlen wache ich auf. Zu meiner Verwunderung sehe ich, Ina ist schon aufgestanden, ihr Platz im Bett ist leer. „Guten Morgen", kommt sie auch schon aus dem Badezimmer. „Du siehst hübsch aus", lächele ich sie an. „Na, los! Jetzt bist du an der Reihe, dich in das Badezimmer zurückzuziehen und hübsch zu machen", Ina wirft mir aus Spaß ein Kissen entgegen. Kurz entfacht eine Kissenschlacht und wir lachen wie Kinder. „Ich gebe mich geschlagen", rufe ich und verschwinde in das Badezimmer. Mein Blick in den Spiegel zeigt mir, ich brauche heute etwas länger, um mich sorgsam zu schminken und somit aufzuhübschen.

Nach dem Duschen fühle ich mich viel besser, spüre wieder Energie in meinem Körper und die Vorfreude auf den neuen Tag. Sorgsam wähle ich meine Garderobe aus und bin dankbar, so bedacht im Vorfeld meinen Koffer gepackt zu haben.

Auf dem Weg zum Frühstück erhalte ich von Ina ein Lob. „Das Kleid steht dir sehr gut, Petra. Genieße den heutigen Tag und die gemeinsame Zeit mit Marco. Im Flieger hast du noch genügend Zeit zum Nachdenken."

Lotte

Unser Kurzurlaub ist viel zu schnell vorbei. Was wir nur alles erleben durften, ich bin noch immer erstaunt in der Erinnerung an unser Kennenlernen mit Silvi. Heute zum Frühstück hat sie uns angerufen. „Nicht enttäuscht sein, Mädels, Papio und ich fliegen gleich für einige Tage nach Dubai. Ich kann euch leider nicht mehr vor dem Abflug treffen", sagte sie uns. „Mein Wunsch, euch zu Hause zu besuchen, den werde ich in die Tat umsetzen", fügt Silvi gutgelaunt nach.

„Richtig lieb von ihr, uns noch einmal anzurufen", findet Ina nach dem Telefonat. Karin und ich sehen es auch so. „Sie ist so viel in der Welt unterwegs, hat zwei Kinder, trotzdem denkt sie an uns. Wir sind, so glaube ich zu ahnen, jetzt ein Teil ihrer Freundinnen."

„Hoffentlich bleibt uns Petra erhalten", höre ich Karin sagen. Erschrocken blicke ich die Freundin an, die gerade in ihr Croissant beißt.

Petra ist zu diesem Zeitpunkt schon unterwegs, mit Marco. Er hat sie vor dem Hotel abgeholt. Was Petra bei Klaus nicht gefunden hat, sie scheint es bei Marco zu haben. „Die Liebe lässt sich nicht steuern. Sie kommt, zumindest oft, unverhofft und was wir daraus machen, liegt an uns", meine Interpretation findet Gefallen, wie ich sehe. Karin und Ina nicken auf meine Worte. „Ja, die Liebe ist ein Geschenk und sollte nicht als Selbstverständlichkeit gesehen werden", fügt Ina noch an. „Lasst uns den Tag genießen und noch einmal das herrliche Wetter", ermuntert Ina uns gegen elf Uhr den Frühstücksraum zu verlassen.

Der Anruf von Franz kommt, als wir gerade vor dem Spielcasino stehen. „Nächstes Wochenende, am Samstag, findet eine Gartenfeier bei uns statt, Lotte. Wie versprochen habe ich die Vorbereitungen schon auf den Weg gebracht.

Das Fleisch ist beim Metzger bestellt, das Bier schon im Keller und der Prosecco ebenso", Franz lacht. „Um Gemüse und Kartoffelsalat kümmert ihr Frauen euch bitte." Mein Franz, so mein Gedanke, wie er sich doch verändert hat. Zum Glück für mich zum Positiven. „Ich muss dir noch etwas sagen", kurz halte ich die Luft an. Unter den Augen von Karin und Ina spreche ich weiter. „Petra scheint die Liebe oder zumindest den Mann hier gefunden zu haben, der ihr Schmetterlinge schenkt. Sie ist wie verwandelt, sehr glücklich und strahlt über das ganze Gesicht. Vielleicht sprichst du mit deinem Bruder, damit er nicht zu viel Hoffnung auf die Rückkehr von Petra legt." Einen Moment schweigt Franz. „Sie hat einen Mann kennengelernt?" Franz Stimme klingt überrascht. „Wieso sollte Petra keinen Mann kennenlernen?" Meine Frage ist provokant, was ich sogleich spüre. „Sie war nicht wirklich verliebt in deinen Bruder. Gut, Klaus war mit Petra einige Male ausgegangen, mehr aber nicht. Der Funke war bei Petra zumindest nicht übergesprungen. Beide haben sich wie Geschwister verhalten. Freundschaftlich, nett war ihr Umgang miteinander. Aber ist das ausreichend für eine gemeinsame Zukunft?"

Franz hört mir zu, ohne mich zu unterbrechen. Auch dieses Verhalten ist neu. „Klaus und Petra", betone ich im Anschluss, „die beiden haben nie zusammengepasst. Wir, die Freundinnen und du, Franz, wir haben es uns für eine kurze Zeit gewünscht. Alles war so einfach, auch in meinen Augen. Klaus ist dein Bruder. Er ist freundlich und hat in unsere Runde gepasst, was er auch nach diesem Wochenende noch tut", füge ich milde nach.

„Mir tut mein Bruder leid", seufzt Franz leise. „Wer wird schon gerne versetzt und ausgetauscht?" Mein Blick sucht den von Karin und Ina, beide hören das Telefonat mit. „Für ihn wird es eine neue Liebe geben."

„Lotte? Ich freue mich sehr auf deine Rückkehr."

„Ich sehne mich schon nach dir." Zufrieden beende ich das Gespräch.

„So kennen wir Franz gar nicht", hebt Ina die Stimme.

„Gehen wir einen Kaffee trinken", meint Karin, „Hunger habe ich auch schon wieder."

Unser Tag ist wunderschön. Das Wetter spielt mit und wir drei dürfen die neuen Eindrücke genießen, ebenso die heimische Küche der Region. Inas Zurückhaltung, bei der Bestellung regionaler Köstlichkeiten, die sie zu Anfang an den Tag legte, ist rasch verflogen. „Wir sollten alles probieren und falls du etwas nicht essen möchtest, ich helfe dir gerne aus", betont Karin zufrieden. In diesem Moment wird ein Teller vor Karin abgestellt. „Oh! Ist das ein Kinderteller?", intensiv starrt Karin den Teller an. „Nicht mit mir!" Unvermittelt dreht sie sich um und ruft den Kellner zurück an unseren Tisch. „Mit dieser Portion soll ich über den Tag kommen?" Der Kellner bleibt irritiert neben Karin stehen. Ich fange an zu kichern. „Da versuche ich einmal kalorienarm zu bestellen, dann passiert mir so etwas!" Karins Salat, der eigentlich ihr Mittagessen sein sollte, wird von ihr als Vorspeise für uns Mädels umfunktioniert.

„Mir lassen Sie bitte eine große Portion Nudeln zubereiten, mit grüner Soße", lächelt Karin beseelt den Kellner an. „Wir sind von Petra eingeladen", lässt sich Karin noch ein Glas Prosecco bringen. „Wie konnte ich mir auch einen Salat als Hauptgericht bestellen? Nudeln machen glücklich", strahlt sie uns an. „Salat hält schlank", höre ich aus Inas Mund. Diese Worte bleiben unkommentiert.

„Das Essen war lecker", lehnt sich Karin zurück, als der Kellner die leeren Teller abräumt. „Wie sieht es mit Nachtisch aus?" Meine Frage fruchtet zumindest bei Karin. „Für mich bitte nur einen Espresso", bringt sich Ina ein. „Meine Hüften wachsen viel schneller als sie schrumpfen", sieht uns Ina betrübt an. „Ich gebe den Kalorien ein Zuhause", lacht Karin. Im Anschluss an ihre Worte bringt der Kellner uns das gewünschte Eis mit Sahne an den Tisch.

„Ich habe eine Nachricht von Petra erhalten", leckt Karin sich einen Rest Schokoeis von der Lippe. „Sie kommt erst nach dem Abendessen zu uns. Wir treffen sie um 22 Uhr an der Bar." Karin lässt ihr Handy zurück in die Tasche fallen. „Immerhin wird der Abend spannend. Petra wird uns viel zu berichten haben", fügt sie zufrieden nach. Ina schaut skeptisch. „Sollen wir uns Marco nicht doch mal näher ansehen? Wir können doch Petra besuchen und", sie hört an der Stelle auf zu reden. Mein spontanes Lachen, begleitet von Karin, lässt sie schweigen.

„Ihr findet, ich verhalte mich gerade wie eine Mami Petra gegenüber? Dabei mache ich mir einfach nur Sorgen", trotzig kommen die Worte aus Inas Mund.

„Wir gehen jetzt noch etwas bummeln, später schön Abendessen und um 22 Uhr können wir Petra nach ihrem Tag befragen." Langsam stehe ich von meinem Stuhl auf. „Mir würde etwas Bewegung jetzt guttun", greife ich nach meiner Tasche. Ina scheint noch nicht zufrieden mit meinen Worten zu sein. „Ina, es ist bestimmt nicht angemessen, wenn wir jetzt nachfragen, ob Marco auch uns einlädt. Diese Idee hätte von Petra und Marco kommen müssen. Ich denke, die beiden haben sich einen schönen Tag gemacht und sind sich eventuell nähergekommen." Kurz sieht mich Ina erschrocken an. „Oh, so schnell?" Karin nimmt sie am Arm und wir gehen ein Stück spazieren, ohne weiter von Petra zu sprechen. Der Nachmittag verläuft harmonisch und wir lassen es, noch einmal über Petra zu sprechen. Die schöne Umgebung, die kleinen Geschäfte lenken uns gedanklich weit weg von Petra. Jede von uns kauft noch ein Mitbringsel, ein Andenken an die schöne Auszeit. „Ich möchte gerne zum Abendessen in ein schmuckes Lokal, das mir ins Auge gefallen ist. Es liegt nur unweit vom Spielcasino und unserem Hotel entfernt." Mein Wunsch wird von den Freundinnen aufgenommen, nachdem wir unsere Einkäufe ins Zimmer gebracht haben. „Ich möchte mich vor dem Abendessen noch umziehen", lässt Ina uns wissen. Vom Grunde finde ich es albern, mich für die Freundinnen noch einmal umzuziehen, dann aber greife ich nach einem Kleid, das bisher noch keine Beachtung gefunden hat. „Nur gut, ich habe genügend Kleider mitgenommen", drehe ich mich zufrieden vor dem Spiegel. Karin tut es mir gleich und als wir gemeinsam mit Ina das Hotel verlassen, angeln wir ein Kompliment von dem Pförtner. „Ich wünsche Ihnen einen schönen Abend! So schöne Frauen allein unterwegs!"

Mir liegt schon eine Antwort auf den Lippen, dann aber verfalle ich mit Karin und Ina in lautes Lachen und wir gehen fröhlich gestimmt zum Abendessen.

„An das gute Essen kann ich mich gewöhnen", erfreut sich Karin, nachdem der Kellner unsere Bestellungen an den Tisch bringt. Ina hält sich auch am Abend zurück und hat für sich nur ein Steak mit Salat ausgesucht. Karin und ich können den Köstlichkeiten die mehr Kalorien auf den Teller bringen, nicht widerstehen.

„Jetzt gönnen wir uns noch einen Prosecco", betont Karin, nachdem wir bezahlt haben und noch einen Espresso getrunken haben. „Ein Eis hätte uns schon noch gemundet", geht Karin an meiner Seite auf die Straße. Das Restaurant verlassen wir in der Gewissheit, uns geht es gerade sehr gut und keine von uns Freundinnen geht heute Abend hungrig schlafen. „Nächste Woche könnt ihr an dem Sport Programm von Petra teilnehmen", albert Ina die hinter uns geht.

„Ob Petra an unsere Verabredung denkt?" Ina spricht diese Worte aus, nachdem wir die Bar im Hotel betreten haben. „Selbstverständlich", muntere ich die Freundin auf. So ganz an meine Worte will ich selbst nicht glauben. Beim Betreten der Hotelbar ist Petra nicht zu erblicken. „Wir nehmen den Tisch in der Ecke", bestimmt Karin und zieht los.

„Eine Runde Prosecco?", Petras Stimme erklingt hinter uns, noch bevor wir den Tisch erreicht haben. „Petra!", drehe ich mich strahlend um. „Schön dich zu sehen!"

„Du siehst glücklich und gleichzeitig müde aus", betrachtet Karin die Freundin. Ina öffnet ihren Mund, hält sich jedoch mit einem Kommentar zurück. „Ich bestelle erst einmal eine Runde Prosecco für uns", betont Petra mit einem Grinsen im Gesicht. „Ihr denkt doch nicht, Petra hat sich schon auf den Mann eingelassen?", flüstert Ina, nachdem Petra in Richtung der Bar unterwegs ist. „Sie ist kein Kind mehr, Ina! Petra sieht glücklich aus, wie schon lange nicht mehr. Egal was sie heute gemacht und erlebt hat, es kann nicht so falsch gewesen sein. Sonst würde Petra nicht so gut aussehen."

„Trinken wir auf unsere Freundschaft!", hält Petra uns Minuten später ein Tablett mit Gläsern entgegen. Ich grinse nur und stoße zufrieden mit meinen Freundinnen an. „Wie unterschiedlich wir vier doch sind", betont Ina und nimmt einen Schluck. „Ich sollte Romane schreiben", werfe ich später ein. „Anregungen liefern mir meine Freundinnen." Lautes Lachen erklingt. „Wie sieht es mit einem ersten Einblick in deinen Tag aus?", fordert Karin Petra auf zu berichten. Die Neugierde liegt über unseren Köpfen und trotz der aufkeimenden Müdigkeit, die nicht nur ich spüre, möchte keine von uns ausgerechnet jetzt das Bett aufsuchen.

„An ein Leben an der Seite von Marco könnte ich Gefallen finden", schwärmt uns Petra vor. Im Anschluss sprudeln die Worte aus ihrem Mund. So ganz kommen wir nicht immer mit, Petra springt bei den Abläufen, die Schilderungen ihrer Empfindungen jedoch werden mehr als ausführlich bedacht. „Morgen musst du uns noch einmal alles berichten. Dann bitte in einer Reihenfolge, die wir auch verstehen können", lacht Karin. „Bis jetzt habe ich nur verstanden, du findest den Mann toll, endlich haben die Schmetterlinge wieder bei dir Einzug gefunden und", kurz unterbricht Karin ihre Worte, um dann zu sagen: „Marco kann gut küssen, das habe ich auch behalten." Nach ihren Worten prosten wir uns zu. „Weitere Einblicke schenke ich euch morgen", gähnt Petra. „Wir haben schon Mitternacht", gibt Ina Auskunft. Das Gähnen von Petra wirkt ansteckend auf uns und wir beschließen gemeinsam die Zimmer aufzusuchen. „Ich muss noch rasch meinen Koffer für den Rückflug packen", höre ich Petra noch sagen, dann verschwinden sie und Ina in ihrem Zimmer.

„Möchtest du noch ein Stück Schokolade?" Die Frage von Karin kommt, als wir gerade unsere Zimmertür hinter uns verschließen. „Sehr, sehr gerne", strahle ich die Freundin an. „Wie schön das Leben doch sein kann", nehme ich einen Riegel Vollmilchschokolade von Karin entgegen und fange sogleich an diesen zu genießen.

Eine halbe Stunde später liegen wir im Bett und mit dem Gedanken an Petra aber auch an Franz falle ich in einen unruhigen Schlaf.

Rückflug

Petra

Letzte Nacht habe ich kaum geschlafen. Nur gut, heute Morgen wird mich Marco nicht sehen. Zu Hause muss ich wieder mehr auf mich und meine Gesundheit achten. Das, was ich in den letzten Tagen erleben durfte, war mehr als nur aufregend für mich. „Petra?", im Flugzeug sitze ich dieses Mal neben Karin. „In zwei Wochen fliegst du wieder nach Nizza? Habe ich das gestern richtig verstanden? Marco gibt eine Party und du fungierst schon als Gastgeberin an seiner Seite?" Ich hole tief Luft und nicke meine Zustimmung.

Karin hat korrekt zusammengefasst, was ich am gestrigen Abend in der Bar gesagt habe. „Soweit bist du doch gut von mir am gestrigen Abend informiert worden", strahle ich sie zufrieden an. „Du verpasst dann aber die Vernissage von Anton Wall in Dresden", rügt Karin mich. Ein Kloß sitzt in meinem Hals. Ich muss hüsteln und bekomme von der Stewardess ein Glass Wasser gereicht. „Glaube mir, Karin. Ich möchte Anton Wall nicht enttäuschen, auf die Zeit mit Marco verzichten, möchte ich allerdings auch nicht. Anton wird mich verstehen. Er ist einfühlsam, und wenn ihr in Dresden an seiner Seite weilt, dann ist alles gut. Mir sendet ihr im Anschluss Fotos und wir können telefonieren", meine Stimme überschlägt sich. „Du willst den Mann so unbedingt wiedersehen? Es hat dich also erwischt?" Auf Karins Worte kann ich erneut nur mit einem Nicken antworten. „Ging das Kennenlernen nicht sehr schnell?" Karin lässt nicht locker.

„Ausgerechnet du sagst diese Worte? Ina habe ich diese Frage zugetraut, nicht aber dir." Meine barsche Antwort lässt Karin kurz ihr Gesicht verziehen. „Es stimmt ja", lenkt sie kurz darauf ein, „mein Liebesleben ist wirklich nicht als konventionell zu bezeichnen und ich habe in der Tat kein Recht darauf, dich zu rügen oder zu bevormunden."

Mir gefällt zu hören, dass Karin einsichtig ist. „Möchtest du mir einen Einblick gewähren, wie die gemeinsame Zeit mit Marco für dich war?" Neugierde und Faszination sprechen aus ihren Worten.

Plötzlich lehnt sich Lotte über den Sitz. Sie und Ina sitzen in der Reihe hinter uns. „Wagt es nur nicht ins Detail zu gehen, ohne mich miteinzubeziehen", sie wuschelt mit der Hand in meinen Haaren. Ihr Kopf hängt über meinem Sitz. „Natürlich nicht, Mami", blinzele ich die Freundin an. Im nächsten Moment sehe ich auch in die Augen von Ina, die jetzt über dem Sitz von Karin hängt. „Bitte, dann bekommt ihr eine kleine Zusammenfassung. Den großen Einblick heben wir uns für den nächsten Mädelsabend auf. In Ordnung?" In Anbetracht der Situation hier im Flugzeug nicken mir meine Freundinnen ihr Einverständnis zu. „Sinnlich, prickelnd und berührend war die Zeit mit Marco. Ich spreche von der Stunde, als wir in seinem Schlafzimmer waren. Am liebsten möchte ich gleich wieder zu ihm fliegen und den Moment erneut genießen. Für mich waren die gemeinsame Zeit und die körperliche Nähe wie ein Jungbrunnen. In mir spüre ich trotz Schlafmangel eine Energie, die ich lange vermisst habe. Ideen sind wieder in meinem Kopf, was ich tun möchte in der Zukunft. Die letzten Wochen haben mir Angst bereitet. Die Zeit, als ich vor Liebeskummer nicht einmal mehr zur Arbeit bin, war erschreckend für mich. Kraftlos und traurig habe ich mich gefühlt, leer, innerlich ausgebrannt. Nur gut, diese Zeit scheint überstanden zu sein. Ich fühle mich wie wachgeküsst. Mit Marco, das spüre ich schon jetzt, kommen bessere Zeiten für mich. Gerade ist es ein Abenteuer, diesen Mann zu lieben, ihn bald wieder-zusehen. Einziger Wermutstropfen für mich ist die Tatsache, wir leben so weit voneinander entfernt. Das macht es nicht leichter für mich. Trotzdem nehme ich die neue Herausfor-derung an. Ina hat recht mit ihren Worten an mich, ich sei doch noch jung genug für eine Veränderung. Jetzt, wo wir Silvi kennenlernen durften, ich somit schon eine liebe Per-son vor Ort kenne, ist meine Angst kleiner geworden." Mein Herz rast, während ich den Freundinnen meine Empfindun-gen mitteile. „Angst schwebt der Freude mit", sage ich offen.

„Wir sind immer an deiner Seite, Petra. Jetzt geht es dir gut, die aufkeimende Liebe beflügelt dich und was kommt, das nehmen wir gemeinsam an. Du bist nicht allein!", Karins Worte ringen mir eine Träne ab. „Lotte?" Die Freun-din sieht mich erwartungsvoll an. „Deine aktuelle Kolumne, über die Freundschaft mit der oder mit den besten Freun-dinnen, vielleicht war der Auftrag wie ein Schicksal?" Ina bringt sich wieder auf meine Worte ein. „Wir müssen jetzt nicht zu tiefgründig werden, das heben wir uns wirklich für den nächsten Mädelsabend auf." Lotte wuselt erneut in mei-nen Haaren herum. „Hörst du damit auf?", necke ich Lotte. Karin und Ina lachen. Die anderen Fluggäste haben längst ihr Augenmerk auf uns gerichtet. Die Stewardess kommt, wie zu erwarten war zu uns und bittet Lotte und Ina sich wieder auf ihre Plätze zu setzen. „Möchtest du?", hält Karin mir Schokolade entgegen. „Lieben Dank!", nehme ich zu Karins Überraschung die Schokolade aus ihren Händen ent-gegen. „Petra?", stößt Karin aus. „Ich wollte dich nur etwas provozieren", fügt sie nach. Grinsend drehe ich mich für ei-nen kurzen Augenblick um, reiche die Schokolade an Lotte weiter. „Karin, dein Ansinnen war mir sogleich bewusst", grinse ich die Freundin an. Ein liebevoller Knuff in meinen Arm ist ihre Antwort für mich.

Lotte

Das nächste Wochenende

Meine Ankunft zu Hause, nach dem Kurzurlaub, war schöner als von mir erwartet. Franz hat für uns gekocht, gut, er hat das Essen abgeholt und noch einmal aufgewärmt, den Tisch gedeckt und eine Flasche Wein geöffnet. Neu für mich war sein Interesse. Er hat sich ausführlich nach den Erlebnissen von uns Freundinnen in Monaco erkundigt. Auch von der Gartenparty bei Silvi und Papio wollte er alle Details wissen, die ich noch im Kopf hatte.

„Ich habe dich vermisst, Lotte! Nicht vorstellbar wäre für mich, du hättest einen anderen Mann im Urlaub kennengelernt."

Im Anschluss hielt er mir sein Glas Wein zum Anstoßen entgegen. Für den Moment war ich verunsichert. Mein Freund hat sich doch sehr verändert.

Seine Leidenschaft zu mir, die war zum Glück unverändert und ab dem Moment, als wir hoch in mein Schlafzimmer gingen, war alles wie gewohnt. Etwas verrucht, muss ich jetzt im Nachgang zugeben, war unsere Liebe, jedoch sehr schön. Franz und ich haben uns gefunden, wir passen zusammen, zumindest auf unsere Art und Weise. Das Spießigste an meinem Franz ist die neue Angewohnheit, jetzt regelmäßig zum Grillabend einzuladen. Früher habe ich mir dieses Verhalten bei Franz nur gewünscht, nicht aber im Traum daran gedacht, er würde es einmal in die Tat umsetzen.

Samstagmorgen

Gerade sitzen Franz und ich beim Frühstück und ich erfreue mich einmal mehr an meinem wilden Garten. Hier fühle ich mich wohl, überlege ich zufrieden. Inas Rasen, der gepflegt und schön angelegt ist, er würde mich nicht glücklich machen. Mich erfreuen die wildgewachsenen Blumen und ich finde gefallen an hochgewachsenem Gras. Es sieht so lustig aus, in meinen Augen. Ich mag auch Tulpen. Einmal liebe ich die oft kräftigen Farben und ab dem Moment, wo die Tulpen in der Vase anfangen zu wachsen, eine gewisse Unordnung in den Blumenstrauß seinen Einzug findet, bin ich begeistert.

„Soll ich noch etwas besorgen für den heutigen Abend?", sieht Franz mich an. Anschließend sagt er: „Ich habe auch deinen Nachbarn, den ehemaligen Postboten, eingeladen. Frau Krautwinkel wird bestimmt auch mitkommen", Franz grinst seinen Worten nach. Für 18 Uhr hat er die Gäste eingeladen. „Ich will noch frischen Salat einkaufen und Gemüse für den Grill", mein Blick wandert durch meinen Garten, was Franz nicht entgeht. „Soll ich den Rasen mähen, Lotte?" Ups! Mein Freund scheint in meiner Abwesenheit einen Schleudergang durchlebt zu haben. Ich nicke ihn zufrieden an. „Sehr gerne, Franz. Du musst aber nicht übertreiben. So ein Garten wie bei Ina würde nicht zu mir passen." Meine Gedanken wandern erneut zu Ina. Was sie nur am Abend sagen wird, wenn mein Rasen frisch gemäht ist. Ina hat mir versprochen am Abend ihren legendären Kartoffelsalat mitzubringen und Karin bringt einen Nachtisch mit. Für mich bleibt nicht viel an Arbeit übrig, außer kleine Einkäufe zu erledigen. Franz hat das Fleisch eingekauft. Für die Getränke hat er ebenfalls Sorge getragen, was mir lieb war. Rascher als ich wollte, ist das Frühstück beendet. „Sonst kann ich meinen Zeitplan nicht einhalten", höre ich Franz sagen.

„Dann fahre ich kurz einkaufen", trage ich mein Geschirr in die Küche, ebenso die Marmelade und meinen Käse. Franz tut es mir gleich und rasch ist der kleine Gartentisch wieder frei.

Zwei Stunden später

Meine Einkäufe sind im Kühlschrank bzw. auf dem Küchenschrank abgelegt. Ein Dressing für den frischen Salat habe ich vorbereitet und kühlgestellt. Meine ersten Tätigkeiten für den Abend sind erledigt.

Meine Idee, noch einmal den Laptop zu öffnen, setze ich daher um. Erneut sind viele Reaktionen von meinen Leserinnen eingegangen.

Spontan entscheide mich für die Nachricht von Lissi.

Liebe Lotte,

richtig mitgefühlt habe ich bei dem kleinen Einblick in die Reise nach Monaco. Wie schön, so war mein erster Gedanke. Lotte hat das große Glück, mit ihren drei Freundinnen zu verreisen. So eine gemeinsame Zeit zu erleben, das wünsche ich auch für mich. Meine beste Freundin wohnt inzwischen 600 Kilometer von mir entfernt. Beide haben wir Familie, einen Mann und Kinder, die uns in Atem halten. Einmal im Jahr treffen wir uns, worauf ich mich immer sehr freue. Wie schade, wir können uns nicht mehr täglich austauschen, dafür fehlt uns die Zeit. Ich werde bei dem nächsten Treffen eine kleine, gemeinsame Reise ansprechen.
Mir kommt in den Sinn, Monaco vorzuschlagen. Die Schilderung von den Erlebnissen hat mir gefallen. Den Jachthafen möchte ich auch gerne sehen, ebenso die Umgebung von dem bekannten Spielcasino. Überrascht habe ich die Zeilen gelesen, in denen Sie

von der Einladung bei Silvi Lewe berichtet haben. Bitte geben Sie mir und allen Leserinnen noch weitere Einblicke in dieses Treffen. Meine beste Freundin kann ich, wie beschrieben, nicht mehr täglich sehen. Dennoch ist sie für mich da, wenn ich sie brauche. Mir ist bewusst, ich kann sie jederzeit anrufen, sie würde alles tun und sich die nötige Zeit freimachen, um mir beizustehen, wann immer ich sie brauche. Eine beste Freundin zumindest sollte jede Frau haben.
Beste Grüße
Lissi

Wie schön, so denke ich, meine Leserinnen fiebern nicht nur bei meinem Leben mit, ich bin auch ein Vorbild geworden. Mein Magen knurrt. Ich gehe kurz in meine Küche und werfe einen verheißungsvollen Blick in den Kühlschrank, der gut gefüllt ist. Wie so oft nehme ich mir ein Stück Gouda heraus. Ich liebe Käse. Mit einer frischen Tasse Kaffee, einem großen Stück Käse gehe ich zurück an den Laptop. Mir kommt Klaus in den Sinn. Der Bruder von Franz ist einmal mehr auf Reise gegangen. Die Nachricht, Petra hat einen Mann in Monaco kennengelernt, lag ihm zum Glück nicht wirklich auf dem Magen. Meine Befürchtung, er steigere sich in die Vorstellung hinein, versetzt worden zu sein, sie war umsonst. „Liebe war es wirklich nicht", hat er offen zugegeben. „Für mich war es schön, Petra etwas von ihrem Kummer abzulenken und ich habe auf diese Weise auch mich abgelenkt. Schon lange hege ich den Wunsch, wieder ins Ausland zu gehen. Jetzt weiß ich, es ist an der Zeit, meine Taschen zu packen."

Franz war für den Moment enttäuscht. „Muss ich die Firma jetzt allein schmeißen?", rau waren zunächst die Worte zu seinem Bruder. Erschrocken hatte ich beide beobachtet. Dann aber durfte ich sehen, beide Brüder lagen sich im Arm.

147

„Du machst das schon", hörte ich Klaus sagen. Dieses Treffen ist nur vier Tage her und jetzt ist Klaus schon weg, raus aus unserem Leben, zumindest für eine gewisse Zeit. Reisen war schon immer seine Leidenschaft, hat mir Franz gesagt. Ohne die Firma, die beide von den Eltern geerbt haben, wäre Klaus nicht mehr zurückgekommen. Sein Leben wird sich nun in den USA abspielen. Vielleicht fliegen wir ihn im nächsten Sommer besuchen, konnte ich Franz trösten.

Petra hat diese Nachricht ganz locker aufgenommen. Ich denke einmal, sie ist auch erleichtert, auf diese Weise einer Aussprache entgangen zu sein. Wir sind Erwachsene und benehmen uns oft noch wie Kinder, denke ich und setze mich wieder an den Laptop.

Ohne weiter nachzudenken, fasse ich den Entschluss zu schreiben, meinen Leserinnen einen erneuten Einblick in mein Leben zu schenken.

Meine lieben Leserinnen,

gerade habe ich den Gedanken in meinem Kopf, wir sind erwachsen und doch handeln wir oft wie die Kinder. Kennen Sie das auch von sich? Meine Tante Lydia Lowere hat einmal gesagt, behalte das Kind in dir und du wirst niemals alt werden. Ich mag diese Weisheit meiner Tante Lydia und ich will bis ins hohe Alter das Kind in mir behalten und ausleben dürfen.

Heute Abend findet erneut ein Gartenfest statt, dieses Mal rund um mein Haus. Natürlich wandern bei der Vorbereitung meine Gedanken zurück zu der Gartenparty bei Silvi und Papio in Monaco. Schmunzeln muss ich ganz spontan. Es liegen Welten zwischen den beiden Feiern, das ist schon jetzt gewiss. Mein Garten ist kein architektonisches Highlight, nicht richtig angelegt oder besonders gepflegt. Es ist ein Naturgarten, der mir Freude schenkt. Wenn ich mit einem Kaffee oder einem Glas Wein an dem kleinen Gartentisch weile, mich umsehe, ich bin glücklich, so wie alles ist.

Trotzdem kann ich nicht leugnen, ich war imponiert von der Feier bei Silvi und Papio. Alles war perfekt organisiert. Papio hat uns kulinarisch vom Grill verwöhnt und dank Silvi haben wir interessante Menschen getroffen und in unser Leben gelassen. Diese Einblicke sind für mich sehr wertvoll. Besonders aus einem Grund: Silvi ist liebenswürdig und hat Ina, Karin, Petra und mich so aufgenommen, als gehörten wir in ihr Leben. Kein Abstrich durch unsere Herkunft, keine Fragen zu unserem Einkommen. Für Silvi hat nur gezählt, wir haben uns spontan gut unterhalten, zusammen gelacht und gespürt, wir mögen uns. Spektakulär wird der heutige Abend nicht werden, trotzdem weiß ich schon jetzt, er wird mir gefallen, auch ohne das wunderschöne Feuerwerk, das ich bei Silvi so bewundert habe. Daran erinnere ich mich sehr gerne. Die Feier heute Abend wird im Verhältnis sehr klein ausfallen. Wichtig für mich jedoch sind die Menschen, die am heutigen Abend zu uns kommen werden. Ina, Karin und Petra haben ihr Kommen angekündigt, was mich sehr gefreut hat. Mit Ina kommt auch der legendäre Kartoffelsalat in meinen Garten. Darauf freue ich mich schon jetzt.
Monaco hat uns mehr in den Bann gezogen als zunächst erwartet. Meine Freundin Petra wird bereits nächstes Wochenende wieder nach Nizza fliegen. Wer weiß, vielleicht kommen Ina, Karin und ich ja auch schon bald wieder in den gleichen Genuss. Offen und voller Freude in die Zukunft sehen, auch das konnte meine Tante Lydia Lowere. Immer wieder denke ich an sie und spüre meine Bewunderung für die innere Freiheit, mit der sie ihr Leben gelebt hat. Zwänge hat sie nicht gekannt. Für Lydia war jeder Tag wie ein Feuerwerk.

In den wenigen Tagen in Monaco habe ich mich ihr ganz nahe gefühlt. Jeder Tag war eine Offenbarung. Langeweile gab es nicht auf der Tagesordnung. Reisen, so hat meine Tante oft betont, erweitere den Horizont.

Nächstes Wochenende, wenn Petra nach Nizza fliegt, reise ich nach Dresden zur Vernissage von Anton Wall. Neu für mich ist, Franz hat betont, er möchte mich begleiten. Verwundert hatte ich seine Worte aufgenommen. Zugeben darf ich aber, mir liegt doch mehr an einem Wochenende mit meinen Freundinnen und der Gewissheit, ich kann mich ganz für Anton Wall einbringen, wenn er mich denn braucht.

Einige meiner Leserinnen, zumindest die, die mich schon seit Jahren kennen, können meine Reaktion verstehen.

Glück muss man auch zulassen. Ja, das scheint auch ein Teil der Wahrheit des Lebens zu sein.

Glücklich bin ich zu wissen, meine Freundinnen sind immer für mich da, egal an welchem Punkt in meinem Leben ich gerade angekommen bin. Sie weilen an meiner Seite, unabhängig davon, wie es mir geht. Jetzt haben wir mit Silvi noch eine Freundin gefunden, die unser Leben bereichern wird. Ich wünsche mir von Herzen, wir treffen Silvi, so wie besprochen, in wenigen Wochen wieder.

Jetzt, meine lieben Leserinnen, muss ich mich für das Gartenfest umziehen.

Auf eure Antworten freue ich mich schon heute.
Beste Freundinnen zu haben, ist für mich das größte aller Geschenke!

Eure
Lotte

Karin

In den letzten Tagen war ich nur unterwegs. Erst der Kurzurlaub mit meinen Freundinnen, dann die Rückreise nach Dresden und jetzt sitze ich schon wieder im ICE nach Montabaur. Die wenigen Tage, in denen ich jetzt im Kunstmuseum tätig war, waren anstrengend für mich. Jammern möchte ich jedoch nicht. Meine Arbeit ist meine Passion und ich bin dankbar für diese Tätigkeit. Gemeinsam mit Anton Wall habe ich mich um die Vorbereitung seiner Vernissage gekümmert. Anton, das durfte ich sehen, hat in Dresden Anschluss gefunden. Seit seinem Vortrag vor den Studenten hat er sich etabliert in der Stadt. Gestern hat Anton zu mir gesagt: „Karin, am liebsten möchte ich hier in Dresden bleiben. Einzig, wenn ich es schaffe, meine Kunstwerke zu verkaufen, dann will ich zurück in die alte Villa nach Frankfurt. Auf dem Land verkümmere ich, was mir jetzt noch einmal bewusst geworden ist."

Ja, ich habe ihm zugestimmt. Anton passt in die Stadt. Er liebt das Leben und die großen Auftritte. Sein Erscheinungsbild passt nicht in den Alltag vieler Menschen. Für mich jedoch ist Anton wie ein Schmetterling. Von bunt bis lebendig passt jedes Wort zu ihm. Auf der einen Seite drücke ich ihm die Daumen, möchte alles dafür tun, dass die Vernissage ein Erfolg für ihn als Künstler wird. Andererseits kann ich mich auch an den Gedanken gewöhnen, er würde für immer in meiner Nähe bleiben.

Hier in Dresden bin ich nur im Kunstmuseum angekommen. Mir fehlen im Alltag meine Freundinnen, ein vertrauter Mensch zum Reden.

„Wenn ich die alte Villa zurückkaufen kann, Karin, wieso kommst du dann nicht mit nach Frankfurt?" Schöne Worte habe ich mir gedacht, auch zu Anton gesagt. „Bewegung und Veränderungen sind das Salz in der Suppe des Lebens. Du solltest nicht hierbleiben in einer Beziehung, die dich nicht glücklich werden lässt. Ständig musst du Kritik zu deiner Figur einstecken, Karin, das ist doch unbefriedigend. Eine so sinnliche und hübsche Frau wie du, Karin, hat einen Mann an ihrer Seite verdient, der sie liebt, wie sie ist."

Ich musste schlucken und gegen Tränen ankämpfen. Ja, Anton hat ausgesprochen, was ich schon lange fühle und denke. Meine Beziehung mit Hermann Josef hat ihr Verfallsdatum erreicht. Meine Versuche, mich erneut mit dem Direktor vom Kunstmuseum anzufreunden, stimmen mich nachdenklich. Einerseits sehe ich den Mann gerne, freue mich jeden Morgen darauf, mit ihm zusammenzuarbeiten. Vergessen darf ich aber nicht, er ist verheiratet. Wieso nur läuft die Suche nach dem richtigen Mann für mich über so viele Umwege.

„Kein Trübsal blasen, Karin!", hatte mich Anton gemahnt. Der Künstler kann Gedanken lesen, so meine Vermutung. Vor ihm kann ich meine Gefühle kaum verbergen. Er ist feinfühlig und sehr sensibel. Schade nur, Anton ist für ein Leben an der Seite einer Frau nicht geschaffen. In meinen Augen wäre er der ideale Partner. Verständnisvoll, attraktiv, humorvoll, künstlerisch bewandert, er hat alles an Vorzügen, was mir gefällt.

Der Anruf von Petra kommt, als mein Zug in den Zielbahnhof einfährt. „Ich warte schon auf dich, am Parkplatz", höre ich Petra mit fröhlicher Stimme sagen.

„Dann bis gleich", verlasse ich den Zug. Von weitem kann ich Petra sehen, kaum dass ich das Bahnhofsgebäude verlassen habe. Sie sieht blendend aus. „Meine Liebe", umarme ich Petra freudig, „lass dich noch einmal aus der Nähe ansehen. Von weitem schon konnte ich sehen, du siehst erholt aus." Petra strahlt mich an. „Mir geht es gut, Karin. Marco ruft mich jeden Tag an und schon am kommenden Wochenende fliege ich wieder nach Nizza und werde ihn wiedersehen."

Die Liebe, so mein Gedanke, sie tut Petra gut.

„Willst du dich noch umziehen?", Petras Frage kommt, als wir gerade in ihrem Auto sitzen. Kurz blicke ich an mir hinunter. „Ja, so hübsch wie du dich heute angezogen hast, da muss ich noch ein wenig nachhelfen." Wir lachen. „Dann fahre ich dich zuerst zu Ina. Sie hat mir verraten, du schläfst bei ihr. Gibt es Probleme mit", weiter lasse ich Petra nicht sprechen.

„Kann sein, es gibt Unstimmigkeiten mit Vincenz, zumindest, wenn er erfährt, ich werde mich von seinem Neffen trennen."

Petra schaut kurz von der Fahrbahn rüber zu mir. „Oh!", sagt sie und schweigt im Anschluss. „Haben wir morgen noch Gelegenheit, uns zu treffen?" Petra nickt. „Natürlich, Karin. Ich habe das komplette Wochenende Zeit und ich freue mich sehr, dich auch morgen zu treffen."

Etwas später fragt Petra, wie Anton Wall auf die Mitteilung reagiert hat, dass sie nächstes Wochenende nach Nizza fliegt, anstatt zu seiner Vernissage zu kommen. „Anton ist der perfekte Mann", trällere ich los. „Nun, ja, jedenfalls fast", an der Stelle lachen wir beide. „Anton hat nicht eine Minute gegrollt. Für ihn ist es wichtig, dass du glücklich wirst mit Marco. Anton sagt, er will dich bald nach Monaco begleiten und sich Marco einmal aus der Nähe ansehen." Petra grinst auf meine Worte. „Natürlich, er ist immer eingeladen. Hoffentlich hält mein zartes Pflänzchen der neuen Liebe auch." Jetzt ist ihre Stimme leise geworden. „Wir sollten positiver in die Zukunft sehen, meine Liebe", sage ich selbstbewusst. „Die neue Kolumne von Lotte ist schon online. Im Zug konnte ich den Beitrag schon lesen. Lotte hofft tatsächlich darauf, dass Silvi Lewe uns besuchen kommt", gebe ich Petra einen kleinen Einblick. „Schön wäre es schon. Mir hat es Freude gemacht, sie kennenzulernen. Die wenigen Einblicke in ihr Leben haben mir

Marco an meine Seite gebracht. Dafür bin ich Silvi dankbar, auf ewig, Karin. Ganz egal, was aus der neuen Freundschaft wird. So gut, wie es mir aktuell geht, das habe ich Marco zu verdanken."

Mich freut zu hören, was Petra sagt. „Hoffentlich kann ich auch bald wieder so schöne Worte von mir geben",

sage ich wahrheitsgemäß. „Im Übrigen, es gibt Neuigkeiten", meine Stimme nimmt einen anderen Ton an. Petra platzt sogleich vor Neugierde. „Hey! Wir haben uns gerade einmal wenige Tage nicht gesehen, was ist passiert?" Zunächst lege ich meine Hände vor mein Gesicht. „Petra? Schau mich nur an." Sie schielt kurz zu mir. „Sorry, Karin. Ich muss mich auch auf den Verkehr konzentrieren. Aber meine Ohren gehören dir." Ich hole tief Luft. „Du erinnerst dich an Antonio, den Künstler? Er hatte mir doch eine private Führung durch seine Ausstellung gegeben."

„Ja, natürlich. Ich erinnere mich aber auch daran, er hat gerade mit Liebeskummer zu kämpfen." Ich stimme meiner Freundin zu. „Antonio hat mich eingeladen, seine Ausstellung gemeinsam mit dem Direktor vom Kunstmuseum zu sehen. Die Hoffnung, er kann in Dresden seine Kunst zeigen, steckt hinter dieser Einladung."

Petra lacht. „Ok!" Mehr höre ich nicht, was mich schon wieder betrübt. „Du sagst nur ok? Mehr nicht?" Petra tippt mit der Hand auf das Lenkrad. „Für dich freue ich mich sehr, Karin. Die letzten Tage haben so viel verändert in meinem Leben und jetzt höre ich, bei dir scheint sich auch etwas zu verändern. Gerade bin ich aufgewühlt, glücklich, aufgeregt, suche dir aus, was du gerade als passend empfindest."

Bis zu Inas Haus reden wir erneut über die Vernissage von Anton Wall und seiner Hoffnung, eines Tages wieder in die alte Villa einziehen zu können. „Zieh dich rasch um, Karin! Ich lasse mein Auto hier stehen und gehe schon rüber zu Lotte. Vielleicht kann ich ihr noch zur Hand gehen."

Lotte

Petra sehe ich schon von weitem und freue mich von Herzen über die Tatsache, meine Freundin kann wieder strahlen und sieht blendend aus. „Dir geht es gut?" Meine Frage ist mehr eine Höflichkeit, da ich ja vor Petra stehe und wirklich keine Zweifel an ihrem Gemütszustand habe. Kurz klärt sie mich auf, dass Karin sich noch umzieht. Ebenso schenkt sie mir einen kleinen Einblick in das Seelenheil der Freundin. „Morgen habe ich auch Zeit. Dann treffen wir uns zu einem kleinen Mädelsabend." Petra strahlt mich an. Kurz hält sie mich am Arm fest, als sie Franz am Grill sieht. „Ist er böse auf mich wegen seines Bruders?" Ich verneine sofort. „Nein, wirklich nicht, Petra. Klaus hat uns erklärt, er habe schon lange den Wunsch wieder in sich gespürt, zurück ins Ausland zu gehen. Ihm ist es eher gelegen gekommen, was sich in Monaco entwickelt und ergeben hat. Damit spiele ich auf Marco an", grinse ich Petra frech ins Gesicht. Sie atmet auf. „Gut, dann habe ich ja heute Abend allen Grund zufrieden zu sein."

Sie bekommt einen Schubs von mir. „Wieso nur für diesen Abend? Gerade fliegen doch die Schmetterlinge in deinem Bauch herum, meine Liebe."

Franz entdeckt Petra und winkt ihr herzlich zu. Ich kann Petra ansehen, sie ist erleichtert. „Für den Moment hatte ich Angst vor einer Aussprache mit Franz, ebenso vor einer Begegnung mit seinem Bruder." Petra nehme ich mit in meine Küche.

„Findest du es komisch, dass sich Klaus ohne eine Aussprache auf die Reise begeben hat?" Petra schüttelt ihren Kopf. „Nein, mir ist es gerade sehr lieb so. Nenn es feige, aber das würde aktuell auch zu mir passen. Trotzdem bin ich dankbar, ohne Streit einen neuen Weg zu gehen, jetzt das Gefühl zu haben, frei zu sein", sie blickt mich an. „Frei für Marco", fügt sie strahlend nach.

Ina kommt mit Karin und Johann, als wir gerade den Prosecco aus meinem Kühlschrank nehmen. „Perfektes Timing", begrüße ich die Freundinnen. Johann sagt kurz Hallo, dann sucht er sich schon die Nähe zu Franz. Ina hält in ihren Armen eine große Schüssel mit Kartoffelsalat. Auf sie ist immer Verlass. „Schade nur, dass Silvi nicht hier sein kann. Ich hätte ihr gerne deinen Kartoffelsalat angeboten." Ina ist gerührt. „Glaube bitte nicht, Silvi muss auf meinen Kartoffelsalat warten. Mit Sicherheit speist sie täglich so gut, da würde mein Salat nicht punkten können."

„Das sehe ich aber anders, Ina." Überrascht halten wir inne und lauschen der Stimme. „Überraschung, meine Lieben!"

„Ich glaube es nicht!", dreht sich Ina um und reagiert als Erste. „Silvi! Du bist hier?"

„Ich freue mich darauf, gleich deinen Kartoffelsalat zu essen. Hoffentlich gibt es auch ein Würstchen dazu, ich habe Hunger mitgebracht."

Karin, Petra und ich tun es Ina gleich und gehen auf Silvi zu. Die Stimme haben wir sogleich erkannt. Keine von uns Freundinnen will glauben, was sie sieht. „Silvi?", meine Stimme überschlägt sich. „Das nenne ich eine Überraschung!" Mit diesen Worten umarme ich die Freundin. „Du bist hier? In meinem kleinen Haus?" „Jetzt möchte ich Silvi umarmen", drängelt Karin sich zwischen uns. Meine Hände lege ich im Anschluss vor mein Gesicht. „Wenn ich gewusst hätte, dass du kommst, ich hätte noch aufgeräumt", sehe ich mich in meiner Küche um. Silvi lacht meine Bedenken weg. „Ich wollte euch überraschen!"

Ja, so denke ich, das ist Silvi auch gelungen.

„Papio?", suchend schaue ich durch meinen Garten. Meinen Augen will ich keinen Glauben schenken: Papio steht bei Franz am Grill. Johann weilt an ihrer Seite. Die Männer reden angeregt und ich kann sehen, Papio lacht. Im Anschluss zeigt er auf ein Steak, das Franz ihm sogleich auf einen Teller legt. Mir wird schummrig. „Lotte? Möchtest du einen Prosecco?" Petra hat meine Aufgabe als Gastgeberin übernommen.

Ina und Karin stehen bei Silvi, alle sehen glücklich aus und strahlen.

„Silvi", drehe ich mich erneut um, „Ich bin überwältigt. Du kommst uns tatsächlich besuchen, hier auf dem Land."

Silvi strahlt mich an. „Wieso nicht? Wir sind doch Freundinnen? Oder täusche ich mich? Ab jetzt werden wir uns regelmäßig sehen. Wenn auch nicht jede Woche, aber eine gewisse Regelmäßigkeit wird es geben. An mir zumindest soll es nicht scheitern." Petra reicht ihr ein Glas. Erst, als auch ich mein Glas in den Händen halte, sagt Silvi: „Stoßen wir an, auf die Freundschaft!"

In meinem Kopf tobt gerade ein Sturm. So ganz kann ich noch immer nicht glauben, Silvi ist zu meinem kleinen Gartenfest gekommen. „Wir fliegen am späten Abend wieder weiter, Richtung Nizza", sagt Papio, nachdem ich auch ihn begrüßt habe. „Silvi hat mich so lange genervt, bis ich Ja gesagt habe und wir einen Zwischenstopp in Frankfurt eingelegt haben, um euch zu besuchen. Hoffentlich wird es jetzt nicht jedes Wochenende so sportlich mit euren Treffen", steckt er sich eine Havanna an. Belustigt pustet er den Rauch in den Himmel. „Franz? Bei meiner nächsten Gartenparty kannst du mir am Grill helfen", sagt Papio und ich sehe, Franz strahlt ihn an. Mein Nachbar kommt auch zu uns in den Garten. Ich befürchte schon, er würde sich danebenbenehmen, als ich höre, wie er sagt: „So eine hübsche Frau sehe ich nicht oft in meinem Dorf." Das Kompliment gilt Silvi. Es stimmt, was er sagt. Silvi ist so hübsch gekleidet, ihre Haare sind frisch geföhnt, die Tasche passt zum Outfit. Papio fällt mit seinem Shirt und der fetzigen Jeans ebenso auf. Ein kurzer Blick über meinen Körper zeigt, ich muss in der Zukunft wieder mehr Zeit in mich investieren. Lediglich unsere Petra strahlt mit den beiden im gleichen Glanz.

„Petra, du kommst nächste Woche zu Marco? Dann sehen wir uns wieder", Silvi freut sich sichtlich und wir stoßen erneut die Gläser aneinander. „Bekomme ich nun endlich eine Portion von deinem legendären Kartoffelsalat?", schaut sie zu Ina. „Selbstverständlich, meine Liebe", strahlt Ina und schnappt sich einen Teller.

Papios Auto, das er sich am Flughafen geliehen hat, sorgt für Aufmerksamkeit bei den männlichen Gästen der kleinen Party. Ein Bentley ist hier im Dorf noch nicht gesichtet worden, so unser Postbote und Nachbar. Papio scheint die Aufmerksamkeit zu genießen, wie ich sehen darf.

„Männer und ihre Spielzeuge", lacht Silvi vergnügt. „Der Kartoffelsalat ist grandios, Ina. Du musst mir dein Rezept zukommen lassen, bitte."

Mein Magen ist wie zugeschnürt. Ich kann mein Würstchen nicht aufessen, so aufgeregt bin ich noch immer über die Gewissheit, Silvi hat an uns gedacht. Die Frau, die so viele Einladungen auf der ganzen Welt zur Auswahl hat, sie hat sich für uns entschieden. „Das rührt mich sehr", gebe ich offen zu. Auch Karin, Ina und Petra stimmen mir zu.

„Ihr macht mich traurig", blickt uns Silvi an. „Sind wir nun Freundinnen oder nicht?" Nickend stoßen wir erneut miteinander an. Was für ein Gartenfest. Rührend sehe ich mich um, beobachte das Verhalten von Franz und Papio, zufrieden schließe ich für Sekunden meine Augen.

„Lotte? Du isst jetzt ein Würstchen und eine Portion Kartoffelsalat", bestimmt Silvi. „Nicht, dass die Gastgeberin uns noch umfällt." Meine Freundinnen lachen vergnügt.

Gegen 21 Uhr müssen Silvi und Papio in Richtung Flughafen starten. „Petra, wir sehen uns nächste Woche, ich freue mich sehr", küsst Silvi sie auf die Wange. „Karin, wenn du in Monaco bist und das Kunstmuseum besuchst, dann melde dich bei mir, versprochen?" Auch Karin wird zum Abschied lieb umarmt. „Du lässt mir dein Rezept zukommen, Ina?" Auch Ina wird geherzt. Dann kommt Silvi auf mich zu. „Meine Lotte! Ich freue mich schon auf die nächste Kolumne von dir", nimmt sie auch mich in den Arm. Papio klopft Franz und Johann auf die Schulter, die Freundinnen und mich umarmt er. „Mädels, man sieht sich!"

Zufrieden sehen wir dem Bentley nach. „Noch immer kann ich nicht glauben, was ich gerade erleben durfte." Franz umarmt mich, wir küssen uns. „Meine Freundin, sie ist immer für eine Überraschung gut!", zieht er mich wieder mit in den Garten. „Ich liebe dich, Lotte!" Franz küsst mich auf den Mund. „Du hast noch nichts zu meinem neuen T-Shirt gesagt", zieht Franz meine Aufmerksamkeit auf seinen Oberkörper. „Oh! Das Shirt sieht interessant aus. An dir bin ich solche Shirts im Allgemeinen nicht gewohnt. Hast du deinen Geschmack gewechselt?" Ich sehe ihn fragend an. „Lotte! Das T-Shirt ist von Papio Lewe, aus seiner neuen Kollektion. Ich habe es mir gekauft, damit ich bei dir punkten kann und du siehst, dein Freund ist modern und cool gekleidet. Immerhin hat sich Papio über mein Outfit gefreut. In der Talentshow von Silvi trägt Papio immer solche Shirts." Franz lächelt mich zärtlich an. „Weißt du, Lotte, wovon ich diese Nacht geträumt habe?"

Franz nimmt meine Hand und zieht mich wieder mit in meinen Garten. Auch meine Freundinnen sind wieder dort und, wie ich mit einem raschen Blick sehen darf, sind alle zufrieden.

„Möchtest du nun von meinem Traum erfahren?" Franz hakt nach. Ich weiß gerade nicht, worauf er anspielen möchte. Gerade fühle ich mich müde. Die Aufregung, als Silvi plötzlich in meiner Küche stand und wir Mädels miteinander angestoßen haben, hat mich Kraft gekostet. „Ich fühle mich sehr glücklich, jedoch auch erschöpft von den Ereignissen. Lass uns mit den Anderen noch ein Gläschen trinken", bitte ich Franz. Kurz sieht er mich enttäuscht an. „Dann berichte ich dir morgen beim Frühstück von meinem Traum und seiner Bedeutung." Liebevoll zieht er mich mit zu den Freunden. Ina, Petra und Karin sprechen auch noch von der spontanen Begegnung mit Silvi.

„Ich werde Silvi schon am nächsten Wochenende wiedersehen", Petras Stimme klingt hell. Die Vorfreude auf das nächste Wochenende ist ihr anzumerken. Strahlend steht sie in unserer Runde. „Meine Planung, mit dem Direktor nach Nizza zu fliegen, gemeinsam die Ausstellung von Antonio zu besuchen, nimmt ebenfalls Form an." Auch aus Karins Stimme höre ich Hoffnung mitklingen. Nur, so mein Gedanke, ihr Weg wird noch steinig sein, bis sie das große Glück in den Armen halten darf. Mir ist die Zeit noch in Erinnerung, als sie ein Verhältnis mit dem Direktor hatte und er sie später wegen seiner Familie wieder verlassen hat.

„Lotte? Bist du in Gedanken?", ausgerechnet Karin stellt diese Frage. Ich schlucke. „Mir geht es gut, wirklich. Ich habe gerade an die Begegnung mit Silvi gedacht und daran, was uns Freundinnen in der Zukunft noch bevorstehen wird." Petra legt ihre Hand kurz auf meine Schulter. „Wo ist deine

Leichtigkeit geblieben, Lotte? Alles kann gut werden. Falls nicht, dann gibt es ein spontanes Mädelstreffen und wir sind füreinander da." Mich stimmen die Worte von Petra glücklich.

„Ja, du hast recht, Petra. Unsere Freundschaft ist ein starkes Band."

Ina ist noch immer davon gerührt, wie gut Silvi der Kartoffelsalat gemundet hat. „Silvi kommt in der ganzen Welt herum, hat jede Woche Einladungen, bei denen sie von Sterneköchen bekocht wird", sie rollt die Augen, „und mein Kartoffelsalat hat es ihr angetan. Bei dem nächsten Treffen in ihrem Haus soll ich ihr das Rezept verraten und meinen Salat zubereiten." Sie kichert und nippt an dem Prosecco in ihren Händen. „Inas Kartoffelsalat beglückt die High Society." Karin hebt theatralisch ihre Stimme und umarmt im Anschluss kurz Ina.

„Mich hat Silvi gebeten, mich zu melden, wenn ich vor Ort bin", fügt Karin nach, nachdem Sie Ina aus der spontanen Umarmung entlassen hat. Ich nicke ihr zufrieden zu. Jede von uns ist von der neuen Freundin angetan. „Sie hat uns heute mit dem spontanen Besuch gezeigt, wir sind ihr ans Herz gewachsen." Ina bringt auf den Punkt, was auch ich denke. „Franz sagt, er habe sich sehr gut mit Papio unterhalten." Ina nickt. „Das habe ich beobachten können. Johann hat sich auch wohlgefühlt, was mir gleich aufgefallen ist. Und um ehrlich zu sein, wir haben in Monaco ja viele schöne Autos sehen dürfen, doch hier in unserem kleinen Dorf einen Bentley zu sehen, ist schon außergewöhnlich." Wir lachen. Gegen Mitternacht fallen ein paar Regentropfen vom Himmel. „Heute ist alles durcheinander", packen wir zufrieden die Auflagen von den Stühlen ein. „Was für ein Tag! Was für eine positive Aufregung, dank dem spontanen Treffen." Meine Worte werden von Ina aufgenommen. „Ich bin jetzt müde", fügt sie gähnend nach. „Die Aufregung, der Prosecco, ich werde sicherlich gleich einschlafen, wenn ich zu Hause bin. Kommst du mit Johann und mir, Karin?"

Petra hatte sich im Vorfeld ein Taxi bestellt. Es fährt vor, als Ina, Johann und Karin von mir verabschiedet werden. „Noch wohne ich über deinem Café", Petra sieht mich an und ich glaube zu ahnen, sie denkt schon wieder an Marco. „Bald wohnst du hier bei mir zur Untermiete?" Meine Frage bleibt offen. Petra grinst und steigt in das Taxi.

Franz hat schon den Grill abgebaut, alles gereinigt und wartet in der Küche auf mich. „Was für ein wunderschöner Abend", umarme ich ihn. „Hast du Lust auf Kuscheln?" Meine Frage erhellt sein Gesicht. Rasch stellt Franz die gerade erst geöffnete Flasche Bier auf die Seite und nimmt meine Hand. „Lotte, du faszinierst mich immer wieder aufs Neue." Eine Sekunde bleibe ich stehen. „Keine großen Gespräche mehr, bitte. Für heute habe ich genügend an Aufregung erlebt. Jetzt möchte ich nur noch den Mann genießen dürfen, der weiß, wie er meinen Körper zum Glühen bringen kann." Rasch löse ich meine Hand und eile wie ein Teenager die Stufen zum Schlafzimmer hinauf. Franz tut es mir gleich. Auf der oberen Etage angekommen hat er mich schon wieder eingeholt und hält mich in seinen starken Armen.

„Kleines Spielchen, gefällig?" Er knabbert an meinem Ohrläppchen. „Du riechst lecker", zieht er mein Shirt aus. Die wenigen Schritte bis zum Schlafzimmer reichen ihm, mich zu entkleiden.

Wie gut ich mich fühle, jung, geliebt, verrückt und hungrig auf das Leben. Ja, ich liebe das Leben und ich will es spüren, mit allen Facetten. Weitere Gedanken haben keinen Platz mehr in meinem Kopf. Franz versteht es, mich abzulenken und ich lasse mich fallen, nicht nur in seine starken Arme.

Der nächste Morgen

Ungewöhnlich früh werde ich wach. Wie so oft, wenn ich etwas Schönes erleben durfte, bin ich nicht in der Lage, lange zu schlafen. Zufrieden fällt mein Blick auf Franz. Er schlummert schön, ich liebe diesen Anblick. Leise husche ich in mein Badezimmer, putze meine Zähne und darf im Spiegel sehen, mir fehlt eine Portion Schlaf. Dennoch sehe ich heute Morgen hübsch aus, glücklich ist der richtige Ausdruck. Noch einmal habe ich die Begegnung mit Silvi und Papio in meinem Garten vor Augen. Mein spontaner Wunsch, meine Leserinnen zu informieren, nimmt Gestalt in meinem Kopf an. Zunächst koche ich mir einen Kaffee. Das schwarze Glück, die erste Tasse am Morgen, ich freue mich schon darauf. Mit einem Brot und einer Tasse Kaffee gehe ich wenig später zu meinem Laptop. Beim Hochfahren kaue ich auf dem Brot und mein Blick fällt versonnen in meinen Garten. Was für ein Glück ich doch habe, so meine Gedanken.

Erneut sind Reaktionen auf meinen letzten Beitrag eingegangen. Kurz lese ich zwei Beiträge durch, dann öffne ich mein Schreibprogramm.

Liebe Leserinnen,

ich fühle mich heute Morgen sehr gut. Oft schon habe ich mit euch meinen Liebeskummer geteilt und darum gebeten, mein Handeln milde zu beurteilen und zu akzeptieren, jeder Mensch hat ein Recht für sich zu entscheiden. Nein, liebe Leserinnen, jetzt kommt keine Beichte von mir. Ich lasse eine kleine Bombe los, ja, das schon! Insgeheim brodelt die Neuigkeit in mir, sie will aufgeschrieben und mitgeteilt werden. Heute geht es aber nicht um meine Beziehung zu Franz, sondern um meine Freundinnen. Mein Liebesleben ist aktuell als stabil zu bezeichnen.

Denke ich an die letzte Nacht, dann denke ich an mein Glück in den Armen von Franz. Ein Feuerwerk hat meinen Körper durchflutet. Ich fühle mich als Frau sehr geliebt. Tief in meinem Inneren gibt es ein kleines Teufelchen, das mich fragt: Wie lange hält das Glück der Liebe bei mir dieses Mal? Darf ich ehrlich sein, ich möchte diese Frage nicht hochkommen lassen und packe sie wieder zurück in die Ecke meines Kopfes, wo sie hoffentlich wieder für einige Zeit versteckt bleibt.

Jetzt komme ich endlich wieder auf meine Freundinnen zu sprechen. Gewiss bin ich mir, mit meinen Freundinnen werde ich auch im Alter noch zusammen sein. Unsere Mädelstreffen werden wir nicht aufgeben. Jetzt komme ich schon ganz nah an das Thema, worüber ich heute schreiben möchte. Meine besten Freundinnen, so das aktuelle Thema. Diese Kolumne zu schreiben, schien mir ganz einfach zu sein. Mit Karin, Ina und Petra an der Seite erlebe ich viele schöne, verrückte, aber auch tröstende Momente. Oft schon habe ich betont, meine Freundinnen sind wie eine Familie für mich. Die Leserinnen, die auch meine Kolumne gelesen haben, die ich in Monaco geschrieben habe, wissen von der Begegnung mit Silvi Lewe. Von dem spontanen Kennenlernen in einem Café, der Einladung von Silvi zu ihrer Gartenparty, die ebenso spontan für uns kam, wie noch einige andere Begegnungen in diesen Tagen. Neue Eindrücke, so hat es meine Tante Lydia Lowere oft beschrieben, erweitern den eigenen Horizont. Menschen, die viel reisen, sind offener in ihren Ansichten. Auch davon war sie überzeugt. Meine Tante war so weltoffen, so aufgeschlossen für neue Menschen und neue Erlebnisse. Je mehr ich von Lydias Leben erfahren habe, umso mehr ist meine Bewunderung gestiegen. Immer wieder habe ich mir gewünscht, ich kann in ihre Fußstapfen treten, werde so, wie es meine Tante zu Lebzeiten war. Eine aufgeschlossene, neugierige, optimistische Frau, die immer ihrer Linie treu bleibt. Leben ohne Reue, Leben mit Leidenschaft.

Grinsen darf ich bei dem Gedanken an die letzte Nacht in den Armen von Franz. Zumindest der Leidenschaft bin ich nahegekommen.

Am gestrigen Abend hat Franz erneut ein Gartenfest in meinem Garten organisiert. Selbstverständlich kamen mit Petra, Ina und Karin meine Freundinnen ins Haus, ebenso der legendäre Kartoffelsalat von Ina. Hätte ich euch, liebe Leserrinnen, nicht schon vor geraumer Zeit das Rezept von Ina verraten, jetzt wäre der Zeitpunkt gekommen. Inas Kartoffelsalat hat einmal mehr die Gaumen meiner Gäste verzaubert. Bei den Vorbereitungen zu der kleinen Grillfeier hatte ich nur gedacht, es wird hoffentlich ein harmonischer Abend mit meinen Freunden, das Wetter wird uns treu bleiben und der Regen nicht, wie angekündigt, die kleine Feier stören. Mehr hatte ich nicht erwartet, mir nicht erhofft. Vom Grunde her wäre ich sehr zufrieden mit dem Erfüllen dieser Wünsche gewesen. Das Wetter hat uns tatsächlich bis Mitternacht die Freude bereitet und ist stabil geblieben. Die Grillkünste von Franz fanden Anklang, was ich nicht anders erwartet habe.

Im Vorfeld hatte ich es allerdings versäumt, in ein hübsches Kleid zu schlüpfen, meine Haare zu frisieren und mich zu schminken. Für ein Treffen mit meinen Freunden in meinem Garten habe ich nicht an die große Robe gedacht, warum auch? Eine Jeans, ein Shirt und Turnschuhe fand ich angebracht und ausreichend. Petra ist für mich, was Kleidung anbetrifft, eine Ausnahme in der Mädelsrunde. Sie hat das Händchen, sich so zu kleiden, dass sie nicht aufgedonnert aussieht und doch kommt niemand umhin, sie zu bewundern. Petra sah in ihrem Sommerkleidchen wie eine kleine Elfe aus. Zart und hübsch anzusehen. In ihrem Herzen trägt die Freundin wieder die Flammen der Liebe, im Bauch die dazugehörigen Schmetterlinge. Beneidenswert schön, wie ich es empfinde. Ja, ich habe mich gerne und oft in den letzten Jahren verliebt. Immer wieder habe ich von dem schönen

Gefühl berichtet, das die aufkeimende Liebe in mir ausgelöst hat. Daher kann ich meine Freundin verstehen, dass sie aktuell so zufrieden und glücklich ist. Möchten wir nicht alle ab und an wieder wie ein Teenager mit den Gefühlen der Liebe fliegen? Ich meine, das große Karussell der Gefühle spüren?

Oft denke ich, hoffentlich bleibe ich noch sehr lange so jung, zumindest in meinen Gedanken und meinen Ansichten auf das Leben. Lydia Lowere hat sich dies bis ins hohe Alter bewahrt, was ich bewundernswert finde.

Nächstes Wochenende wird meine Freundin Petra wieder nach Nizza fliegen und wir werden sehen, was die aufkeimende Liebe für sie bereithält. Am liebsten möchte ich Petra begleiten. Die wenigen Tage in Monaco, sie waren geprägt von Erlebnissen und Abenteuern. Ebenso von Freundschaft. Neu in unserer Mädelsrunde ist in diesen Tagen Silvi gekommen. Gut, einige meiner Leserinnen werden nun denken, hoppla! Da lernt Lotte im Kurzurlaub eine Frau kennen, wird von ihr eingeladen und bildet sich im Nachgang ein, es sei schon von Freundschaft die Rede. Jetzt darf ich lächeln in der Gewissheit, mit den nächsten Zeilen alle Zweifel auszuräumen. Freundschaft darf und muss wachsen, darin sind wir uns einig. Neue Menschen zu treffen, ihnen die Tür ins eigene Leben zu öffnen, gehört dazu. Ebenso finde ich es wichtig, bereit für eine neue Freundschaft zu sein.

Karin, Petra, Ina und ich haben diese Bereitschaft bei Silvi gezeigt. Sie hat uns mit ihrer offenen, herzlichen Art spontan bis in unsere Herzen erreicht. Große Worte? Ja! Dahinter steckt auch eine Neuigkeit. Zugeben darf ich, selbst gedacht zu haben, wenn ich Silvi in einem Jahr noch einmal wiedersehen darf, es wäre schön. Sie und Papio, das ist bekannt, führen ein anderes Leben als ich es tue. Beide haben berufliche und private Verpflichtungen, die für einen vollen Terminkalender sorgen. Umso herzlicher, umso wertvoller ist es für mich, Karin, Ina und Petra sehen das *ebenso wie ich, dass wir spontan von der neuen Freundin besucht wurden. Am gestrigen Abend!*

Meine Schwestern im Geiste, ihr dürft es mir glauben, ich war für den Moment sprachlos, als Silvi in meiner Küche stand. Unterdessen hatte sich Papio mit Franz am Grill unterhalten, ebenso, als kennen sich beide schon seit Jahren. Wie locker der Abend verlief, das verdanke ich auch dem Kartoffelsalat von Ina. Silvi möchte bei ihrer nächsten Gartenparty unbedingt diesen Salat auf das Buffet bringen. Ein größeres Kompliment hätte Ina nicht erhaschen können. Extra für uns Freundinnen haben Silvi und Papio einen Zwischenstopp in Frankfurt eingelegt und uns besucht. Wenn ich im Vorfeld davon gewusst hätte, ich wäre vor Aufregung nicht in der Lage gewesen, die wichtigsten Vorbereitungen zu treffen. Zugeben darf ich aber, meine Kleidung hätte ich bewusster ausgewählt. Silvi sah wieder umwerfend gut aus. Papio hat es geschafft, die Gäste mit seinen Kommentaren zum Lachen zu bringen und somit für die richtige Stimmung zu sorgen. Was mir im Nachgang als positiv einfällt, ist die Reaktion von Franz auf meine neuen Freunde. Gedacht habe ich, er reagiere mit Eifersucht. Doch das Gegenteil war der Fall. Schon im Vorfeld, als Überraschung für mich, hat sich Franz ein Shirt gekauft. Für meinen Geschmack ist es etwas verrückt, jedoch die Geste, die dahintersteckt, umso so wertvoller. Franz wusste, dass Papio diese Shirts liebt. Er trägt sie in der Talentshow die Silvi leitet. Dass Franz das überhaupt weiß, er überrascht mich immer wieder, aktuell mit seiner positiven Seite, was mir sehr guttut. Ja, ich bin glücklich und daher werde ich meinen Platz, hier am Laptop nun verlassen und mich zurück in das warme Bett legen, wo ich auf Franz treffe. An seinen warmen Körper werde ich mich gleich ankuscheln.

Meine lieben Leserinnen, ich hoffe auf viele Rückmeldungen aus euren Reihen zu dem Thema, Meine besten Freundinnen und ins-

besondere zu euren Erfahrungen in Bezug auf das Thema Meine neue beste Freundin.

Wo steht geschrieben, eine beste Freundin findet man nur in der Grundschule? Das Gegenteil haben gerade Petra, Karin, Ina und ich erlebt. Mit Silvi sind wir nun fünf Mädels in unserer Runde. Ich umarme euch alle!
Eure Lotte

Auf dem Weg zurück in mein Bett denke ich an Frau Krautwinkel. Bei meinem Gartenfest gestern Abend war sie nicht anwesend, wie zuvor von mir erwartet. Das Leben, so mein nächster Gedanke, geht oft Umwege.

Das nächste Wochenende

Anton Wall

Meine Aufregung ist groß. Schon als panisch kann ich mein Verhalten beschreiben, wenn ich ehrlich zu mir bin. In wenigen Stunden eröffne ich meine neue Vernissage, schenke den Besuchern Einblicke in meine neusten Werke. Karin war in den letzten Tagen von morgens bis spät am Abend für mich da. Sie hat mir geholfen, die schönsten Plätze für meine Gemälde auszusuchen, hat mich getröstet, wann immer ich dachte, ich schaffe es nicht. Meine Selbstzweifel der letzten Tage waren belastend für mich. Zu viele Erwartungen und Hoffnungen verknüpfe ich mit der heutigen Vernissage. Mit dem Ergebnis der nächsten Tage der Ausstellung ebenso. Mein großer Wunsch, zurück in die alte Villa in Frankfurt zu ziehen, er sitzt in mir. Hier in Dresden habe ich gespürt, ich gehöre in eine größere Stadt. Mir haben Menschen als Inspiration gefehlt, die meine Art so annehmen, wie ich bin. Mir offen und ohne Vorurteile begegnen. Karin war sehr geduldig mit mir. Die Studenten, die mir bei der Vorbereitung geholfen haben, sind mir ans Herzen gewachsen. Ich muss in der Zukunft wieder mehr reisen, mehr mit Menschen zusammentreffen und spüren, ich lebe.

Mein Mäzen, Vincenz, kommt zu meiner Vernissage und wird eine Eröffnungsrede halten. Innerlich sage ich Danke für den Tag, an dem ich Vincenz kennenlernen durfte. Ohne ihn und seine großzügige Unterstützung hätte ich mein Leben nicht so schnell wieder in den Griff bekommen. Die Leichtigkeit, die ich in den Räumen der alten Villa erleben durfte, sie tragen mich noch heute mit ihrer Erinnerung über manche trübe Stunde hinweg. Gelernt habe ich aus dieser Zeit, sollte es mir gelingen, wieder zu Geld zu kommen, dann passe ich besser darauf auf. Kurz wandern meine Gedanken zu dem schönen Rolls-Royce, den ich mein Eigentum nennen durfte, zumindest für eine kurze Zeit. Das süße Leben hat zu mir gepasst. Trübsinn und graue Tage setzen mir mental zu, machen mich fertig. Jeder Künstler braucht Inspiration, um kreativ sein zu können. Ich habe mein Ziel fest vor Augen. In den letzten Wochen ist es mir gelungen, neben den Kunstwerken der letzten beiden Jahre, neue zu erschaffen, die es verdient haben, hier bei der Vernissage gezeigt zu werden. Als Anregung hat mir Lydia Lowere gedient, die zu Lebzeiten eine schillernde Persönlichkeit und eine Frohnatur war. Schade nur, ihre Nichte Lotte hat wenig von ihr geerbt. Obgleich ich spüre, Lotte ist bemüht, ihrer Tante nachzueifern, was schon ein Schritt in die richtige Richtung bedeutet.

In einer Stunde kommen Ina und Lotte in Dresden an, Karin wird beide am Bahnhof abholen. Vincenz ist schon in seinem Hotel, wie er mir am Telefon mitgeteilt hat. Alle Freunde sind am heutigen Abend an meiner Seite. Schmerzlich denke ich an Petra, sie wird mir heute fehlen. Ihr gönne ich die neue Liebschaft und hoffe, daraus entwickelt sich eine feste Beziehung. Petra ist ein sehr lieber Mensch und hat es verdient, wieder glücklich zu sein. Monaco hat meinen Freundinnen sehr gutgetan. Entspannt und mit neuen Ideen im Kopf ist Karin zurückgekommen. Natürlich hat sie mir von der Ausstellung berichtet, die sie besucht hat. Meine Neugierde auf den Künstler war geweckt und ich habe sogleich seinen Namen gegoogelt. Mir haben die Bilder gefallen, die ich sehen konnte. Antonio arbeitet anders als ich, trotzdem bin ich sehr beeindruckt von dem, was ich sehen durfte. Karin fährt mit dem Direktor zu seiner Ausstellung und es gibt die Überlegung, im Nachgang an meine Ausstellung für Antonio eine in Dresden zu organisieren. Ob ich meine Werke in Monaco zeigen darf? Oh, schon wieder wünsche ich mir etwas, das in den Sternen steht. Ja, ich greife sehr gerne nach den Sternen und meine Wünsche sind hoch angesetzt.

Warum auch nicht? Leben und leben lassen, fällt mir ein Spruch von Lydia ein. Meine Muse, denke ich und gehe noch einmal alle meine Werke ab. Zufrieden bin ich mit der Auswahl.

„Anton?" Mitten in meinen Gedanken versunken, höre ich meinen Namen. Im Umdrehen erkenne ich schon Ina, Lotte und Karin. Mit ausgebreiteten Armen eile ich auf die Freunde zu. „Seht euch nur um, was sagt ihr zu den Gemälden?" Lotte dreht sich im Kreis, verschafft sich einen ersten kleinen Eindruck. „Fantastisch, Anton, ich bin begeistert. Hier im Kunstmuseum kommen deine Bilder richtig zur Geltung", sie schließt kurz die Augen. „In meinem Café sind die Wände viel zu klein. Trotzdem möchte ich nicht auf deine Werke verzichten." Ja, mir ist bewusst, sie meint insbesondere die Bilder mit dem Konterfeit von Lydia Lowere.

„Ist Petra gut in Nizza angekommen?" Lotte nickt. „Sie hat uns gerade auf dem Weg zu dir angerufen. Petra ist schon im Haus von ihrem neuen Freund und ihr geht es gut. Die Zukunft bleibt spannend in unserer Runde", lacht sie. Ich nicke. „Das ist auch gut so, Lotte!"

19 Uhr

Meine Aufregung flammt erneut auf, meine Hände sind feucht und ich habe das Gefühl, meine Beine sind aus Gummi. Beruhigend legt Vincenz seine Hand auf meine. „Bleib ruhig, Anton", höre ich seine Stimme. Dann geht er nach vorne an das Mikrofon. Die Vernissage ist gut besucht. Karin hat mir vorhin gesagt, mehr als 200 Gäste seien gekommen, ich könne stolz sein auf mich. Wenn ich nur nicht so nervös wäre. Für mich wäre es unmöglich, meine Gäste selbst zu begrüßen. Ich bekäme kein Wort heraus, müsste ich jetzt am Mikrofon stehen.

„Liebe Kunstfreunde", höre ich Vincenz sagen. Seine Stimme ist fest und deutlich, was ich bewundere.

„Anton Wall ist für mich einer der herausragendsten Künstler dieser Zeit. Hinter jedem seiner Werke steht eine Geschichte. Die wichtigste Persönlichkeit als Inspiration für den Künstler war Lydia Lowere. Zu Lebzeiten durfte ich diese Frau kennenlernen und für wenige Wochen meine Freundin nennen. Zurückblickend kann ich sagen, dies war meine verrückteste und meine lebendigste Zeit gewesen. Sie hat verstanden, das Leben zu genießen, zu leben." Vincenz legt eine kurze Pause ein, was die Aufmerksamkeit der Gäste noch steigert. Dann hebt er seine Hand, wendet seinen Kopf leicht zur Seite und spricht weiter: „Sehen wir uns das blaue Gemälde hinter mir an. Auch ich besitze ein Kunstwerk dieser Serie. Es hängt in meinem Privathaus im Salon. Immer wieder zieht es meine Blicke an. Am Abend, wenn ich mir noch ein Glas Rotwein und eine Zigarre gönne, wandern meine Gedanken, so empfinde ich es, in das Innere des Gemäldes. Lydia Lowere wird dann für mich wieder lebendig und ich spüre ihre Ausgelassenheit, ihre Heiterkeit, die sich auch auf mein Gemüt ausbreitet. Oft schon habe ich Kraft getankt, beim Anblick des Kunstwerkes.

Liegt es eventuell an der Tatsache, ich habe Lydia Lowere gekannt? Diese einmalig schöne und lebendige Frau geliebt? Bin ich daher so in den Bann der Frau gezogen, die auf allen Gemälden zu sehen ist? Nein, ich bin davon überzeugt zu wissen, jedem Betrachter kann es ergehen wie mir. Nehmen Sie sich gleich, beim Rundgang durch diese Hallen, Zeit. Tauchen Sie ein in die Gemälde, lassen Sie sich verzaubern und von der Leichtigkeit verführen. Sie werden es spüren, die Freude, die aus jedem Gemälde auf den Betrachter übergeht, sie ist wie ein Lebenselixier. Die pure Freude wäre eine gute Überschrift zu dieser Ausstellung.

Ich komme noch einmal zurück zu dem Gemälde hinter mir, dem blauen Kunstwerk. Diese Stärke, der Ausdruck, der wie selbstverständlich ineinanderlaufenden Farben, die zunächst wie zufällig entstanden auf den Betrachter wirken, ist jedoch vom Künstler bewusst so gewählt. Inspiration für diese Ausstellung, das wurde schon betont, war Lydia Lowere. Die Frau, die sich auf jedem Parkett bewegen konnte, selbst wie eine Sonne von innen heraus auf die Mitmenschen gestrahlt hat. Lydia war außergewöhnlich in jeder Hinsicht. So, wie der Künstler sie in seinen Gemälden für die Ewigkeit festhält, wir als Betrachter die davon ausgehende Energie spüren, so war ihr Leben. Für mich ist diese Ausstellung wie eine Explosion der Gefühle. Energiereich und voller Spannung. „Lebe mit all deinen Sinnen", hat Lydia mir einmal gesagt. Ihr war es vergönnt, den eigenen Worten zu folgen."

Erneut legt Vincenz eine Pause ein, nimmt einen Schluck aus einem Wasserglas. Die Gäste hängen an seinen Lippen, es ist so still, eine herabfallende Nadel wäre zu hören. Bedacht stellt er sein Wasserglas wieder ab und wendet sich erneut an die Gäste.

„In etlichen Gesprächen mit Anton Wall hat er mir einen Teil seiner Gedanken verraten, die in seine Werke einfließen. Für mich ist neben der Leichtigkeit, die der Künstler nicht nur für sich im Leben sucht, sondern die er auch jedem Betrachter schenken möchte, die Hoffnung zu erkennen. Suchen wir nicht alle immer wieder den richtigen Weg für unser Leben? Mehr als einmal habe ich mein Handeln hinterfragt und Ihnen wird es ebenso ergangen sein.

Unter Ihnen werden heute Abend Menschen sein, die wie ich das nötige Geld haben, um sich diese Gemälde zu kaufen. Denken Sie immer daran, wir alle leben nur dieses eine Leben. Worauf sollen wir warten? Für mich kam mit den Gemälden von Anton Wall die Sonne in mein Herz, die Freude in mein Haus. Wenn mir heute jemand die doppelte Summe für eines der Gemälde anböte, ich würde ablehnen.

Eine Bitte habe ich an den Künstler. Lieber Anton, das blaue Gemälde hinter mir, die Serie ist für mich schon legendär, es kommt in meine Hände. (Ein Raunen geht durch den Raum) Ja, ich kann mir gut vorstellen, ich bin nicht der Einzige am heutigen Abend, der sich in dieses Gemälde verliebt hat. Für mich hat das Gemälde mit dem sinnigen Namen Blaues Glück eine tiefere Bedeutung. Beim Betreten dieser Räumlichkeiten ist es mir quasi in die Augen gesprungen. Diese Energie, die ich gespürt habe beim Anschauen, sie hat mich bewegt. Lydia Lowere ist gut getroffen auf dem Gemälde. In Wahrheit, das darf ich betonen, war sie noch viel schöner."

Mit einem Taschentuch wischt Vincenz über seine Stirn. Mir gefällt zu hören, was mein Mäzen sagt. Auch über den Kauf des Gemäldes bin ich glücklich. Niemand kann sich so gut in meine Arbeit hineindenken wie Vincenz. Dankbar lächele ich ihm zu. Die Pause, die Vincenz einlegt, wird länger. Hinter mir höre ich schon Stimmen. Vincent führt den Vortrag fort.

„Ich bitte für die kurze Pause um Entschuldigung. Ein alter Mann, wie ich es bin, der darf seine Sentimentalität zeigen. Mit der neuen Ausstellung, lieber Anton, ist dir ein großartiges Gesamtkunstwerk gelungen. Diese Energie zu spüren, zu sehen, ebenso die Gewissheit am heutigen Abend sind viele junge Leute gekommen, freut mein Herz."

Mitten in die Worte von Vincenz höre ich die Stimme von Lotte. „Bravo, Vincenz, bravo! Lydia Lowere hat auch mein Leben verändert, positiv in eine neue Richtung gelenkt. Ihre Kraft, das kann ich nur bestätigen, die mir beim Betrachten der Gemälde gleich aufgefallen ist, sie wird sich auch auf Sie übertragen, wenn Sie bereit sind, die tiefen Gefühle zuzulassen, sie aufzusaugen und zu spüren."

Vincenz hüstelt. „Meine liebe Lotte hat mir das Wort genommen, jedoch kann ich sagen, gerade bin ich froh. So, wie Lotte ihre Gefühle mitteilt, so bewegend ist es mir nicht geschenkt, mich auszudrücken.

Heben Sie nun Ihr Glas mit mir in die Höhe, trinken wir auf den Künstler des heutigen Abends, dem Künstler, von dem wir alle noch viel hören werden in der Zukunft. Die Vernissage ist hiermit eröffnet!"

Meine Augen sind feucht, mein Herz ist voller Glück. Ohne auf die anderen Gäste zu achten, gehe ich auf Vincenz zu und umarme meinen Mäzen. „Danke, Vincenz, ich danke dir!" Mein Kopf liegt für Sekunden an seiner Schulter. „Na, na, Anton!" Vincenz entzieht sich meiner spontanen Umarmung, lächelt mich aber väterlich an. „Nicht vergessen, Anton, das Blaue Glück gehört mir." Zu einem Nicken komme ich noch, dann aber stehen Karin, Ina und Lotte an meiner Seite, umarmen mich, gratulieren mir und bedanken sich bei Vincenz für seine Worte. Lotte ist aufgedreht. Zu meiner Freude war Vincenz nicht beleidigt über ihre spontane Reaktion.

„Lydia war die Liebe deines Lebens", sagt Lotte zu Vincenz. Kurz erschrecke ich, denke mir, wie vorlaut Lotte nur ist. Erneut hüstelt Vincenz. „Ja, Lotte, Lydia war in der Tat die Liebe meines Lebens. Von Herzen bin ich dankbar, dieser Frau begegnet zu sein. Sie hat mich am Ende ausgenommen, mein Geld lieber gesehen als mich und doch halte ich sie in meinen Erinnerungen wie einen strahlenden Stern."

Meine Augen liegen auf Vincenz. Was für eine innere Größe der Mann hat. Ob es mir gelingen wird, im Alter auch so weise und großherzig zu sein, auf die Menschen zurückzublicken, die mich einen Teil meines Lebens begleiten durften? Ich glaube schon heute zu ahnen, diese Größe werde ich niemals erreichen.

Die Worte von Vincenz werden von meinen Besuchern diskutiert. Seine Erklärung zu den Gemälden, als er von der ausgehenden Energie gesprochen hat, wird immer wieder in Worte gefasst.

23 Uhr

So viele rote Punkte habe ich noch bei keiner meiner Ausstellungen unter meinen Gemälden gesehen. Überwältigt bin ich, vom Grunde her tobt ein Vulkan der Gefühle in mir. Karin hat mir den ganzen Abend über zur Seite gestanden. Viele der Interessenten haben die Abwicklung mit ihr getätigt, was mir lieb ist. Künstlerisch kann ich aktiv sein, wirtschaftlich bin ich leider ein Versager.

Auf dem Weg ins Hotel, Vincenz hat für den Abend noch an die Bar eingeladen, wandern meine Gedanken zu der alten Villa in Frankfurt. Meinem Traum bin ich am heutigen Abend ein ganzes Stück nähergekommen.

Mit dieser Gewissheit gehe ich auf Vincenz zu, der an einem Tisch sitzt, schon Champagner bestellt hat und sich mit Lotte und Ina unterhält. Karin wird nachkommen, sie muss noch das Museum abschließen und meine Verkäufe eintragen.

„Nächstes Wochenende habe ich meine Talkshow", trällert Lotte gerade, als ich hinzukomme. „Du wirst dich gut einbringen und brauchst keine Angst zu haben", höre ich Vincenz sagen. Wie schön, denke ich mir, mit Vincenz hat auch Lotte eine Stütze in ihrem Leben gefunden.

Petra

Am Flughafen von Nizza wurde ich von Marco abgeholt. Mein Herz war am Hüpfen vor Aufregung. Im Flugzeug war ich nicht in der Lage, etwas zu essen. Mein Magen war wie zugeschnürt. Nein, Angst vor der Begegnung mit Marco habe ich keine gespürt, vielmehr Freude auf das Wiedersehen. Mir schlägt alles auf meinen Magen, Freud und Leid gleichermaßen.

„In Deutschland bin ich im Regen abgeflogen", sage ich zu Marco, als wir in seinem Auto sitzen. Hier in Nizza ist es noch warm und wir können Cabrio fahren. Diese Leichtigkeit, die unter der Sonne zu spüren ist, sie überträgt sich auf uns. „Darf ich dich zunächst hier in Nizza zum Essen einladen, Petra?" Mein Nicken muss als Antwort ausreichen. Meine Hand liegt auf dem Knie von Marco, während er das Auto durch die Straßen lenkt. „Sollten wir uns nicht um die Vorbereitung für deine Feier kümmern?" Meine Sorgen lacht Marco weg. „Die Gäste kommen erst um 19 Uhr zu uns, wir haben noch jede Menge Zeit. Oder willst du noch zum Friseur?"

Irritiert sehe ich Marco an. „Habe ich das nötig?"

„Nein, meine Liebe. Mir ist nur zu Ohren gekommen, Frauen lieben den Besuch beim Friseur, besonders vor größeren Events. Du willst doch meinen anderen weiblichen Gästen nicht nachstehen? Deine Frisur ist schön, Petra, jedoch sehr dörflich, wenn ich das betonen darf."

Mir fällt keine Antwort ein, daher schweige ich. Innerhalb von Sekunden hat Marco meine Selbstzweifel geweckt. Bis zu diesem Moment war ich mit mir und meinem Aussehen zufrieden. Selbstverständlich sind meine Haare frisch gewaschen und geföhnt gewesen, bevor ich mich in den Flieger gesetzt habe. Mein Friseur, den ich regelmäßig aufsuche, ist als modern und trendig einzustufen. Wie ferngesteuert blicke ich in den kleinen Autospiegel an der Sonnenklappe vor mir. Meine Wangen glühen, kein Wunder, die Worte von Marco sind mir nahe gegangen.

Marco parkt vor einem kleinen Restaurant am Rande von Nizza. Hier ist es wesentlich ruhiger als im Zentrum, was mir nach der Anreise auch lieb ist. Vor dem Lokal hält Marco meine Hände fest, zieht mich ein Stück zu sich heran, wir küssen uns leidenschaftlich. Wie sehr habe ich seine Küsse vermisst, wie oft habe ich in den letzten Tagen davon geträumt Marco wiederzusehen, ihn anzufassen, zu küssen. Am liebsten wäre ich mit ihm ganz allein, nur wir zwei. Wehmütig denke ich an den Abend, die Party und die Gewissheit, wir werden heute keine Gelegenheit haben, um Zärtlichkeiten auszutauschen, außer einigen Küssen. „Was hast du, Petra? Du scheinst mir traurig gestimmt zu sein. Gefällt das Lokal dir nicht?" Marco ist bemüht, mich zu unterhalten und ebenso bemüht, ein Essen auszusuchen, das auch mir schmeckt. Meine Bemerkung, heute keinen Fisch zu mögen, überhört er leider bei der Bestellung. In meinem Ohr sitzt ein kleines Teufelchen und sagt Worte, die ich nicht hören möchte. Ich bin nach Nizza geflogen, um meinen neuen Freund zu treffen und mit ihm eine schöne Zeit zu verbringen, mahne ich mich selbst gelassen zu bleiben. Marco hat sicherlich meine Bitte mit dem Fisch überhört und seine Bemerkung zu meinen Haaren zolle ich der Aufregung vor dem großen Fest.

„Petra? Ist alles in Ordnung?"

Automatisch setzte ich ein Lächeln auf. „Die Aufregung, die Freude, dich wiederzusehen", stammele ich herum. Marco schüttelt seinen Kopf. „Nein, Petra, das ist es nicht. Mir scheint, meine dumme Bemerkung mit dem Friseur hat dich getroffen, stimmt's?"

Mein Blick gleitet auf den Boden. „Ja", gebe ich ehrlich Auskunft.

„Du bist wunderschön, Petra, glaube es mir. Am heutigen Abend werden alle sehen, ich habe das schönste Mädchen an meiner Seite, selbst wenn deine Frisur nicht perfekt ist. Ich kann darüber hinwegsehen. Innere Werte zählen für mich."

Große Worte, so meine Gedanken. Ich frage mich jedoch, hat Marco mich gerade kritisiert oder gelobt? „Vielleicht hast du mehr Glamour erwartet?" Meine Frage kann ich nicht unterdrücken.

Was ist nur mit mir los, schelte ich mich selbst. Woher kommen nur die vielen Selbstzweifel zu meiner Person. Bisher war ich immer sehr gut gekleidet, fiel nie unangenehm aus dem Rahmen. Meine Freundinnen fehlen mir, ich spüre, ich brauche ein Telefonat mit Karin, Ina und Lotte. Wie aber soll ich Marco sagen, was mich bewegt. Er wird mich nicht verstehen, gerade fällt es mir selbst schwer mich zu verstehen. „Möchtest du lieber zu mir ins Haus fahren und dich frisch machen nach der Reise?" Ich zucke, was ist mit mir los? Ich sitze hier neben dem Mann, den ich in mein Herz geschlossen habe, nach seiner Nähe habe ich mich in den letzten Tagen gesehnt.

„Nein, Marco. Wir essen eine Kleinigkeit, genießen die schöne Zeit zusammen und dann fahren wir in dein Haus." Strahlend sieht Marco mich an. „So gefällst du mir, Petra!" Die Getränke kommen und wir stoßen miteinander an. „Wir sehr ich mich auf den Fisch freue", grinst Marco über den Tisch. Huch, schon wieder fängt das Teufelchen an in meinem Ohr zu sprechen. Erneut bemühe ich mich auch für diese Bemerkung aus Marcos Mund eine Entschuldigung zu finden. Jetzt bin ich mir sicher, Marco hat meine Bemerkung, heute keinen Fisch essen zu wollen, einfach überhört. Kurz halte ich mein Gesicht in die Sonne und tatsächlich finde ich wieder zu meiner gewohnten inneren Ruhe zurück.

Mit einem Male habe ich die Idee in meinem Kopf, ich weiß, wer mir helfen kann. Silvi! „Marco, ich möchte kurz Silvi anrufen", sage ich, nachdem wir die Vorspeise gegessen haben. Marco freut sich zu hören, wir sind noch im Kontakt. „Sie hat Lotte zu Hause besucht und wir haben einen schönen Abend gemeinsam verbracht", lasse ich ihn wissen. Zu meiner Freude nutzt Marco die Zeit, die ich für mein Telefonat brauche, um einen Bekannten am Nachbartisch zu sprechen.

„Silvi, ich brauche deinen Rat als Freundin", sage ich hektisch, kaum dass Silvi sich gemeldet hat. „Petra, du bist schon in Monaco?"

Ich kläre Silvi auf, dass wir noch unterwegs sind. „Kannst du mir sagen, ob es richtig ist, vor der Party den Friseur aufzusuchen? Meine Haare liegen gut und", Silvi unterbricht mich. „Ich verstehe, Petra! Marco hat sich eine unnötige Bemerkung erlaubt. Männer können unsensibel sein. Du kannst zu mir kommen, gegen 17 Uhr. Ich habe einen Friseur bestellt, der kann dir auch deine Haare föhnen. Marco hat es gut gemeint, Petra. Hier in Monaco sind die Damen am Abend, besonders für so eine Einladung wie am heutigen Abend, gut vorbereitet. Jede möchte glänzen. Du als Frau an der Seite von Marco stehst im Mittelpunkt. Gönne dir eine kleine Auszeit und komm zu mir. Dann können wir auch noch gemeinsam etwas Zeit verbringen und uns in einem frisieren lassen." Meine Erleichterung ist groß. „Ich danke dir, Silvi. Bis später, ich freue mich sehr!"

Marco kommt zurück an den Tisch, als ich gerade mein Telefonat mit Silvi beende. Nur gut, ich habe nun mit Silvi auch eine Freundin hier vor Ort. Jede Frau braucht ihre Freundin, denke ich und lächele Marco an. „Deine Stimmung ist gestiegen?" Ich nicke ihm freudig zu. „Silvi hat mich für 17 Uhr eingeladen. Sie hat einen Friseur bestellt, auch für mich." Marco nimmt meine Hand. „Du bist eine zarte Seele, Petra." Zu meiner Freude fragt mich Marco nicht nach dem Kleid, das ich eingepackt habe für den heutigen Abend. Um ehrlich zu sein, ich ahne schon jetzt zu wissen, es ist nicht dem Anlass entsprechend. Erneut fällt mir Silvi ein. Ich schreibe ihr eine kleine Nachricht und teile ihr meine Sorgen mit. Keine zwei Minuten später erhalte ich eine Antwort von ihr.

„Ich kümmere mich darum. Wenn du bei mir bist, habe ich eine kleine Auswahl an Kleidern für dich im Haus. Hier in Monaco bin ich bestens vernetzt."

Beruhigt kann ich den Espresso trinken, den Marco mir bestellt hat. „Petra? Sind Freundinnen wirklich so wichtig für Frauen?" Ich bin erstaunt über seine Frage. „Selbstverständlich, Marco! Meine Freundinnen sind für mich wie eine Familie. Wir können über alles reden, diskutieren, uns Ratschläge geben und unterstützen. Daher freue ich mich schon sehr darauf, am Nachmittag Silvi zu besuchen."

Im Haus von Marco angekommen kann ich sehen, die Vorbereitungen für den Abend sind in vollem Gange.

„Sollten wir nicht dein Personal unterstützen?" Meine Verwunderung ist groß, als mich Marco galant an seinem Personal vorbei bis in sein Schlafzimmer führt.

17 Uhr

Pünktlich lässt mich Marco vor dem Haus von Silvi aussteigen. Meine Wangen glühen noch von der kleinen Einlage am Nachmittag. Versonnen blicke ich ihm nach. In der Tat, ich habe mich in diesen Mann verliebt. So, wie ich mich aktuell verhalte, es passt nicht zu mir. Auch die Tatsache, ich steige in ein Flugzeug, um einen neuen Freund zu treffen, ist neu für mich. Silvi begrüßt mich mit einer freundschaftlichen Umarmung. Sie hat Lockenwickler auf dem Kopf, was mich schmunzeln lässt. „Warte mal ab, wie du gleich aussiehst", nimmt sie mich mit in ihr Haus. „Möchtest du noch eine Tasse Kaffee oder sollen wir direkt deine Haare waschen und mit der Verschönerung anfangen?" Silvi bringt die Dinge gerne auf den Punkt, was mir gefällt. „Starten wir doch zunächst mit meinen Haaren und anschließend freue ich mich über eine Tasse Kaffee", lasse ich sie wissen.

In Silvis Badezimmer angekommen staune ich zunächst über die Größe des Raumes. „In das Badezimmer passt meine kleine Wohnung komplett hinein", stoße ich verwundert hervor. Silvi lächelt und führt mich zum Waschbecken.
Ihr Friseur begrüßt mich freundlich, dann legt der Mann schon Hand an meine Haare. Ich schließe meine Augen und denke noch einmal an Marco und an den Nachmittag in seinen Armen.

„Das sieht fantastisch aus", dringt Silvis Stimme an meine Ohren. Ein Blick auf meine Armbanduhr zeigt mir, ich habe mehr als vierzig Minuten vor mich hingeträumt. Als wirklich entspannend kann ich die Art bezeichnen, wie Silvis Friseur arbeitet. Staunend blicke ich mein Spiegelbild an. „Wow! Das bin ich?" Der Friseur versteht sein Handwerk, das betone ich sogleich und ernte ein Lächeln von ihm. „Jetzt muss er meine Haare noch stylen", wird Silvi etwas ungeduldig. „Du kannst dir in der Küche einen Kaffee holen und mir bringst du bitte einen Espresso mit", nimmt sie meinen Platz vor dem Spiegel ein. Aufgedreht und glücklich fühle ich mich, wunderschön ebenso. Meine Frisur ist gelungen, die Veränderung gefällt mir und hoffentlich wird Marco ebenso angetan sein, wie ich es bin. Jetzt muss ich ihm Recht geben, mein Äußeres hat sich positiv verändert. Ich sollte meine Haare viel öfter in professionelle Hände geben, überlege ich auf dem Weg zur Küche.

„In meiner Umkleide hängen Kleider für dich, Petra. Such dir in Ruhe aus, was du magst", höre ich die Stimme von Silvi.

Silvi, so denke ich, nachdem ich meinen Kaffee getrunken habe, ist großzügig und mir eine große Hilfe. Sie verhält sich genauso, wie ich es auch von meinen anderen Freundinnen gewohnt bin. Aufmerksam, lieb und herzlich mir gegenüber. Die Ankleide finde ich nicht auf Anhieb. Das Haus ist sehr geräumig und ich tue mich zunächst schwer damit, die verschlossenen Türen zu öffnen und in die privaten Räume zu sehen. Mit dem Öffnen der vierten Türe habe ich Glück. „Wahnsinn", hauche ich angetan von dem, was sich mir offenbart. Von solch einer Ankleide träumt jedes Mädchen, geschweige denn eine erwachsene Frau. Für mich hat Silvi einen Kleiderständer bestücken lassen, der mir sofort ins Auge fällt. Wie eine Prinzessin fühle ich mich jetzt. Vorsichtig fühle ich die zarten Stoffe und bewundere die ausgefallenen Schnitte, ebenso die schönen Farben. Besonders angezogen fühle ich mich von einem roten Kleid mit Spagetti-Trägern. Rasch lasse ich meine Kleidung auf den Boden fallen und schlüpfe in das hübsche Kleid hinein. Seidig und sanft fällt der Stoff über meinen Körper, es fühlt sich gut an. Im Spiegel, der vom Fußboden bis zur Decke ragt, kann ich mich sehen.

Zufrieden drehe ich mich hin und her, betrachte meine Rückenansicht und komme aus dem Staunen nicht heraus. Die Größe stimmt, der Schnitt ist mehr als nur vorteilhaft. Als die Türe zur Umkleide aufgeht, schrecke ich zusammen. „Keine Sorge, Petra, ich bin es nur, Silvi", höre ich sie sagen. „Wow! Das Kleid ist wie für dich geschneidert", bleibt sie stehen.

Eine Stunde später

„Lotte? Petra hier. Ich muss dir von meinem Nachmittag mit Silvi berichten", kaum sitze ich wieder im Auto, das mich zu Marco bringt, rufe ich die Freundin an. Mir war für den Moment nicht mehr in Erinnerung, Lotte weilt ja gerade in Dresden. „Störe ich?", setze ich hektisch nach, nachdem Lotte mir sagt, sie sei im Kunstmuseum. „Nein, du störst nie, Petra. Ich gehe ein Stück an die Seite. Die ersten Menschen sind schon hier und ich denke, die Ausstellung von Anton wird ein Erfolg. Wie geht es dir, Petra?" Kurz gebe ich Lotte einen Einblick in meine Erlebnisse.

„Wahnsinn, Petra, dein Leben dreht sich gerade sehr schnell", haucht sie mir entgegen. „Ich schreibe dir morgen", will ich das Telefonat beenden. „Petra? Ich bin beruhigt zu hören, Silvi unterstützt dich und sie ist am Abend in deiner Nähe."

„Ja, Lotte! Um ehrlich zu sein, allein hätte ich den Nachmittag nicht so gemeistert bekommen. Die Verschönerung meiner Haare, das neue Kleid, ich hätte das niemals organisiert bekommen."

„Du siehst immer sehr hübsch aus, Petra!" Nach diesen Worten beendet Lotte das Telefonat.

Die wenigen Meter bis zum Haus von Marco blicke ich aus dem Fenster. Kurz denke ich an Lotte, Ina und Karin, die ich gerade vermisse. Ohne Silvi wäre ich heute verzweifelt. Die Bemerkung von Marco bzw. sein Tipp, einen Friseur aufzusuchen, wie hätte ich das ohne die Hilfe von Silvi umsetzen können? Sicherlich sind alle Topadressen am Wochenende ausgebucht. Nicht vergessen darf ich die Hilfe von Silvi bei der Kleiderwahl. Mein Sommerkleid, das ich mir zu Hause eingepackt habe, ist zwar wirklich sehr schön, jedoch für eine große Party ist es zu bieder. Mit dem Kleidersack im Arm gehe ich in das Haus von Marco. Die Mitarbeiterin hat mir freundlich geöffnet und mich in den Salon geführt, wo Marco sitzt und eine Mappe mit Unterlagen studiert.

„Störe ich dich?" Meine Frage lässt ihn aufschrecken. Sofort steht er auf. „Petra, meine Hübsche! Deine Haare sind wunderschön geworden. Du hast auch am Morgen schon sehr schön ausgesehen, wirklich. Jetzt aber ist es top!"

Die Zeit bei Silvi ist nur so gerannt. Wie ich bei meinem Blick aus dem Fenster sehen darf, laufen die Vorbereitungen für die Party auf Hochtouren. Alles sieht schon schön aus. Die Band ist in der Vorbereitung und probt, wie ich auch hören kann. Versonnen bleibe ich am Fenster stehen. „Liebes? Wir sollten uns umziehen", nimmt mich Marco mit in das obere Stockwerk.

Gerade fühle ich mich wie in einem Film. Ich agiere, wie nach einem Drehbuch und doch ist für mich noch jeder Ablauf fremd und gewählt. „Petra, an meiner Seite kann ich keine Frau haben, die nicht gewohnt ist, sich zu stylen", nimmt Marco mich stolz an seine Hand. Auf dem Weg in den Garten denke ich noch über seine Worte nach, dann aber bin ich abgelenkt. Nach und nach kommen die Gäste an, ich werde vorgestellt, bemühe mich um einen Smalltalk und lächele. Mein Bauch meldet sich, als Marco die Ansprache für die

Gäste halten möchte. Er möchte, dass ich ihn auf die Bühne begleite, damit er mich noch einmal all seinen Freunden vorstellen kann.

In meine Überlegung, ob ich das kann, auf der Bühne neben Marco zu stehen, spüre ich eine Hand auf meiner Schulter. „Petra, du siehst spitze aus. Mach dir weniger Sorgen und genieße den Augenblick. Ich finde es fantastisch, dass Marco dich offiziell vorstellen möchte. Glaube mir, es gibt viele Frauen, die dich beneiden."

Mein anschließender Blick in Silvis Augen bestätigt mir, sie gibt mir Kraft. „Ich bin doch hier, was soll passieren?"

„Danke!", ergreife ich kurz ihre Hand. „Meine Freundin", hauche ich, dann aber gehe ich mit Marco auf die Bühne. Etwas schummrig fühle ich mich noch immer, jedoch schon viel stärker als noch vor wenigen Minuten. Die Worte, die Marco seinen Gästen schenkt, was er über mich sagt, bekomme ich nicht alles mit. Meine Freundinnen fehlen mir, denke ich und blicke in die Gesichter der Gäste, die erwartungsvoll auch mich ansehen. Was sie nur denken, wer ich bin, was ich mache, wie ich Marco kennengelernt habe, viele Fragen scheinen in den Köpfen zu stecken. Nur Silvi lächelt mich unbekümmert an. Sie ist auf meiner Seite, denke ich und in dem Moment spüre ich, Marco wendet sich einen Schritt von mir weg. Irritiert sehe ich zu ihm und höre seine Worte: „An dem heutigen Abend bin ich glücklich Menschen in meiner Nähe zu haben, die ich von Herzen mag", diese Worte, die an meine Ohren dringen, scheinen nicht an mich adressiert zu sein. Ich sehe Marco noch immer an und nehme verwundert wahr, sein Blick haftet an einer sehr hübschen jungen Frau, die gleich vor der Bühne steht. Automatisch schaue ich zu Silvi, sie nickt mir zu, hebt für den Moment ihre Schultern in die Höhe. Was soll mir ihr Verhalten sagen?

Wie sehr vermisse ich gerade Lotte, Ina und Karin. Für mich wäre alles leichter, wenn ich diesen Moment nur teilen könnte. Immerhin ist Silvi an meiner Seite. Dankbar lächele ich die Freundin an. Papio steht an ihrer Seite, er scheint sich wohlzufühlen.

„Habe ich dich mit meinem Vorschlag, mit auf die Bühne zu kommen, überrumpelt?" Marco zieht mich auf die Seite, nachdem wir die Bühne wieder verlassen haben. Die Band spielt und die ersten Gäste tanzen. „Neue Gäste stelle ich auf diese Weise gerne meinen Freunden vor. Jetzt aber las uns rundgehen und persönliche Begegnungen finden."

Mir kommt es sonderbar vor. Eventuell liegt es auch an der Tatsache, ich kenne mich nicht so gut in den Kreisen aus, die für Marco Gewohnheit sind. So viele Veränderungen kommen mit Marco in mein Leben, innerhalb von nur wenigen Tagen. Ob es richtig war auf die Vernissage von Anton Wall zu verzichten und Marco zu besuchen? Für den Augenblick fühle ich ein Grummeln in meinem Magen. Ist es nur der Sex, der mich bei Marco richtig glücklich werden lässt?

Mitten in meine Gedanken zieht mich Marco an sich, ich rieche seinen Duft, der mir so gefällt und der mich auch schon verzaubert hat.

„Meine Freundinnen", ich blicke ihn traurig an, „sie fehlen mir. Heute findet die Vernissage von Anton Wall, einem lieben Freund von uns, statt. Ich musste ihm absagen."

Marco lacht. „Hier hast du Silvi gefunden, das ist doch ein Anfang. Außerdem wird es dir guttun, in der Zukunft neue Freunde zu finden. Ich denke auch, deine Freunde sind nicht passend für ein Leben an meiner Seite."

Es folgt eine Pause. Meine Ohren rauschen, das kleine Teufelchen fängt wieder an mir Dinge zu sagen, die ich nicht hören möchte. Jetzt aber komme ich nicht umher und nehme diese Worte auf.

„Petra? Du wirkst unkonzentriert. Ich möchte dich vorstellen", reißt mich Marcos Stimme aus den Selbstzweifeln.

Neben uns steht die junge Frau, die mir schon vorhin aufgefallen war. Marco räuspert sich. „Du bist tatsächlich gekommen", tätschelt er ihre Hand. Die junge Frau lächelt erst Marco an, dann sieht sie mir in meine Augen. „Wie sehr ich mich freue dich heute Abend zu sehen", mit diesen Worten widmet sich Marco erneut der jungen Frau und fängt ein Gespräch mit ihr an. Sie war mir schon von der Bühne aus aufgefallen und mit einem Male fällt mir ein, auch Marcos Blick haftete an ihr.

„Du wolltest uns doch vorstellen?", bemühe ich mich, mich einzubringen. Irritiert sieht mich Marco an. „Jetzt bitte nicht, Petra. Ich muss noch", er unterbricht seine Worte, lächelt mich freundlich an. „Meine Unterhaltung ist wichtig. Sei doch so nett und hole mir ein Getränk aus der Küche." Wie eine Aufzichpuppe reagiere ich auf seine Worte. Automatisch drehe ich mich um und gehe auf die Küche zu. In meinem Ohr höre ich wieder das kleine Teufelchen, dass mich vor Marco warnt. ‚Dieser Mann ist nicht gut für dich, Petra! Er will dich nur für das Bett und für ein kurzes Vergnügen. Bald hat er eine andere Frau an seiner Seite und in seinem Schlafzimmer. Für diesen Mann hast du deine Freunde im Stich gelassen?'

Vor der Türschwelle zur Küche bleibe ich stehen. Im Garten sind etliche Kellner unterwegs, wieso nur hat Marco keinen der Männer um ein Getränk gebeten, frage ich mich selbst.

Silvi kommt zu mir, als ich am Rande der Party verzweifelt unter einem Baum stehe. Sie schafft es, mich wieder aufzumuntern und zieht mich mit in eine Gruppe netter Menschen, die es mit ihren Berichten schaffen, mich zum Schmunzeln zu bringen. Im Verlauf des Abends kommt Marco wieder an meine Seite, jedoch immer nur für einen kurzen Moment.

Marco verabschiedet gegen drei Uhr in der Frühe die letzten Gäste. Das Personal hat sich schon an das Aufräumen gemacht, während ich müde gähne. „Wir legen uns schlafen, Petra", küsst mich Marco sanft auf meine Stirn. Wie ein kleines Mädchen komme ich mir vor. Müde und erschöpft von den neuen Eindrücken des Abends. Die vielen Gespräche mit Menschen, die mir bis heute fremd waren, haben mich ermüdet. Vor dem Einschlafen blicke ich auf mein Handy und finde gleich vier neue Nachrichten. Lotte und Ina haben mir von der Vernissage berichtet, Karin hat noch Fotos gesendet und Anton hat mir von der schönen Rede geschrieben, die Vincenz gehalten hat. Mit einem Male fühle ich Sehnsucht nach den Freunden.

Marco ist noch bei seinem Personal, als ich ins Badezimmer husche, um mich abzuschminken. Keine zwanzig Minuten später schlafe ich ein.

Rückblick auf den Abend der Freunde

Karin

Die heutige Vernissage von Anton Wall war ein Erfolg, was ich ihm auch sage. Vincenz hat uns alle noch zu einem Glas Champagner in unser Hotel eingeladen. „An Champagner könnte ich mich gewöhnen", prostet mir Lotte zu. Ja, das stimmt. Die Brause für Erwachsene ist besonders prickelnd.

„Ob Petra auch gerade Champagner trinkt?", diese Frage kommt von Ina. Kurz herrscht Stille am Tisch. „Petra ist eine kluge und erwachsene Frau", bringt sich Vincenz ein. „Sollte sie sich in Monaco nicht so amüsieren können, wie wir es ihr wünschen, dann werden wir uns in den nächsten Tagen um sie kümmern", er lächelt uns an und wir wissen, Vincenz meint es ernst. Ich bewundere ihn für seinen Elan, seine Stärke, die er noch immer an den Tag legt, trotz der Tatsache, er hat die 80 lange überschritten. Ob es mir auch vergönnt sein wird, im Alter noch so aktiv zu handeln? So positiv und voller Lebensfreude unterwegs zu sein? Lydia Lowere kommt mir in den Kopf, was ich auch laut sage. „Karin, es stimmt. Ich bin noch vital und voller neuer Pläne für die Zukunft", Vincenz macht eine Pause, nippt an seinem Champagner. „Trotzdem war mein Tempo, meine Art, dem Leben zu begegnen, für Lydia zu langsam. Diese Frau war Lebendigkeit pur und auch noch heute, nach all den Jahren und über ihren Tod hinweg, bin ich von ihr fasziniert. Niemals mehr habe ich eine Frau getroffen, die auch nur annähernd verkörpert, was Lydia war."

Große Worte, denke ich automatisch. Unvermittelt muss ich auch an Rosalinde denken, der Lebensgefährtin von Vincenz. Auch, wenn Vincenz ein älterer Mann ist, ich würde diese Worte aus dem Mund meines Partners über eine vergangene Liebe nicht hören wollen. „Karin? Grübelst du?", ausgerechnet Vincenz ertappt mich. „Mir ist schon bewusst, Karin, du denkst darüber nach, was Rosalinde jetzt sagen würde, wäre sie anwesend. Ich habe am heutigen Abend einmal mehr von Lydia geschwärmt. Sie ist nicht mehr am Leben, daher nehme ich mir die Freiheit, sie so zu beschreiben, wie ich sie noch heute sehe, als eine wunderbare Persönlichkeit und Frau. Für Rosalinde ist es kein Grund zur Eifersucht, wenn ich so rede. Wie bereits erwähnt, Lydia ist tot."

Nach seinen Worten bemühe ich mich um Gelassenheit. Tief im Inneren stimme ich ihm und seiner Einstellung nicht zu. Mir ist aber auch bewusst, nicht immer müssen Freunde einer Meinung sein. Eine andere Einstellung zum Leben gehört dazu, kann befruchten und dabei helfen, uns weiterzuentwickeln.

Von Petra erhalte ich eine SMS, da ist es schon 23.30 Uhr. Auch Lotte und Ina haben eine Nachricht von der Freundin erhalten. „Das liest sich ja so, als habe Petra uns vermisst. In meinen Augen klingt es besorgniserregend", raunt Lotte.

„Ob deine Interpretation nicht übertrieben ist? Warten wir die Rückkehr von Petra ab, dann klärt sich alles auf." Vincenz ist neugierig geworden und will den genauen Text, den Petra ihr geschrieben hat, von Lotte hören. „Für mich ist das kein Hilferuf. Hätte mich auch gewundert. Junge Leute sprechen heute offen über ihre Gefühle, die sich leider auch schnell ändern." Lächelnd kann ich Vincenz recht geben.

„Schauen wir, was die Zukunft bringt", hören wir Anton Wall sagen. Der Künstler war sehr ruhig in der letzten halben Stunde. „Wenn Petra ihr Wohnungsproblem somit doch noch nicht gelöst hat", er seufzt, „dann machen wir eine kleine WG auf. Ich werde wieder bei Lotte über dem Café einziehen, zumindest für die nächste Zeit."

Vincenz blickt ihn lange an. Wir erwarten schon alle eine Reaktion von ihm auf die Aussage von Anton, aber er schweigt. „Wie sieht es aus, kommt ihr das nächste Wochenende mit zu meiner Talksendung?" Lotte schafft es, uns wieder munter werden zu lassen. Alle haben etwas zu sagen und wir nehmen uns gegenseitig das Wort, was dazu führt, Lotte blickt uns an und lacht. Sie lacht laut und ohne jede Hemmung. Erst, als es Vincenz zu viel wird, er mit einer Handbewegung Lotte auf sich aufmerksam macht, wird sie ruhiger.

„Ich werde die Sendung am Fernseher verfolgen", sagt Vincenz. Lotte nickt ihm zu, sie sieht aber nicht mehr so glücklich aus, wie noch vor wenigen Minuten. „In meinem Alter, Lotte, bitte verstehe meinen Wunsch, die Sendung von zu Haus zu verfolgen."

Anton, Ina und ich bekunden, mitzufahren und Lotte vor Ort zu unterstützen. „Ob Petra kommen wird?" Keine von uns reagiert sofort. „Zumindest habe ich euch an meiner Seite", löst Lotte die Stille auf, die ihre Frage gebracht hat.

„Petra wird sich die Sendung ansehen, Lotte. Wenn nicht direkt an deiner Seite, dann aber im Fernsehen." Vincenz steht nach seinen Worten auf. „Ich lege mich schlafen." Kurz hält er inne und dreht sich dann noch einmal zu Anton um. „Gratuliere dir, mein Lieber. Deine heutige Ausstellung war ein Erfolg. Ich denke, du bist auf dem richtigen Weg." Anton, so hat es den Anschein, möchte etwas sagen, öffnet den Mund, doch Vincenz winkt ab und geht.

„Er wird müde sein, so wie er es gesagt hat", blicke ich Anton an. „Vincenz ist nach Dresden gekommen, um meine Vernissage zu eröffnen. Dafür bin ich ihm dankbar. So, wie er meine Kunstwerke sieht und seine Gefühle in Worte fasst, das erfüllt mein Herz mit Freude."

Mein Blick fällt im Anschluss auf mein Handy, es klingelt. „Hermann Josef", sage ich und stehe kurz auf, um in den Flur zu gehen. Der Aufwand hat sich kaum gelohnt. „Entschuldige mich bei meinem Onkel Vincenz", die Stimme von Hermann Josef klingt nach einem tiefen Blick in das Weinglas, was ich auch sage. „Karin!" Kurz ist es still, ich hole tief Luft und sehe mich nach den Freunden um. „Du bist nicht meine Mutter und nicht meine Ehefrau", er lacht laut. „Für beides fehlt dir das Format." Mir bleibt für den Moment der Mund offenstehen. So viel Frechheit habe ich nicht erwartet. Obwohl, mein Noch-Freund hat sich in den letzten Wochen immer wieder Sprüche erlaubt, die nicht als freundschaftlich einzustufen sind. Mein Blick gleitet auf den Boden, eine Träne rinnt über meine Wangen. Mit einem Male fühle ich mich müde und kraftlos. „Bist du zu Hause?" Meine Frage wird weggelacht. „In meiner Wohnung bin ich, Karin, in meiner wohlgemerkt." Sein anschließendes Lachen tut mir weh im Ohr, ich beende das Telefonat. Zurück bei meinen Freunden werde ich sogleich auf meinen veränderten Gesichtsausdruck angesprochen. „Ist etwas passiert?", möchte Ina wissen. Besorgt rückt sie ein Stück näher. Mit Tränen, die ich eigentlich nicht hier in der Bar zeigen wollte, kommen auch die Worte über meine Lippen. Anton ist aufgebracht. „So eine Frechheit!", schnaubt er wütend. „Damit kommen wir jetzt nicht weiter", höre ich aus Lottes Mund. „Heute Nacht schläfst du bei mir und Ina im Zimmer. Mit Kleidung und Make-up können wir dir helfen. Morgen ist ein neuer Tag und somit finden wir eine Lösung für dich. Du kannst nicht bis zum Ende deiner Tage an der Seite eines Mannes bleiben, der dich immer wieder demütigt, Karin. Viel zu wertvoll bist du als Mensch und als Freundin."

Meine Tränen laufen über meine Wangen, ich bin gerührt von dem, was ich gerade hören durfte. Ina ist es, die noch eine Runde zum Trinken bestellt, was mich kurz wundert. Sicherlich will sie mir eine Freude bereiten. „Nicht weinen, Karin.

Wir haben schon ganz andere Probleme gelöst bekommen", hält mir Ina wenige Minuten später ein Glas Sekt entgegen. Sie und Lotte stoßen mit mir an. „Auf was trinken wir denn?" Meine Stimme ist brüchig. „Auf unsere Freundschaft!"

„Was wird aus Petra? Wenn sie sich in Marco verliebt und in Monaco wohnen bleibt, was machen wir dann?" Lotte lacht meine Ängste weg. „So, wie sich die Nachricht von Petra in meinen Augen angehört hat, denke ich vielmehr, wir brauchen bald einen Mädelsabend."

Ina ist es, die eine halbe Stunde später gähnt und der Blick auf ihre Armbanduhr lässt sie ein „Huch, schon so spät?" sagen.

Ja, ich schaue ebenfalls auf meine Uhr und muss Ina recht geben. „Schon halb drei", blicke ich die Freundinnen an. In der Bar sind noch immer Gäste, was mich doch wundert. „Lassen wir die Nachtschwärmer allein und gehen ins Bett", steht Ina auf, Lotte tut es ihr gleich. Beide nehmen mich in ihre Mitte, was mir gerade gefällt. Ohne nachzudenken, laufe ich Lotte und Ina nach, bis aufs Zimmer. Es wirkt gemütlich. Kein Wunder, Vincenz hat die Zimmer gebucht und er legt sehr viel Wert auf ein gepflegtes Ambiente.

Petra

Der nächste Morgen

„Petra! Aufwachen!" Die Stimme von Marco dringt in meine Ohren. Verschlafen öffne ich meine Augen. Langsam kommen auch die Erinnerungen an den gestrigen Abend in meinen Kopf. Nachdenklich blicke ich Marco an, der frisch angezogen vor dem Bett steht. „Hast du nicht geschlafen?" Lachen dringt an meine Ohren. „Wer feiert, muss auch früh aufstehen können." Seine Worte bewegen mich, zum Radiowecker zu sehen, der auf dem Nachtisch steht. Es ist schon zehn Uhr. War seine Bemerkung eine Schelte für mein Verhalten? Mit der Frage stehe ich auf und raffe meine Kleidung zusammen. „Am besten wird es sein, Petra, du gehst jetzt unter die Dusche. Und", Marco macht eine Pause und windet sich, „beim Frühstück solltest du frisch aussehen. Achte bitte auch auf deine Kleidung. Ich komme später noch einmal nach dir sehen", dreht sich Marco um und verlässt das Schlafzimmer. Für den Moment kann ich nicht glauben, was ich hier erleben darf oder besser gesagt erleben muss. Tränen kommen hoch. Ich gehe ins Badezimmer und blicke verunsichert in den Spiegel. Meine Haut ist heute Morgen fahl und ich fühle mich einmal mehr ungeliebt und schlecht. Als einzigen Ausweg aus der Tristesse fallen mir meine Freundinnen als Rettungsanker ein.

Mein Versuch, Lotte, Ina oder Karin anzurufen, schlägt fehl. Ob es ihnen gutgeht? Besorgt überlege ich, Vincenz anzurufen, doch dann lasse ich von der Idee ab. Er würde sich nur aufregen und mit Sicherheit haben die Freundinnen am gestrigen Abend noch gefeiert und liegen jetzt im Bett und schlummern noch. Erschrocken drehe ich mich um, als die Badezimmertür geöffnet wird.

„Woran denkst du, Petra? Wolltest du nicht duschen?" Erschrocken blicke ich Marco an.

„Meine Gedanken waren gerade bei Ina, Lotte und Karin", sage ich wahrheitsgemäß. An dem Gesichtsausdruck von Marco kann ich erkennen, das gefällt ihm nicht. „Du bist mir zu abhängig von deinen Freundinnen", verlässt er das Badezimmer. Oh, nein, denke ich. Das habe ich nicht gewollt. Der gestrige Abend war lang und anstrengend. Sicherlich ist Marco auch noch müde und hat daher so gereizt reagiert.

„Sollen wir gemeinsam aufräumen?", rufe ich ihm bis zum Schlafzimmer nach, in das er geeilt ist. „Nein, nicht nötig. Das macht schon mein Personal", kommt die rasche Antwort. Seine Stimme klingt anders, wie ich denke. „Frühstücken wir gleich zusammen?" Marco sieht mich überrascht an. „Petra, mit deiner Sprunghaftigkeit kann ich mich nicht anfreunden", lässt er mich allein. Besorgt gehe ich zurück ins Badezimmer. Ich bin enttäuscht. Was bitte soll diese Bemerkung, frage ich mich. Tief Luft holen und einen klaren Kopf bewahren, sage ich mir und gehe unter die Dusche. Gestern am Abend hat mich Marco noch seinen Gästen vorgestellt, mich am Nachmittag geliebt. Unser Sex war schön, zumindest habe ich es so empfunden. Ob sein verändertes Verhalten mit der hübschen Frau vom gestrigen Abend zusammenhängt? Woher sonst kommt seine Veränderung? Unter der Dusche ist mein Kopf voller Rätsel über das Verhalten des Mannes, für den ich nach Nizza geflogen bin und für den ich die Vernissage von Anton Wall, meinem lieben Freund, habe sausen lassen. Mir ist nach Tränen zumute, besonders jetzt, da ich an Anton denke. Er war es, der mir seine Wohnung angeboten hat, der mich aufgemuntert und motiviert hat, an mich zu glauben, mich nicht gehenzulassen. Was tue ich? Verliebe mich Hals über Kopf in einen fremden Mann und lasse meine Freunde sitzen.

Beim Anziehen kommt ein Anruf von Lotte. Rasch nehme ich das Gespräch entgegen. „Was macht ihr? Ich vermisse euch so sehr", rufe ich hektisch. „Petra? Geht es dir gut?" Lotte kennt mich inzwischen sehr gut und meine aktuelle Verfassung kann ich nicht für mich behalten. „Lotte? Hast du auf Laut gestellt? Wer ist bei dir?", will ich wissen. „Wir sind hier, Ina und Karin", höre ich Inas Stimme. „Hat Karin bei euch im Hotel übernachtet? Dann war der gestrige Abend aber feuchtfröhlich und ein Erfolg, ich vermisse euch!" Kurz höre ich ein lautes „Oh!" Es kam, so denke ich, von Karin. „Mir geht es nicht gut, Petra. Hermann Josef hat einmal mehr überzogen reagiert, sein Verhalten am gestrigen Abend mir gegenüber, es war verletzend und daher bin ich bei Lotte und Ina geblieben. Wir haben uns, wie in Teenagertagen, ein Zimmer geteilt."

Kurz wird mir schwindelig. Karin hat Kummer und ich habe auch sie alleingelassen. „Jetzt teilen wir die Wäsche und unser Make-up", höre ich Ina sagen. Sie ist bemüht, etwas locker zu klingen. „Wie geht es dir, Petra?", wirft sie nach.

Was soll ich nur sagen, mir fehlen die Worte. „Petra?", Lotte hakt nach. „Rede schon, du hast doch etwas auf der Seele." Kurz überlege ich noch, dann aber sprudeln die Worte aus meinem Mund. „So ganz weiß ich nicht, wie ich Marco einschätzen soll. Auf der einen Seite ist er nett und großzügig und plötzlich sagt er Dinge, die mich verletzen." Kurz denke ich an den gestrigen Abend, was ich auch sage. „Mir war es komisch, als er mich gleich bei meiner Ankunft auf meine Frisur ansprach."

Ina wirkt irritiert. „Du siehst doch immer fantastisch aus, Petra. Bisher habe ich dich noch nie, wirklich niemals, mit Haaren gesehen, die nicht wie frisch vom Friseur aussahen."

Im Anschluss fange ich an zu erzählen, auch von Silvi und wie sie mir geholfen hat, das Problem zu lösen. „Ihr habe ich auch ein wunderschönes Abendkleid zu verdanken", füge ich nach. „Freundinnen", schnieft Karin, „sind das Beste."

„Petra? Bist du noch im Badezimmer?" Die Stimme von Marco schallt bis zu meinen Ohren. „Ich melde mich später wieder, Marco kommt, liebe Umarmung", beende ich das Telefonat.

„Gefalle ich dir?", husche ich zurück in das Schlafzimmer und lächele Marco an. Sein Blick wandert skeptisch über meinen Körper.

„Hast du kein besseres Kleid mitgebracht?" Er stöhnt. „Du machst mir aber auch Arbeit, Petra. So kann ich dich nicht mitnehmen zu dem Essen." Sein Blick, der erneut über meinen Körper fällt, spricht Bände. „Verliebte brauchen doch im Allgemeinen nur ein Bett", witzele ich herum, um die Stimmung aufzuheitern. „Selbst darin bist du noch wie eine Grundschülerin", verlässt Marco das Zimmer. Wie angewurzelt bleibe ich stehen, sehe zur Tür, durch die er gerade aus meinem Blickwinkel verschwunden ist. Verstehen, was gerade passiert ist, ich kann es nicht. Mit wenigen Griffen sammele ich meine Kleidung ein, packe mein Make-up in die Tasche und weiß, was ich tun muss.

„Können Sie mir bitte ein Taxi rufen?" Die Hausangestellte blickt mich zögerlich an, dann aber folgt sie meinem Wunsch.

Ohne eine Verabschiedung gehe ich auf die Straße und warte auf mein Taxi. Mein Blick fällt auf die umliegenden Villen. Hier zu leben, muss wunderschön sein, zumindest mit der richtigen Familie, denke ich spontan. Wieso nur habe ich mich in Marco so getäuscht? Was kann der Auslöser für sein verändertes Verhalten sein?

„Petra? Das ist ja eine Überraschung! Mit dir habe ich heute nicht gerechnet. Nach der Party, ich dachte, du liegst mit Marco", Silvi unterbricht ihre Worte, begrüßt mich herzlich und nimmt mich mit in ihr Haus. „Du siehst unglücklich aus, Petra. Ist etwas passiert?"

„Ich könnte weinen", nehme ich einen Espresso aus ihren Händen entgegen, kaum dass wir in der Küche sitzen. „Marco hat sich so verändert in seinem Verhalten. Heute ist er zu einem Mittagessen und hat mich einfach in seinem Haus zurückgelassen. Mein Kleid sei nicht angemessen, so seine Worte."

„Nicht weinen, Petra! Marco ist es nicht wert. Wenn er dich so hat abblitzen lassen, das geht überhaupt nicht. Du bist extra hierhergeflogen, um ihn zu sehen." Im Anschluss berichte ich von Lotte, Ina und Karin, ebenso von Anton Wall und dem, was ich von seiner Ausstellung erfahren habe. „Da lasse ich meine Freunde sitzen. Für einen Mann!", beende ich meine Worte. Silvi legt kurz ihre Hand auf die meine. „Gestern hast du aber sehr hübsch ausgesehen. Da muss sich die Ex von Marco erst einmal anstrengen, um da mithalten zu können. Sie wird sich geärgert haben dich an der Seite von Marco zu sehen."

Meine Ohren sind auf Alarm. „Seine Ex? Wie lange ist die Frau schon seine Ex?" Silvi klärt mich rasch auf und was ich höre, wollte ich so nicht wissen. „Du meinst, er hat mich benutzt, um seine Ex eifersüchtig zu machen? Um ihr zu zeigen, wenn du mich nicht willst, ich bekomme direkt Ersatz für dich?" Silvi zieht die Schultern hoch. „Keine Ahnung. So könnte es sein. Marco hat mir letzte Woche noch von dir vorgeschwärmt und ich war im Glauben, er hat sich in dich verliebt."

Meine Frage, wie die Ex Freundin von Marco aussieht, klärt Carmen auf. „Ja, ich dachte noch, du bist informiert. Erinnerst du dich an die Frau, die ständig in der Nähe von Marco war? Sie trug ein smaragdgrünes Kleid." Jetzt dämmert es mir. Gestern habe ich so viele neue Menschen kennengelernt und mit jedem etwas gesprochen, sodass ich nicht ständig auf Marco achten konnte. Doch jetzt weiß ich, von welcher Frau Silvi spricht. Ich erinnere mich an die unschöne Szene im Garten, als ich für Marco ein Getränk holen sollte. „Sie ist sehr hübsch", sage ich tonlos.

„Hübsch und kalt, das passt jedoch wieder zu Marco. Mit dir an seiner Seite wäre endlich Wärme in die Villa gezogen. Auch dem Personal hättest du gutgetan." Ich blicke Silvi nachdenklich an. „Wie geht es nun weiter?" Meine Frage bleibt in der Luft hängen. Silvi kocht uns einen neuen Espresso. „Magst du einen Obstsalat?" Ich nicke. „Um 15 Uhr geht ein Flieger zurück nach Frankfurt", sage ich tonlos.

„Ich bringe dich zum Flughafen nach Nizza", stellt Silvi mir den Espresso hin.

„Sehen wir uns wieder?" Meine Frage stelle ich Silvi, als sie mich am Flughafen in Nizza aus ihrem Wagen aussteigen lässt. „Natürlich! Ich habe euch doch versprochen, ein Mal im Jahr sehen wir uns hier bei mir und so oft es meine Zeit zulässt, besuche ich euch in Deutschland." Mir bleibt nur noch eine Umarmung für Silvi. „Danke, für alles, was du in den letzten zwei Tagen für mich getan hast. Ohne deine Unterstützung wäre ich total untergegangen."

Im Airport sende ich eine Nachricht an meine Freundinnen. Bei der SMS an Anton Wall tue ich mich schwer. Ob er enttäuscht ist von mir und von meinem Verhalten? Ihn nicht bei seiner Vernissage zu unterstützen, war nicht lieb von mir. Auf dem Weg in das Flugzeug erhalte ich eine Nachricht von

Lotte. „Hallo Petra, wir sind am Abend auch wieder zurück. Möchtest du mit deinen Sachen zu mir kommen? Ich freue mich auf die gemeinsame Zeit mit dir! Und auf die Aussicht auf gesundes Essen", Lotte hat noch einen Lach-Smiley angefügt. Mir kommt eine Träne. Die Stewardess fragt lieb, ob ich Flugangst habe.

Meinen Kopf lege ich beim Start im Sitz zurück. Wie wird mein Leben nun weitergehen?

Bei meiner Arbeit werde ich mich mehr einbringen und dringend eine Wohnung suchen müssen. Auf Dauer ist eine WG mit Lotte für mich nicht das Richtige. Anton Wall kommt zurück in seine kleine Wohnung, überlege ich. Für uns beide ist dort kaum Platz. Seine Gemälde nehmen mehr als die Hälfte der Räumlichkeiten ein. Außerdem weiß ich nicht einzuschätzen, ob Anton überhaupt noch Interesse an mir hat, als Freundin.

Anton Wall

Meine Vernissage war ein Erfolg. Noch schwebe ich wie auf einer Wolke des Glücks. Immer wieder höre ich die Worte von Vincenz, die er für meine Einführung zur Ausstellungseröffnung gefunden hat. Wie Musik klangen seine Worte in meinen Ohren. Meine Freundin Karin hat sich mächtig stark gemacht für mich. Schon in den letzten Wochen habe ich ihr viel zu verdanken gehabt. Von dem Zeitpunkt, als sie mich für die Ausstellung vorgeschlagen hat, bis zur Eröffnung. Ohne sie wäre ich hilflos gewesen. Mein Referat vor den Studenten war auch nur dank der Hilfe von Karin möglich. Niemals hätte ich zugesagt ohne ihre Unterstützung. Viel zu groß war meine Angst, vor den jungen Menschen zu sprechen. Wenn ich jetzt zurückdenke, ich war grandios, selbstbewusst und glücklich. Nach anfänglichen Schwierigkeiten, einem doch als zögerlich zu interpretierendem Verhalten, war ich in Fahrt gekommen. Karin sagt, ich bin ein Profi und daher war es für mich so leicht, meine Arbeit vorzustellen und den jungen Menschen Tipps zu geben für ihre Arbeiten und der Weiterentwicklung eigener Ideen.

Vincenz hat angeboten, mich in seinem Wagen mit zurückzunehmen, was ich jedoch abgelehnt habe. Für den heutigen Morgen habe ich Karin zum Frühstück eingeladen. Lotte und Ina sind schon wieder im ICE und wir werden uns in wenigen Tagen wiedersehen. Meine arme Karin! Ich habe von dem gestrigen Abend Kenntnis genommen und auch mitbekommen, sie hat mit Lotte und Ina in einem Zimmer geschlafen. Eigentlich war geplant, dass ich Karin um 11 Uhr an ihrer Wohnung abholen soll. Aus gegebenem Anlass treffen wir uns nun in der Lobby des Hotels.

„Meine Liebe!", mehr Worte finde ich nicht beim Anblick von Karin. Sie sieht blass aus. Ränder, die ich gestern noch nicht unter ihren Augen gesehen habe, zeigen mir, ihr fehlt Schlaf. „Dieser Mann ist ein Alptraum für dich", platzt es aus mir heraus. Normalerweise bin ich kein Freund der lauten Töne. Karin tut mir leid, ihr Anblick schmerzt meine Seele.

In den letzten Wochen sind wir uns durch die gemeinsame Arbeit freundschaftlich noch nähergekommen.

„Ich möchte mich umziehen, Anton. Ist das in Ordnung für dich?" Mein Nicken reicht Karin als Antwort. Gemeinsam machen wir uns auf den Weg in ihre Wohnung. Die frische Luft tut gut, besonders der Freundin. Schweigend gehen wir die gut 800 Meter bis zu Karins Wohnung.

„Soll ich hier auf dich warten?", meine Frage stelle ich Karin vor dem Haus. „Komm bitte mit. Hermann Josef wird schon weg sein, das hoffe ich zumindest." Die Stufen bis zur Eingangstür gehe ich mit gemischten Gefühlen hinter Karin her. Was, so frage ich mich, wird uns erwarten? Ein Szenario an Vorstellungen habe ich in meinem Kopf. Auch die Frage, wie geht es für Karin weiter, brennt mir auf der Seele. Fragen tue ich sie aber nicht. Mir scheint, Karin ist aktuell in keinem guten Gemütszustand und muss zunächst selbst für sich klären, was und wer ihr guttut.

„Leer, die Wohnung ist leer. So habe ich es auch erwartet." Karins Stimme klingt gefestigt. „Ich werde mir etwas Kleidung und Kosmetik einpacken", lässt mich Karin in der kleinen Küche stehen. Es ist alles perfekt aufgeräumt, wie ich mit einem Blick sehen darf. Meine Wohnung beherrscht oft das Chaos. Ich nenne es lächelnd meine künstlerische Freiheit.

„Wo kann ich dich hinbringen?" Meine Frage stelle ich Karin, nachdem sie mit einem großen Koffer wieder bei mir steht. „Ich habe mit dem Direktor vom Kunstmuseum gesprochen. Jetzt, wo du wieder nach Limburg fährst, ziehe ich vorrübergehend in deine Künstler-Wohnung hier in Dresden ein."

Wie verrückt, so meine Überlegung auf dem Weg in die Wohnung, in der ich mich in den letzten Wochen so wohlgefühlt habe. Jetzt also wird sie Karin Unterschlupf bieten. Und was kommt danach? Ich seufze, was Karin nicht entgeht. „Es gibt einen neuen Weg, für mich und ebenso für dich, Anton. Wir dürfen uns nicht unterkriegen lassen. Irgendwo da draußen wartet ein neues Abenteuer auf uns, daran glaube ich fest."

Eine Stunde später

Der Koffer von Karin ist abgestellt. Er hat gerade seinen Platz im Flur gefunden, neben meinem. Mir fällt es schwer, hier alles aufzugeben. „Ich gehöre in eine große Stadt", bemerke ich, als wir endlich in einem Restaurant eintreffen. „Deine Pläne mit der alten Villa in Frankfurt, verfolgst du diese noch?" Ich nicke unvermittelt. „Ja! Auf jeden Fall. Ob es mir möglich sein wird, diesen Wunsch Realität werden zu lassen, steht noch in den Sternen." Ich lache hohl und ergänze: „Oder als Zahl auf meinem nächsten Auszug."

Mit Karin finde ich tatsächlich noch zu leichten Themen, die uns beiden die Sorgen des Moments nehmen. „Mir fällt es sehr schwer, Karin, dich nun allein hier zurückzulassen." Ich umarme Karin und halte sie lange fest. „In den letzten Wochen bist du mir sehr ans Herz gewachsen, du hast mich unterstützt. Ich möchte nun auch dir zur Seite stehen. Soll ich noch für eine Woche hier in Dresden bleiben?" Tränen rinnen aus Karins Augen und die Antwort ist mir schon bewusst, bevor Karin etwas sagt. Eigentlich bin ich auch dankbar über diese Fügung. Mir ging es auch zu schnell mit der geplanten Abreise. Gerade erst habe ich meine Ausstellung eröffnet, schon soll ich wieder abreisen. „Ist es für dich in

Ordnung, mit mir eine WG zu gründen? Temporär?", schnieft mir Karin an die Schulter. Ich hebe ihr Kinn, blicke in ihre verweinten Augen. „Mir ist es ein Vergnügen." Kurz schlucke ich. „Nur, am kommenden Freitag muss ich nach Mainz fahren." Mehr Worte bedarf es nicht. „Wir fahren nach Mainz, Anton. Ich möchte auch an der Seite von Lotte sein bei ihrem TV-Auftritt." Wie doch die Zeit vergeht, denke ich mir. Über Wochen haben wir meine Ausstellung geplant, von Lottes Fernsehauftritt gesprochen und schon ist es so weit.

„Die kleine Reise nach Monaco hat uns durcheinandergebracht", grinst Karin und löst sich von mir. „Gedanklich auch auf neue Wege geschickt", lächelt sie nach. Mich wundert ihr Verhalten, aber ich sage nichts. Was in dem Kopf einer Frau vorgeht, es ist mir manches Mal ein Rätsel.

Am Abend haben Karin und ich entschieden, wir holen uns das Essen beim Italiener, machen es uns mit einer Flasche Rotwein im Wohnzimmer gemütlich. An diese Wohnung kann ich mich gewöhnen, was ich auch zum Ausdruck bringe. „Sie ist wie für dich gemacht", hebt Karin ihren Kopf. Noch sieht sie blass aus, jedoch zeigen ihre Augen schon wieder etwas Glanz. „Für einen Künstler, wie du es bist, kann eine Wohnung nicht idealer zugeschnitten sein. Der Wintergarten ist zum Arbeiten hell und großzügig, die anschließenden Wohnräume sind ebenfalls hell und praktisch." Meine Karin, denke ich und beobachte, wie sie in ein Stück Pizza mit extra viel Käse beißt. Das Essen tut ihr gut, wie ich beruhigt sehen kann.

„Nur die alte Villa von Lydia Lowere wäre geeigneter. In diesen Räumlichkeiten war es ein Leichtes für mich zu arbeiten, meine Kreativität auszuleben, mich zu entfalten." Jetzt stöhne ich. Von Karin erhalte ich einen kleinen Schubs. Dann schiebt sie mir die Pizza ein Stück näher. „Essen hilft."

Die Nachricht von Petra, die am Nachmittag kam lese ich, nachdem die Pizzen in unsere Mägen Einzug gefunden haben.

„Es tut ihr leid, dass sie nicht bei der Vernissage anwesend war", teile ich Karin den Inhalt mit.

„Petra hat auf das persönliche Glück mit Mister Right gehofft, du darfst es ihr nicht übelnehmen. Die letzten Wochen waren das pure Durcheinander in ihrem Leben. So sehr ich Petra das Glück mit Marco gewünscht habe, so sehr hätte ich die Freundin auch im Alltag vermisst." Auf die Worte von Karin muss ich lachen. „Monaco ist nicht aus der Welt und so eine Freundin zu haben, die man immer besuchen kann, hat Vorteile." Ja, das schöne Leben in der Sonne, mit Menschen die, wie ich, die Annehmlichkeiten des Lebens erkennen und suchen, ich würde mich dort wohlfühlen. Leider nur führt mich mein Weg nicht dorthin. Immerhin werde ich noch für wenige Tage in Dresden bleiben dürfen. Dieser Gedanke stimmt mich froh. Auch werde ich die Gelegenheit nutzen und mich nochmals mit den Studenten treffen. Die kurze Begegnung und der Austausch mit den jungen Menschen haben mir gutgetan.

Petra teilt mir noch mit, sie ziehe jetzt zu Lotte, vorrübergehend, bis sie eine Wohnung gefunden hat. Mir ist nicht wohl bei der Idee von Petra. Rasch schreibe ich ihr, sie kann noch eine weitere Woche in meiner Wohnung bleiben, da ich in Dresden bei Karin bin. Ob sie mein Angebot annehmen wird? In meine Überlegung schenkt mir Karin noch ein Glas Rotwein ein. Sie berichtet von der geplanten Reise nach Monaco in das Kunstmuseum und noch einmal von dem Künstler, den sie kennenlernen konnte. Mit einem Male bin ich ganz mit ihr in einem Gespräch vertieft und Petra ist gedanklich aus meinem Kopf.

Ina

Die letzten Tage waren abwechslungsreich, turbulent, ereignisreich, von allem war eine große Portion dabei. Mein Freund Johann hat mich bei meiner Rückkehr aus Dresden lieb in den Arm genommen. „Von Lotte bin ich ja beziehungsmäßig viel gewohnt. Nur", Johann küsst mich zunächst leidenschaftlich, „jetzt fängt auch Petra an, den Männern nachzureisen, das ist neu." Kurz muss ich meine Freundin in Schutz nehmen und die Reise von ihr in ein anderes Licht bringen. „Fazit ist aber, mit keiner deiner Freundinnen möchte ich das Leben teilen, Ina." Gut, für mich war das jetzt ein Kompliment, daher verzichte ich auch darauf, noch einmal in die Verteidigung für meine Freundinnen zu ziehen. Der Moment, der Augenblick, die Tatsache, endlich wieder bei meinem Freund zu sein, er ist zu schön, um zerstört zu werden. Mein Sohn schläft noch eine Nacht bei Rosalinde, der Mutter meines Freundes Johann. „Vincenz hat es sich so sehr gewünscht, den kleinen Wolfi bei seiner Rückkehr aus Dresden zu sehen." Johann grinst mich wie ein kleiner Junge an, der die Chance auf eine Tüte Bonbons hat. „Führst du etwas im Schilde?" Meine Frage wird mit erneuten Küssen beantwortet. „Ich habe dich vermisst, Ina", flüstert mir Johann in mein Ohr. Das ist der Moment, in dem ich vor Glück platzen könnte. Ja, mir geht es gut! Aktuell fliege ich auf einer Wolke, die nicht schöner sein könnte. „Du grübelst, Ina", hebt Johann mein Kinn. Ihm entgeht wirklich nichts. „Gerade ist in meinem Leben alles so schön. Ich habe Angst, dieses Glück könnte zerbrechen, Johann", sage ich wahrheitsgemäß. Johann steht vom Sofa auf, auf dem wir es uns gemütlich gemacht haben und ich erschrecke für den Moment. „Habe ich etwas Falsches gesagt? Wo gehst du hin?" Strahlend hält mir Johann seine geöffnete Hand entgegen. „In unser Schlafzimmer mit meiner Liebsten."

Der nächste Morgen

Überrascht blicke ich auf den Wecker, der mir zeigt, ich habe lange geschlafen. Die Aufregung der letzten Tage und die wunderschöne Nähe am Abend mit Johann haben mich müde gemacht. Kurz denke ich an einige besonders schöne Augenblicke, die mir Johann gestern Abend noch beschert hat. Grinsend verlasse ich das Bett und gehe ins Badezimmer.

Auf dem Spiegel klebt ein Brief von Johann. „Du warst wie ein Feuerwerk, meine Ina. Dein Körper hat gesprüht vor Energie und Leidenschaft. Ich wünsche dir heute einen schönen Tag, dein Johann."

Als es eine halbe Stunde später an meiner Tür klingelt, frage ich mich, wer das sein kann? Ein Paket ist nicht bestellt, der Lieferant für gefrorene Lebensmittel steht heute nicht auf dem Plan.

„Lotte?" Überrascht blicke ich meine Freundin an. „Haben wir uns in den letzten Tagen nicht schon sehr oft gesehen?" Mit diesem kleinen Scherz bitte ich sie in meine Küche. „Espresso? Ein Brot mit Käse oder lieber Marmelade? Ich habe noch nicht gefrühstückt", kichere ich los.

Lotte lässt sich auf einem Stuhl nieder. „Johann hat mich gestern sehr leidenschaftlich empfangen", kichere ich weiter.

„Beneidenswert, Ina! Doch um ehrlich zu sein, meine Ankunft war ebenso liebevoll und herzlich, dank Franz."

Den Tisch decken wir gemeinsam. „Unsere Männer arbeiten und wir genießen noch einen weiteren Tag das süße Leben", setze ich mich zu Lotte an den Tisch, nachdem wir alles gedeckt haben. „So ganz stimmt das nicht", unterbricht mich Lotte. „Ich muss in einer Stunde in mein Café fahren, ich habe Dienst bis zum Abend." Kurz beiße ich in mein Brot, genieße den ersten Bissen, bis ich ihr antworte. „Meinen Wolfi werde ich gleich abholen und dann Lebensmittel einkaufen.

Arbeiten fahre ich erst übermorgen wieder." Lotte zeigt den gleichen Appetit wie ich. „Bei uns läuft es momentan sehr gut. Mit Franz und mir", meint Lotte. „Bei Johann und dir gibt es auch keine Bedenken?", an der Stelle unterbreche ich Lotte. „Du willst über Karin und Petra sprechen?" Meine Freundin nickt. „Silvi hat sich bei mir gemeldet. Petra wurde von ihr zum Flughafen gefahren. Mich wundert nur, sie hätte gestern am Abend vor meiner Tür stehen müssen." Lotte grinst im Anschluss. „Es war aber besser so, dass Franz und ich allein im Haus waren."

Ja, meine Freundin und ihre kleinen Vorlieben, denke ich mir. Ab und an schenkt sie uns bei einem Mädelsabend einen Einblick in ihre Vorlieben. „Muss ich mir jetzt vorstellen, wie bei euch der gestrige Abend verlaufen ist?" Necke ich Lotte. Sie stellt den Espresso ab. „Keine Sorge, der nächste Mädelsabend bringt dir eine neue Sichtweise auf die Liebe", darf ich hören.

„Wann sehen wir uns wieder?" Meine Frage werfe ich auf, als Lotte mit einem Mal von ihrem Stuhl aufspringt. „Ich habe die Zeit vergessen", wirft sie hektisch ein.

„Am besten wird es sein, du planst etwas, Lotte", gebe ich ihr mit auf den Weg. „Petra wird ja noch über dem Café wohnen?" Mit dieser Frage im Nacken verlässt Lotte winkend mein Haus. So, wie ich Lotte kenne, ich bekomme schon am Abend einen Vorschlag von ihr für das nächste Treffen. Obgleich, so meine Überlegung, wir sehen uns doch alle am Freitag in Mainz beim Auftritt von Lotte im Fernsehen.

Lotte

In meinem Café angekommen, binde ich mir sogleich die Schürze um. Wieder einmal ist meine legendäre Marzipantorte von den Gästen gefragt und ich habe alle Hände voll zu tun, um meine Gäste glücklich zu stimmen. „Obwohl heute Wochenanfang ist", sage ich zu Petra, die mich am Nachmittag besucht. Ihr kann ich mit Kuchen keine Freude machen, das ist mir bewusst. „Einen Espresso?" Petra nickt. Sie sieht nicht gut aus, was ich ihr sage. „Mir geht es auch nicht gut, Lotte. Mein Leben steht auf dem Kopf. Ich erkenne mein eigenes Verhalten nicht mehr wieder. Da fliege ich zu einem mir fast fremden Mann, um das Wochenende mit ihm zu verbringen und mit ihm in seinem Haus Gäste zu empfangen, die mir ebenso fremd sind. Was ist mit mir los? Wieso verhalte ich mich so verrückt? Reise einem Mann nach und lasse mich noch zum Narren halten. Wo ist mein guter Menschenverstand geblieben, Lotte?"

Ja, da möchte ich Petra am liebsten Recht geben, doch gerade würde ich damit nichts Positives bei ihr bewirken. Die Freundin ist geknickt und muss aufgebaut und nicht mit unnötigen Belehrungen konfrontiert werden. Meine Aushilfe zeigt sich einmal mehr als Glücksfall für mich. Sie übernimmt wie selbstverständlich auch meine Tische und schleppt Tablett um Tablett zu den Gästen. Von Petra erfahre ich auch, dass Anton noch für eine Woche bei Karin bleibt. „Wieso nur grinst du?" Petra holt mich aus meinen Gedanken, in die ich gerade versunken war, heraus. „Am gestrigen Abend hättest du gestört", sage ich und ärgere mich sofort über meine Art zu reden, ohne zuvor darüber nachgedacht zu haben. Petra, das ist mir bewusst, hat schon öfter erwähnt, Angst davor zu haben, zu mir zu ziehen. „Ich stehe dir und Franz dann im Weg", hat sie mehr als nur einmal gesagt. Petras Blick auf meine Worte sagt mir alles. „So war es doch nicht gemeint, Petra! Ich freue mich sehr auf dich, wirklich." Petra nickt betrübt. „Das ist mir ja bewusst, Lotte. Die Wahrheit ist aber auch, Franz und du ihr braucht eure kleinen Spiele, da ist einfach kein Platz für eine Freundin in der Nähe. Wir müssen das offen ansprechen." So ganz Unrecht hat Petra mit der Bemerkung nicht. „Jetzt geht es aber zunächst darum, für dich eine Bleibe zu finden, daher kommst du zu mir", sage ich bestimmt. Petra legt ihre Hand auf meine. „Lieb von dir, Lotte. Wir sollten aber offen sein. Für wenige Tage ist es ein liebes Angebot, für die Zukunft keine Option."

„Vielleicht kann ich helfen?", meine Aushilfe hat uns belauscht, was ich nicht leiden kann und es ihr auch sofort sage. „Das geht doch zu weit. Meine Freundin und ich haben ein privates Gespräch geführt."

Meine Aushilfe hebt die Arme und grinst. „Trotzdem kann ich gerade Petra helfen. Ich weiß nämlich, wo eine moderne Wohnung frei ist. Diese würde genau zu Ihnen passen", sagt die Aushilfe selbstbewusst direkt zu Petra. Die ist wiederum sofort Feuer und Flamme. „Wo? Kann ich mir die Wohnung leisten?" Die Aushilfe schreibt einen Namen und eine Telefonnummer auf einen Zettel. „Rufen Sie den Mann an", sagt sie zu Petra. „Stopp!" Mein Ruf lässt sie zurück an meinen Tisch eilen. „Wer ist der Mann, den Petra anrufen soll?" Meine Aushilfe strahlt. „Mein Vater. Ihm gehört der moderne Wohnblock und er vermietet die untere Etage an einen Galeristen. Das passt doch", geht sie zufrieden zu den Gästen.

Wir bleiben für den Moment sprachlos sitzen und blicken der jungen Frau nach. „Einen Versuch ist es wert, Lotte. Ich brauche eine Wohnung und sobald diese Wohnung hier", Petra hält den Zettel hoch, „offiziell auf dem Markt ist, melden sich so viele Menschen, dass ich keine Chance mehr habe." Sie unterbricht ihre Worte. Petra hat Farbe im Gesicht bekommen. „Eine Galerie in der unteren Etage", äffe ich die Aushilfe nach. „Sie will dich damit locken. Bestimmt hat sie uns schon öfter belauscht." Meine Enttäuschung über das Verhalten der Aushilfe wächst. Petra schafft es, mich zu beruhigen. „Nimm es doch als Wink des Schicksals. Die junge Frau hat uns eventuell öfter belauscht als wir es denken, jedoch ist es mir gerade hilfreich."

Ich schüttele meinen Kopf. „Du hast dich wirklich verändert", gebe ich muffig Auskunft. Petra strahlt mich unbeirrt an. „Ich kümmere mich um die Wohnung, rufe den Vater deiner Aushilfe an und dann melde ich mich wieder." Missmutig begleite ich Petra zur Tür. „Du verrennst dich gerade", gebe ich ihr mit auf den Weg. Schon im Weggehen dreht sich Petra noch einmal um. „Nein, meine Liebe. Ich greife gerade nach dem Strohhalm, der mich vor dem Ertrinken retten kann."

Im Anschluss helfe ich meiner Aushilfe und vermeide es, mit ihr persönlich zu werden. Meine Frage, wieso sie hier arbeiten muss, wenn doch der Papa so ein großes Mehrfamilienhaus gebaut hat, lasse ich offen.

Wieder in meinem kleinen Haus in Bremberg angekommen, hege ich Lust, meine nächste Kolumne zu schreiben. Franz wird heute Abend mit Freunden Fußball sehen, daher habe ich die nötige Zeit, einmal wieder von meinem Leben zu berichten.

Liebe Leserinnen,

die letzten Tage waren turbulent, aufregend und ich kam daher nicht zum Schreiben. Dafür habe ich heute umso mehr zu berichten. Die Frage dürfte lauten: Wo fange ich an?

Unsere kleine Reise nach Monaco war, soweit habe ich schon berichtet, sehr schön für uns Mädels. Auf der Rückreise hatte ich neben den neu gewonnenen Eindrücken auch neue Garderobe, die ich gleich nach meiner Rückkehr meinem Freund Franz vorgeführt habe. Ihr werdet es schon ahnen, ich spreche von Dessous. Nein, dieses Mal nicht in Rot, sondern in Schwarz. Ein Traum aus schwarzer Seide mit Spitze. Um Franz das Auspacken spannend zu machen, hatte ich darüber einen Pullover und eine Jeans getragen. Zunächst haben wir gemeinsam gegessen, dann auf dem Sofa einen Film angesehen und gekuschelt. „Wow! Lotte, das fühlt sich aber scharf an", drang die Stimme von Franz an meine Ohren, als er mit seiner Hand auf Tuchfühlung unter meinem Pullover unterwegs war. Muss ich noch mehr sagen? Ich hoffe doch, die Fantasie meiner Leserinnen, hoffentlich auch die eigene Erfahrung im Bereich körperlicher Liebe, lässt keinen Gedanken offen, sei er noch so verrucht! Drei Tage war ich mit den Freundinnen unterwegs, da war das Wiedersehen mit Franz natürlich als stürmisch zu bezeichnen.

Doch jetzt gebe ich erst einmal wieder Einblicke in mein Leben, die zu dem Thema: Beste Freundinnen passen. (Obgleich auch ein bester Freund mir als sehr wichtig erscheint und nicht vernachlässigt werden darf.) Wie oft schon habe ich auf dieser Plattform von meinem Privatleben berichtet? Die Tatsache, gerade habe ich das Empfinden, ich sitze auf der berühmten Wolke 7, beschert mir ein Glücksgefühl. Oft frage ich mich, kann es sein, dass ich nach all den Jahren des Bemühens, mein Privatleben in den Griff zu bekommen, an meinem Ziel angekommen bin? Leise und voller Demut höre ich ein Ja in meinem Inneren. Auf dem Weg bis zum heutigen Tag haben mich meine besten Freundinnen immer wieder aufgefangen, aufgebaut, meine Tränen getrocknet, wann immer ich traurig war.

Liebeskummer war ein ständiger Begleiter an meiner Seite und daher habe ich viel Trost gebraucht.

In meiner Erinnerung der letzten Woche trage ich noch die Erlebnisse in Monaco und ebenso die neuesten Eindrücke von Dresden. Unser Freund und Künstler Anton Wall hat seine Vernissage eröffnet und natürlich waren Ina, Karin und ich an seiner Seite. Mein väterlicher Freund Vincenz hatte die Eröffnungsrede gehalten und wirklich schöne und passende Worte für die Kunst gefunden.

Die Leserinnen, die mich sehr gut kennen und seit Jahren meine Kolumnen lesen, fragen sich nun sicherlich, wo war Petra? Unsere Freundin war noch einmal nach Nizza geflogen, um das Wochenende in Monaco zu verbringen. Unter der Sonne und mit einer Portion Liebe im Herzen, wie ich hoffte!

Doch all die Freude, damit meine ich die Vorfreude auf Petras Kurzreise ins vermeintliche Paradies, kann nicht darüber hinweghelfen, wenn alles anders kommt als erhofft. Heute Mittag habe ich Petra in meinem Café getroffen und kurz gesprochen. Die Liebe, sie geht oft Umwege, hat meine Tante Lydia Lowere gerne gesagt. Ebenso sagte sie: „Fang dir das Glück und halte es fest. Frage nicht, was die Anderen denken. Es ist dein Leben, deine Leidenschaft und ebenso dein Schmerz, den dir niemand nimmt." Meine Tante war eine so lebenskluge Frau. Ich seufze bei dem Gedanken, wie meine Entwicklung mit ihr an meiner Seite verlaufen wäre. „Nicht nach hinten blicken, immer nur geradeaus findest du den Weg der Hoffnung", auch eine ihrer legendären Weisheiten. Ich sollte einmal ein kleines Buch mit den Weisheiten meiner Tante veröffentlichen. Mir haben diese Worte schon oft geholfen, in den verschiedensten Lebenslagen.

Petra, meine liebe Freundin, hatte sich an diesem Wochenende für die vermeintliche Liebe entschieden, dem Stern am Himmel, der zart zu leuchten anfing. Jede von uns muss ihre Entscheidungen im Leben treffen. Es ist wunderschön, wie schon erwähnt, dies im Vorfeld mit der besten Freundin zu besprechen. Dennoch wird die anschließende Entscheidung von uns getroffen und wir müssen am Ende mit dem Resultat leben. Auch an diesem Punkt im Leben helfen beste Freundinnen. Nicht jede Entscheidung, die wir getroffen haben, ist im Rückblick richtig gewesen. Gerade dann aber, wenn wir einen lieben Menschen dabei enttäuscht haben, wiegt der Gedanke, einen falschen Weg eingeschlagen zu haben, viel gewichtiger. Petra sagt, ihr schlechtes Gewissen Anton Wall gegenüber sei so groß, sie habe Angst vor dem Wiedersehen. Zumindest diese Bedenken konnte ich ihr nehmen. Anton ist ein liebenswerter Mensch, er trägt in seinem Inneren die Seele eines Kindes, unverdorben und rein. So zumindest sehe ich ihn. Auch wenn wir beide schon öfter aneinandergeraten sind, nicht immer einer Meinung waren, schätze ich ihn in seinem Verhalten und seiner Hilfsbereitschaft den Freunden gegenüber. Wenn ich heute erneut über beste Freundinnen schreibe, gehört für mich auch Anton dazu. Ina, Karin und Petra sind wie Seelenverwandte und Anton bringt mir eine Sichtweise, die ich ebenso schätze und nicht missen möchte.

Nächsten Freitag habe ich meinen Termin im Fernsehen. Gemeinsam mit Frau Krautwinkel gehe ich in eine Talkrunde. Meine Aufregung ist spürbar, sobald ich daran denke. Beruhigend für mich jedoch ist, meine besten Freundinnen begleiten mich.

Petra wird auch an meiner Seite sein, was sie heute noch einmal betont hat. Sie tut mir leid, die Freundin. Ich kann ihr Verhalten verstehen. Oft schon habe ich eine Entscheidung in meinem Leben getroffen, die von einer vermeintlichen Liebe beeinflusst war. Für Petra ist der Prinz noch nicht in Sichtweite, lediglich ein Frosch war ihr begegnet, bildlich gesprochen. „Augen auf, die nächste Straßenkreuzung kann dein Leben verändern, du musst nur bereit sein dafür", auch wieder eine Weisheit von Lydia Lowere. Passend aber, wie ich finde. An der Stelle kann ich auch kurz berichten, dass meine Freundin Petra am Nachmittag einen Hinweis auf eine freie Wohnung erhalten hat. Mir wird sie fehlen in der direkten Nähe. Hoffentlich wird Anton Wall noch eine Weile über meinem Café wohnen. Beste Freunde, ich möchte meine am liebsten einladen, mit mir unter meinem Dach zu leben. (Jetzt muss ich doch schmunzeln, zumindest, wenn ich an meine Abende mit Franz denke.)

Nächsten Freitag hoffe ich sehr, viele meiner treuen Leserinnen sind am Fernsehen und begleiten sowie unterstützen mich mental. Für mich ist es absolutes Neuland, vor einem so großen Publikum zu sprechen. Außerdem schäme ich mich noch heute, euch einmal so angelogen zu haben, nur um im Glanz zu stehen. Die Liebe lässt die Hormone in der Tat tanzen, ich habe es mehr als nur einmal erlebt. Meine Freundin Petra hat für wenige Tage wieder die Schmetterlinge in ihrem Bauch gespürt, jetzt sind sie davongeflogen. „Die Erinnerung jedoch", das habe ich ihr heute gesagt, „die trage und behalte in deinem Herzen. Immer dann, wenn es dir nicht gutgeht, erinnere dich an diese Momente, in denen du so glücklich warst. Blende das Ende dieser vermeintlich aufkeimenden Liebe aus und finde deine neue Stärke und Zuversicht aus den schönen Momenten, die sie dir geschenkt hat."

Am Freitag, nach dem Auftritt im TV, haben wir einen Mädelsabend bei Petra. Sie hat mich am Nachmittag darum gebeten und ich habe gerne zugesagt. Ihr liegt am Herzen, uns Freundinnen nah zu sein und mir liegt am Herzen, einen Weg zu finden, damit meine Freundin wieder die Sonne in ihrem Herzen spürt. Zuvor jedoch erwarte ich volle Unterstützung für mich, die ich bitter nötig habe. Auch die leidige Frage: Was ziehe ich an? keimt schon in meinem Innersten auf. Petra hat mir angeboten, sie kommt am Donnerstagabend zu mir und gibt mir Tipps für mein Outfit.

Meine Freundin Karin kommt mit dem Künstler Anton Wall aus Dresden direkt nach Mainz angereist. Die beiden führen für wenige Tage eine Zweck-WG, wie ich heute am Telefon erfahren durfte.

Das Leben führt uns nicht immer geradeaus, so wie meine Tante es gerne gesehen hat. Tatsache ist, die Umwege und Hindernisse sind anzunehmen, um überwunden zu werden. Jetzt verabschiede ich mich mit einer virtuellen Umarmung und der Hoffnung, Sie alle unterstützen Lotte Wolke am kommenden Freitag bei dem TV-Auftritt.

Beste Freundinnen forever!

In diesem Sinn,
Lotte

Petra

Endlich Freitag!

Am heutigen Abend, nach dem TV-Auftritt von Lotte, kommen meine Freundinnen zu einem Mädelsabend in meine kleine Wohnung. In meine von Anton Wall geliehene Wohnung, wohlgemerkt. Anton wird am Abend mitkommen, immerhin ist es seine Wohnung und er wird wieder hier wohnen. Das Wochenende über werden wir zwei plus Karin uns seine Wohnung teilen müssen, dann aber fängt für mich ein neuer Lebensweg an. Erst am Abend, nach Lottes Auftritt, werde ich mit den Freunden darüber sprechen und sie in meine Pläne für die Zukunft einweihen. Freunde, ja, die sind wichtig im Leben. In den letzten Tagen habe ich viel nachgedacht und dank der Unterstützung von Ina, Lotte und über das Telefon auch von Karin, bin ich nicht wieder in ein seelisches Tief gefallen. Lotte hat mich mit Weisheiten ihrer Tante Lydia Lowere eingedeckt. Zugeben aber darf ich, diese Frau hat es verstanden, ihr Leben zu leben. Tiefen anzunehmen ist nun einmal schwieriger als die Höhen, das muss ich nicht betonen. Jede von uns kennt es aus der eigenen Erfahrung. Ich habe einmal eine Kollegin in der Bank gehabt, die hat immer gesagt, ihr ginge es gut. Egal, wann sie gefragt wurde, ihr Leben, so hat sie uns suggeriert, war perfekt. Eine Zeitlang hatte ich diese Frau beneidet. Dachte mir, sie lebt so glücklich mit Mann und Kindern, liebt ihre Arbeit, hat Eltern, die sie unterstützen, ein schönes Haus mit Garten, was wünscht man sich mehr?

Oft kam ich mir in ihrer Nähe so klein, so unperfekt vor, egal, wie hübsch ich auch aussah. Meine vermeintlichen Fehler kamen mir immer vor mein geistiges Auge, wenn ich die Kollegin traf. Meine Versetzung nach Limburg brachte es mit sich, dass sich unsere Wege trennten. Vor zwei Jahren habe ich gehört, die Kollegin von damals lebt inzwischen getrennt von ihrem Mann. Eines der Kinder hat große Probleme in der Schule und zeigt im Verhalten zu anderen Kindern eine Aggressivität, die nicht als normal einzustufen ist. Wie konnte das nur so weit kommen, habe ich mich gefragt. Ihr ging es doch immer gut, alles war perfekt in ihrem Leben. Oder waren es vielmehr Lügen, die sie aufgebaut und uns vorgelebt hat? Die Erkenntnis ist, sich das Leben schön zu malen, kann helfen, jedoch darf es nicht dazu führen, die Umwelt zu belügen. Jede von uns darf einmal zugeben, schwach zu sein, Fehler gemacht zu haben, den Tränen nahe zu sein. Das ist doch menschlich!

Bei meinen Freundinnen darf ich mich zeigen, wie ich bin. Sobald ich gutgelaunt und lachend zu einem Treffen erscheine, freuen sich alle für mich. Die kleinen Reibereien zwischen uns, sie gehören für mich auch zu einer Beziehung dazu. Wie bei Mann und Frau müssen auch Freundinnen ab und an diskutieren und ihre eigene Meinung vertreten. Das tiefe innere Vertrauen jedoch, zu wissen, mein Gegenüber meint es nur gut mit mir, das ist für mich entscheidend.

Am gestrigen Abend habe ich gemeinsam mit Lotte ihre Garderobe für den heutigen Abend ausgesucht. Es war in meinen Augen gut, dass ich Lotte aufgesucht habe, um sie zu beraten. Die Freundin hatte sich ein Outfit zurechtgelegt, es war zum Lachen. „Mit 90 Jahren kannst du das anziehen, meine Liebe", habe ich ihr gesagt und kam aus dem Lachen nicht heraus. Ina war auch noch dazugekommen, was sehr schön war. Sie hatte mir auch ihr Outfit gezeigt und ich war positiv verwundert. „Ina, du bist wirklich wie ein Schmetterling, der sich aus seinem Kokon befreit hat", war mein Kommentar zu ihrem Kleid. Die Freundin hat sich so gut weiterentwickelt, die Liebe zu ihrem Johann tut ihr gut. Seufzen muss ich in der

Erinnerung an meine kurze Liebe zu Marco und dem Ausflug nach Monaco. Er hatte sich noch einmal gemeldet, was ich schon nicht erwartet hatte. Mir hatte es aber gutgetan zu hören, was er mir gesagt hat. Er habe mit mir seine Ex-Freundin eifersüchtig machen wollen, das gab er offen zu. „Du bist eine wunderschöne Frau", durfte ich auch hören. Meine Frage, ob sein Plan aufgegangen sei, wurde mit einem lauten Ja beantwortet. Soll mich das nun glücklich stimmen?

Silvi hat sich jeden Tag bei mir gemeldet. Sie war schon in Monaco an meiner Seite, immer hilfsbereit und offen für meine Ängste und Wünsche. Beste Freundinnen, ja, wenn wir nicht räumlich so weit getrennt wohnen würden, Silvi passt perfekt in unsere Mädelsrunde, was ich ihr auch gesagt habe. 18.20 Uhr treffe ich schon in Mainz am Studio ein. In dem Moment, als ich aus meinem Auto steige, kommt ein Taxi vorgefahren und ich darf sehen, Karin und Anton steigen aus. Meine Freude überschlägt sich. „Karin, Anton!", meine Stimme ebenfalls. „Wie hübsch du nur aussiehst", nimmt mich Anton in seine Arme. Kurz kämpfe ich gegen aufkeimende Tränen an. „Petra? Hier wird nicht geweint. Wir möchten doch einen guten Eindruck hinterlassen", entlässt er mich aus seinen Armen. Karin reicht mir ein Taschentuch, dann drückt auch sie mich fest. „Meine Liebe, schön dich zu sehen. Ich freue mich sehr auf das Abendessen bei dir", kurz verdunkelt sich ihr Blick. „Es gibt doch Kartoffelsalat und Würstchen?"

„Ein Mädelsabend ohne meinen legendären Kartoffelsalat, das geht doch nicht", hören wir in diesem Moment die Stimme von Ina hinter uns. „Na, da bin ich aber beruhigt", entschwindet Karin meinen Armen und eilt auf Ina zu. „Es wird Zeit", drängelt Anton Minuten später, ihm in den Sender zu folgen.

Von Silvi kommt noch eine SMS auf mein Handy, bevor ich es ausschalten muss. Sie sitzt auch vor dem Fernsehen und freut sich auf das Wiedersehen mit Lotte, wie sie mir schreibt. Am Abend möchte sie uns anrufen.

Lotte sitzt bereits auf einem Stuhl auf der kleinen Bühne. Frau Krautwinkel ist an ihrer Seite, sie wirkt nervöser als unsere Freundin Lotte auf mich. Die Moderatorin kommt pünktlich um 19 Uhr auf die Bühne und eröffnet die Talkrunde. Außer Lotte und Frau Krautwinkel sind noch zwei weitere Gäste eingeladen. Eine Frau und ein Mann. Die Moderatorin sitzt in der Mitte und gibt nun einen Einblick in die Kolumne von Lotte, kommt auf die Zeilen zu sprechen, in denen sie gelogen hatte. Ein Raunen geht durch die Zuschauer und ich kann beobachten, Lotte kommt ins Schwitzen. Frau Krautwinkel fühlt sich ebenfalls unwohl und sie rückt räumlich von Lotte ab, was ich nicht schön finde. Eventuell ist es nur die Nervosität, die ihr Handeln lenkt. Der männliche Gast kommt zu Wort und zu meiner Überraschung findet er nur lobende Worte für Lotte und ihr Verhalten. Keine Verurteilung zu den Lügen, nichts dergleichen. Sie habe gezeigt, die Gesellschaft kann Druck auf jeden Menschen ausüben und somit unser Verhalten lenken. Was der Mann sagt, gefällt mir und ich kann ihm Recht geben. Auch die anderen Gäste klatschen und stimmen ihm zu. Wir erfahren jetzt auch, dass er ein Psychologe ist und sich auf die Frage, wieso Menschen in Stresssituationen lügen, spezialisiert hat. Er hat auch über das Thema promoviert.

Lotte

Kurz habe ich Bedenken, einen Fehler gemacht zu haben, die Einladung zu der Talkrunde angenommen zu haben. Im Vorfeld war alles so leicht und schön. Beschwingt von der Aussicht, eingeladen zu sein, von Menschen in meinem Umfeld dadurch bewundert zu werden, bin ich hier auf meinem Stuhl gelandet. Jetzt ist mir mulmig zumute. Wie gerne möchte ich jetzt an meinem Schreibtisch sitzen und meinen Leserinnen schreiben. Auf die große Bühne gehöre ich nicht, wie ich nun spüre. Mir läuft der Schweiß von der Stirn und unter meinen Armen ebenso. Frau Krautwinkel wirkt auch nicht glücklich in ihrer Haut.

Die Einleitung der Moderatorin lässt in mir die Frage aufkommen, kann ich davonlaufen? Gibt es eine Möglichkeit, dieser Aufmerksamkeit zu entkommen? Erst, als ich die Worte von dem Psychologen höre, fange ich an, mich zu entspannen. Das Klatschen der Zuhörer und ihr Zuspruch zu meinem Fehlverhalten tun mir gut. Für den Moment dachte ich doch, ich werde vorgeführt wie ein Affe im Zoo. Die Moderatorin, so höre ich zu meinem Entsetzen, hinterfragt erneut den Psychologen nach meinem Verhalten. Mir reicht es nun, meine Geduld ist am Ende.

„Sie sind also frei von Fehlern? In Ihrem Handeln immer bedacht, nur das Richtige zu tun? Und deswegen haben Sie auch das Recht, mich hier vorzuführen?", meine Stimme ist laut und mir die Aufmerksamkeit aller Zuschauer gewiss. Kurz blinzeln die Augen der Moderatorin und sie scheint die Fassung zu verlieren. „Warum habe ich das Empfinden, Sie wollen mich nur vorführen? Es geht hier nicht um die Frage, wieso ich mich so verhalten habe und ob der Zeitpunkt meiner Entschuldigung noch als angemessen betrachtet werden kann." Ich rede und rede und je mehr ich sehe, die Moderatorin kommt ins

Schwanken, je besser und stärker fühle ich mich. Auch der Psychologe unterstütz mich, möchte die Beweggründe der Moderatorin wissen, warum sie versucht, mich in eine Ecke zu drängen und in einem schlechten Licht dastehen zu lassen. „Ich habe in einer Kolumne nicht die Wahrheit geschrieben, da ich mich vor meinen Leserinnen geschämt habe die Wahrheit zuzugeben. Ich wollte nicht schreiben, erneut von einem Mann enttäuscht und sitzen gelassen worden zu sein." Kurz hole ich Luft. Das Publikum klebt mir an den Lippen, wie ich es empfinde. „Meine Entschuldigung an alle meine Leserinnen kam aus meinem Herzen, das müssen Sie mir glauben."

Das Publikum ist sensibilisiert, es reagiert und klatscht euphorisch. Zwischenrufe sind zu hören. Erneut läuft mir der Schweiß über die Stirn. Frau Krautwinkel sitzt eingefallen in ihrem Sessel, sie schweigt. Wieso nur hilft die Frau mir nicht, die Frage brennt in mir. Zeit, sie zu beantworten, finde ich nicht. Ein Gast aus dem Publikum kommt auf die Bühne, was für eine erneute Unruhe sorgt. Die Moderatorin möchte den Mann von der Bühne weisen, was ihr nicht gelingt. So rasch die Moderatorin neben ihm steht, so rasch entzieht er ihr das Mikrofon.

„Lotte Wolke und ihre Kolumnen gehören seit Jahren zur wöchentlichen Lektüre meiner Frau. Immer wieder redet sie mit mir über das, was Lotte schreibt und aus ihrem Leben preisgibt. Mich, als Mann, interessiert nicht alles, daher habe ich oft schon zu meiner Frau gesagt: Rede mit deinen Freundinnen darüber, aber bitte verschone mich mit den Details über neue Kleider oder eine neue alte Liebe in Lottes Leben. Jeden Donnerstag hat meine Frau die Treffen mit den Freundinnen und ich bin mir sicher, die Kolumne von Lotte ist jedes Mal ein Thema. Diese Frau provoziert, ja, sie schafft es mit ihren Kolumnen, meine Stimmung in der Ehe zu manipulieren.

225

Oft schon gab es Diskussionen, ausgelöst durch ihre Texte. Eines darf ich als Mann aber zugeben: Mir ist es lieber, ich habe eine Frau an meiner Seite, die auch einmal diskutiert, ihren Standpunkt vertritt, als einen Mitläufer. Die Gesellschaft braucht starke Menschen, Leute ohne Rückgrat sind eine Gefahr."

Mir ist schwindelig, ich höre dem Mann zu und kann noch nicht sagen, was mir seine Worte bringen. Ist sein spontaner Auftritt als positiv für mich zu bewerten oder redet er mich um Kopf und Kragen?

Nach einer kurzen Pause, die er nutzt, um auf und ab zu gehen, spricht er weiter, seinen Blick auf die Moderatorin gerichtet. „Lotte Wolke ist bestimmt kein Engel, jedoch sie hier vorzuführen, wie eine böse Person, eine Lügnerin, das ist falsch von Ihnen. So, wie Sie Lotte darstellen, tut es mir weh, Ihnen zuzuhören. Ja, ich kenne die Kolumne, um die es am heutigen Abend geht. Meine Frau hatte sie mir vorgelesen, die nachfolgende Kolumne mit der Beichte der Lüge ebenso. Nein, ich habe meiner Frau zunächst nicht zuhören wollen. Frauenkram, war eine meiner Bemerkungen zu ihrem Vorhaben. Dann habe ich doch nachgegeben, da ich gespürt habe, meiner Frau ist es wichtig, auch meine Meinung zu hören. Bis zu ihrem Treffen am Donnerstag mit ihren Freundinnen konnte sie nicht warten. Nun also war ich involviert, war in Kenntnis gesetzt über einen Zwiespalt in Lottes Liebesleben, der dazugehörigen Lüge ebenso.

In meinen Augen ist es, wie von dem Psychologen geschildert. Wir, die Gesellschaft, heben die Finger und urteilen oft viel zu schnell über unsere Mitmenschen. In meinen Augen, ebenso sieht es meine Frau, war Lotte in die Ecke getrieben. Im Vorfeld wollte keine der Leserinnen so wirklich an das große Glück von Lotte mit dem neuen Mann glauben."

Ausgerechnet jetzt hört der Mann auf zu sprechen. Ihm versagt die Stimme. Das Mikrofon legt er auf den Boden und geht zu seinem Platz zurück. Mir ist warm, meine Hände sind feucht. Ich will hier weg, so meine Überlegung. Nur das Wie kann ich nicht beantworten. Einfach aufstehen und weggehen? Aber auch davor habe ich Angst. Die Moderatorin ist bemüht, den Faden wieder aufzugreifen und übernimmt erneut das Wort. Allerdings nicht für lange Zeit. Der Psychologe, in Gedanken nenne ich den Mann schon einen Freund, übernimmt das Wort. „Lotte hat sich, wie der Mann aus dem Publikum es trefflich formuliert hat, in die Ecke gedrängt gefühlt. Dieses Gefühl, nicht zu wissen, was als Nächstes kommt, wer kennt es nicht. Seien wir doch offen zu uns, sind unsere Reaktionen immer die richtigen? Als löblich empfinde ich die Courage von Lotte, ihre Lüge im Nachgang offen anzusprechen. Menschen in meiner Praxis, die diesen Weg finden, gratuliere ich. Außerdem teile ich ihnen mit, mit meiner Arbeit am Ziel angekommen zu sein. Machen wir uns frei von Zwängen, von Erwartungen an uns und unser Verhalten, die wir nicht erfüllen können. Lernen wir, nein zu sagen, und zuzugeben, gerade überfordert mit einer Situation zu sein. Wenn wir das alles verinnerlichen und auch leben, wird es uns und unserer Gesellschaft besser gehen.“

Lautes Klatschen ist auf die Worte von dem Psychologen zu hören. Kurz suche ich den Blickkontakt zu Frau Krautwinkel. Sie hat sich wieder etwas gefangen, sitzt inzwischen wieder gerade in ihrem Stuhl und lächelt mich zuversichtlich an. Soll ich mich darüber nun freuen? Ist sie nicht auch ein Fähnchen im Wind? Meinen Kopf drehe ich zu dem Psychologen, er lächelt mich offen an. „Mache nicht alle Menschen gleich, das ist unmöglich und für niemanden von Nutzen.

Schwächen zu erkennen bei unseren Mitmenschen, auch das ist eine Stärke, die gelernt werden will."

Diesen Worten folgt erneut lautes Klatschen, dann höre ich, wie die Moderatorin die Runde beendet, sich mit Worten für unser Kommen bedankt, die nicht zu ihrem Verhalten passen. Über andere Menschen urteilen und selbstherrlich den Mitmenschen gegenübertreten, denke ich mir beim Verabschieden der Frau. War der Abend nun ein Erfolg für mich? Ein Desaster eventuell, das Ende meiner Karriere als Autorin? Fragen sind in meinem Kopf, die auf meine Stimmung drücken.

An der Tür zum Parkplatz holt mich der Psychologe ein. „Ich finde, Sie haben sich gut verhalten", hält er mir die Tür auf. „Darf ich Sie in der Zukunft aufsuchen, in Ihrer Praxis?", die Frage kommt zögerlich über meine Lippen. „Wann immer Sie möchten", hält er mir eine Visitenkarte entgegen. Beschwingt über die Zuversicht einen guten Psychologen gefunden zu haben, eile ich auf Franz zu, der auf dem Parkplatz auf mich wartet.

Seine Umarmung, sein Kuss, seine Hände auf meinem Rücken tun mir so gut. „Ich liebe dich!" Diese Worte von Franz in meinem Ohr zu hören, mir kommen Tränen der Freude. „Jetzt bringe ich dich zu Petra, dann macht ihr euch einen schönen Abend." Auf der Fahrt ist Franz sehr bemüht, mich aufzumuntern. „Ich bin sehr stolz auf dich, Lotte!", darf ich aus seinem Mund hören.

„Lotte! Komm herein!", begrüßt mich Petra strahlend, als ich vor ihrer Tür stehe. Im Hintergrund höre ich die Stimmen von Ina, Karin und Anton. „Wie schön, die ganze Familie ist anwesend", gehe ich in das Wohnzimmer. Ein gewohntes Chaos mit Leinwänden und Pinseln finde ich vor. Petra hat sich bemüht, etwas Ordnung in die Wohnung zu bringen, wirklich gelungen ist es ihr nicht. Dafür hat unser Künstler zu viele Materialien und Leinwände herumstehen, um Platz zu schaffen.

„Wir trinken auf dich, Lotte!", hält mir Petra ein Glas Prosecco entgegen. Die Freunde stoßen mit mir an. „War ich nicht peinlich?", meine Frage werfe ich nach dem Anstoßen auf. „Die Moderatorin war peinlich, meine Liebe. Sie hat versucht, sich in ein gutes Licht zu bringen und dich als die Böse wirken zu lassen", höre ich Anton sagen. „Es ist ihr aber nicht gelungen", wirft Ina ein. Ich nicke ihr zu. „Der Psychologe war toll, den werde ich ab nächsten Monat aufsuchen", teile ich meinen Freunden mit.

„Hoffentlich bekomme ich auch einen Termin bei dem Mann." Karins Sorge liegt in ihren Augen. „Lotte? Kannst du nicht für mich ein gutes Wort einlegen?"

Ich grinse Karin an. „Sehr gerne, Karin", kurz lächele ich die Freundin an. „Wer kann uns schon widerstehen?" Die Freunde lachen laut. Im Anschluss hebe ich mein Glas. „Auf die Freundschaft!"

„Gibt es heute nichts zu essen?" Auf die Frage von Karin springt Ina auf. „Meinen Kartoffelsalat hole ich sofort. Petra?", sie dreht sich zu uns um. „Würstchen hast du in deinem Haushalt auf Vorrat?"

Petra schüttelt den Kopf. „Also, im Allgemeinen habe ich keine Bockwürstchen im Haushalt", sie blickt uns verschwörerisch an. „Selbstverständlich habe ich aber für euch eingekauft." Sie steht auf und begleitet Ina in die Küche. „Wie wird es weitergehen mit dir und Petra unter einem Dach?" Karins Frage lässt Anton kurz mit den Schultern zucken. „Von mir aus kann Petra hierbleiben. Dann gründen wir eine lustige WG." In diesem Moment kommt Petra mit einer Schüssel Salat zurück. „Lieb von dir, Anton." Sie bleibt mit der Schüssel in den Händen stehen. „Sehr lieb, wirklich. Wenn ich bedenke, ich war nicht bei deiner Vernissage, sondern lag in den Armen eines Mannes, der mir fast unbekannt war. Ich schäme mich dafür." Anton springt auf, nimmt Petra die Schüssel aus den Händen. „Jetzt setz dich an den Tisch, meine Liebe. Ich bin nicht enttäuscht und nicht sauer, das ist die Wahrheit. Du hast für den Augenblick Schmetterlinge gespürt und deine Hormone sind Achterbahn gefahren."

Die Interpretation von Anton gefällt mir, ich hebe mein Glas. „Auf die Freundschaft." Ina kommt zu uns und fragt: „Habe ich etwas verpasst?"

Mit dem Essen kommt die Entspannung an den Tisch. „Dein Kartoffelsalat ist der beste", schmatzt Karin und man muss es ihr einfach glauben, so wie sie strahlt. Auch ich greife beherzt zu. „Franz sagt, ich war gut gewesen", fange ich noch einmal an, über den Auftritt im TV zu sprechen. Noch immer bin ich in Sorge, mich blamiert zu haben. Petras Handy klingelt. „Es ist Silvi, sie möchte dich sprechen, Lotte." Freudig nehme ich ihr Handy entgegen. „Silvi? Ich freue mich, dich zu hören!", trällere ich los. „Seid ihr am Essen? Ohne mich?", jetzt höre ich Silvi lachen. „Wir haben einen spontanen Mädelsabend einberufen mit männlichem Schutz." So ganz versteht Silvi meine Bemerkung nicht. „Anton Wall ist unter uns Mädels. Wir sitzen in seiner Wohnung. Du weißt doch, Petra hat hier Unterschlupf gefunden", erkläre ich munter. Silvi ist informiert. „Ich habe dich im TV gesehen, Lotte. Du bist schlagfertiger als ich vermutet habe, sehr gut! Die Moderatorin war ein Biest. Ich hatte schon die Befürchtung, du lässt dir auf der Nase herumtanzen oder dich unterbuttern." Silvi bestätigt mir, ich kann mit mir zufrieden sein. Sie habe Erfahrung mit dem Fernsehen und es sei nicht immer einfach, die Gefühle zu vermitteln, die einem auf der Seele liegen. „Dafür hast du alles sehr gut gemeistert, Lotte!" Mich beruhigen ihre

Worte. „Du hast dich lieb um Petra gekümmert letztes Wochenende. Sie hat uns schon davon berichtet." Silvi lässt das Lob nicht hochkommen. „Das war doch selbstverständlich für mich. Wenn ich bei euch zu Besuch bin, dann kümmert ihr euch doch auch um mich. Freundinnen forever", ruft sie laut. „Freundinnen forever", klingt es an ihre Ohren zurück. Ina, Karin und Petra haben sofort reagiert, selbst Anton hat sich eingebracht, was uns zum Lachen bringt. „Wir sehen uns bald wieder", verabschiedet sich Silvi von uns. „Ihr schaut aber am nächsten Dienstag meine Sendung?" Ein lautes Ja aus gleich vier Mündern ist die Antwort für Silvi.

„Sie ist schon eine Liebe", höre ich Petra sagen, als sie ihr Handy wieder entgegennimmt. „Ohne Silvi wäre ich aufgeschmissen gewesen. Einsam und allein. Abhängig von einem Mann, der mich nur dazu benutzt hat, seine Ex eifersüchtig zu machen." Wir schweigen kurz. Jede von uns hängt ihren Gedanken nach. „Wahrscheinlich werde ich als Nächste nach Monaco kommen", durchbricht Karin die Stille. „Mein Direktor und ich fliegen schon nächsten Monat nach Nizza. Wir sind in Monaco im Kunstmuseum angemeldet. Antonio wird uns eine private Führung geben." Wir nicken und jede von uns hat ihre Fantasie im Kopf.

„Hey! Ihr seid gemein!" Karin legt ihr Besteck zur Seite, was mich irritiert. „Lydia Lowere wäre voller Vorfreude auf den Termin gewesen und ich will es ihr gleichtun. Ja, ich freue mich sehr und ich habe gerade keine Ahnung, in welcher Verfassung ich wieder zurückkommen werde. Eines aber ist gewiss, im Anschluss habe ich einen Mädelsabend nötig."

Auf die Worte von Karin ergreifen wir die Gläser. „Petra? Hast du noch eine Flasche kaltgestellt?" Auf meine Frage hüpft Petra sogleich auf und eilt in die Küche. „Es gibt heute auch Nachtisch für euch", sie grinst und öffnet den Prosecco mit einem lauten Plopp. „Radieschen in Quark?", Karin klingt theatralisch. „Du bist gemein, Karin!", albert Petra. „Eis gibt es für euch." Mehr kann Petra nicht sagen, Karin und ich jubeln sogleich los. „Hoffentlich kein Sorbet", wirft Karin nach. „Vanilleeis, Schokoeis und heiße Kirschen." Ich lecke mit der Zunge über meine Lippen in der Vorfreude auf die köstliche Nachspeise. „Womit haben wir uns das verdient?", möchte Karin wissen.

„Heute ist Lottes großer Tag und nach all der Aufregung hat sie das verdient." Mir wird warm ums Herz. Unsere Petra! Mir ist bewusst, es muss ihr schwergefallen sein, Bockwürstchen und Eis einzukaufen.

„Isst du mit uns?", die Frage stellt Karin, als Petra das Eis auf den Tisch stellt. „Böses Mädchen", stellt ihr Petra eine Schüssel hin. „Für mich habe ich Obst vorbereitet." Ina blickt zu Petra. „Für mich hast du auch Obst vorbereitet, Petra?", wirft Ina ein. Sie erntet dafür ein Strahlen von Petra und eine Portion Obst zum Nachtisch. „Ich habe schon vier Kilo abgenommen", dringt Inas Stimme an mein Ohr. Ich schüttele mich. „Heute will ich nichts von Kilos oder Kalorien hören, einverstanden?" Alle lachen.

Anton sitzt wie selbstverständlich unter uns, isst mit, hört zu und wirft ab und an einen Kommentar ein. „Wir machen eine kleine WG auf, Petra und ich", tönt er über den Tisch und führt im Anschluss einen Löffel mit Schokoeis in seinen Mund. Die Augen wandern zu Petra. Wir sind neugierig auf ihre Reaktion. „Mir ist etwas Verrücktes passiert", fängt Petra an zu sprechen. „Die Aushilfe von Lotte aus ihrem Café hat mir eine Telefonnummer zugesteckt. Ich solle dort anrufen. Die Nummer, so hat sie mir gesagt, gehöre zu ihrem Vater und er vermiete aktuell eine sehr moderne Wohnung, die zu mir passen könnte." So weit war ich ja schon im Bilde. „Du hast den Mann angerufen?", will nicht nur ich von Petra wissen. Sie nickt und grinst über das ganze Gesicht. „Dann gründen wir keine WG?" Antons Stimme klingt traurig. „So ein liebes Angebot zu erhalten, Anton, dafür sage ich erst einmal herzlichen Dank! Auch Lotte wollte mich aufnehmen, und dass ich jederzeit zu Ina in ihr Gästezimmer ziehen kann, geschenkt. Ihr seid meine kleine Ersatzfamilie. Doch wie in jeder Familie ist es gut, ab einem gewissen Zeitpunkt auf eigenen Beinen zu stehen, auszuziehen und sein eigenes Reich aufzubauen." Petras kleine Sprechpause nutze ich und schenke Prosecco nach. „Im Kühlschrank ist noch eine Flasche", lässt mich Petra wissen. Anton spielt mit seiner Serviette, wie ich belustigt beobachten darf. „Du bleibst aber in Limburg wohnen?", fragt er Petra. Sie nickt. „Ja, Anton. Dafür bin ich auch sehr dankbar. Überhaupt habe ich wahnsinniges Glück mit der Wohnung. Es sind 80 qm plus ein Balkon. Alle Wände sind weiß gestrichen, das Badezimmer ist hell und modern und es gibt eine weiße Küche, die der Vermieter schon eingebaut hat. Mir hat die Wohnung sogleich gefallen", Petra kichert und ergänzt: „Nicht nur die Wohnung."

Oh weh, denke ich mir. Karin kommt mir zuvor.

„Nein, Petra! Das sind mir doch zu viele Veränderung an meiner Freundin. Du willst uns jetzt nicht erzählen, der Vermieter gefällt dir?"

Petra hebt ihr Glas. „Leben und leben lassen, war das nicht immer unser Kredo?"

Ina hüstelt. Ich glaube zunächst, sie hat sich verschluckt, jedoch scheint es der Schock zu sein über die Worte von Petra. „Mir gefällt dein neues Verhalten nicht, Petra. Ich muss dir das sagen, wir sind Freundinnen und ich sehe nicht zu, wie du von einem Mann zum nächsten rennst. So schnell kann die Liebe nicht kommen und gehen", ihre Stimme wird laut. Kurz denke ich, der Abend neigt sich seinem Ende zu, doch dann höre ich Antons Worte. „Wir sind an deiner Seite, Petra. Lass dir Zeit, den neuen Mann kennenzulernen. Du wohnst vor Ort, ihr könnt euch jeden Tag treffen, wenn du es möchtest. Jetzt ist es leichter für dich als mit Marco, den du ohne einen Flug nicht sehen konntest. Keine Eile, versprochen?" Petra nickt.

Eine Nachricht von Vincenz geht auf meinem Handy ein. Ich überfliege seine Worte kurz, stecke dann beruhigt das Handy zurück in meine Tasche. Morgen früh, so mein Denken, lese ich alles in Ruhe durch und antworte meinem väterlichen Freund.

Im weiteren Verlauf berichte ich, wie gut sich meine Marzipantorte verkaufen lässt. „Kann ich das Rezept haben?" Verwundert sehe ich Karin an. „Willst du anfangen, hausfrauliche Fähigkeiten zu erlernen?" Auf meine Worte reagiert die Freundin mit Lachen. Bis halb eins am Morgen bleiben wir noch zusammen, dann klingelt Franz und holt mich ab. Ina nimmt sein Angebot mitzufahren gerne an. „Petra? Du kannst doch bei mir übernachten", drehe ich mich zu der Freundin um. „Hier in der Wohnung von Anton ist doch kein Platz für drei Erwachsene."

Meine Einwände werden nicht gehört. Nun gut, dann ist es nicht weiter mein Problem, denke ich und ziehe die Tür hinter mir zu.

„Glaubst du, es liegt an der Tatsache, dass Franz bei mir ein und aus geht?" Ina hebt die Schultern. „Zu mir ins Gästezimmer hätte Petra auch gekonnt."

Im Auto spüre ich die Müdigkeit, die Anstrengung des Tages, die Aufregung vor der Talkrunde, alles macht sich bemerkbar. „Schlaf du gut", lassen wir Ina vor ihrem Haus aussteigen. Im Wohnzimmer brennt noch Licht. Mich freut es sehr, dass Ina inzwischen in einer glücklichen Beziehung lebt.

„Wie beim Einstieg in ein Karussell zeigt sich die Liebe bei uns Freundinnen", sinniere ich beim Betreten meines Hauses. „Muss ich das verstehen, Lotte?" Franz nimmt mich in seine Arme. „Du warst sehr gut heute in der Talkrunde. Frau Krautwinkel hingegen hat mich enttäuscht", küsst er mich im Anschluss leidenschaftlich. Ja, so mein Gedanke, von Frau Krautwinkel kann ich keine Unterstützung erwarten. „Es gibt solche Menschen. Die sind an deiner Seite, wenn der Erfolg dich küsst, beim Abstieg steigen sie aus dem fahrenden Zug und suchen das Weite."

„Hey, was machst du mit mir?" Franz nimmt mich auf seine starken Arme und trägt mich hinauf in das Schlafzimmer. „Jetzt fängt das Verwöhnprogramm an."

Der nächste Morgen

Ungewöhnlich lange habe ich geschlafen. Gut, bis ich eingeschlafen bin, war es schon drei Uhr am Morgen.

Kein Wunder, dass ich erst jetzt, gegen 10 Uhr, aufgewacht bin. Neben mir liegt Franz und schlummert noch. Ich achte auf seinen Atem und bin froh, ihn in meiner Nähe zu haben. Rasch husche ich aus dem Bett und verschwinde in meinem Badezimmer. Die Dusche stelle ich auf kalt, damit ich richtig wach werde. Noch einmal gehen mir die Erlebnisse des gestrigen Tages durch den Kopf. Die Talkrunde, das Mädelstreffen bei Petra, ihre Aussage, eine neue Wohnung gefunden und einen Mann kennengelernt zu haben, ebenso. Wir haben versprochen, Petra beim Umzug zu helfen. „Ich besitze ja keine Möbel mehr, daher wird es schnell gehen", gab sie bedrückt zu. Ina hat auf ihrem Speicher noch ein Bett, den passenden Nachtschrank und einen kleinen Kleiderschrank. Diese Möbel werden wir für den Anfang in die Wohnung stellen. Ich kann mit einer Kommode und einem Spiegel helfen. Anton hat Petra die Hälfte seines Geschirrs angeboten. „Ich lebe ja doch allein. Was soll ich mit einem 12-teiligen Geschirr anfangen?", betonte er. Petra war gerührt über die Unterstützung.

Das Badezimmer verlasse ich mit einem Strahlen im Gesicht. Mein Leben verläuft gerade in geordneten Bahnen, was nicht immer so war. Mit einem frischen Kaffee und einem Stück Gouda setze ich mich an meinen Schreibtisch. Meine Leserinnen haben es verdient, von der Talkrunde zu erfahren.

Überrascht bin ich, die vielen Kommentare zu sehen, die meine Leserinnen mir noch am gestrigen Abend gesendet haben.

„*Liebe Lotte,*

mein Name ist Bernadette. Ich lese seit vielen Jahren mit Freude Ihre Kolumnen. Ab und an ist auch ein Kopfschütteln dabei, was ich offen bekunden kann. Sie leben rasant, erleben sehr viel mehr als ich es tue. Eventuell liegt darin der Reiz, Ihre Zeilen immer wieder zu erwarten und zu lesen. Am gestrigen Abend saß ich mit meiner besten Freundin vor dem Bildschirm. Wir hatten uns zuvor einen Teller mit Kartoffelsalat à la Ina gegönnt und eine Bockwurst. Mit einem Glas Prosecco haben wir die Fernsehsendung verfolgt. Sie haben sich sehr gut verteidigt gegen die anfänglichen Angriffe der Moderatorin. Enttäuscht sind wir vom Verhalten Ihrer Chefredakteurin, Frau Krautwinkel. Sie hätte sich einbringen und Lotte Wolke verteidigen müssen, was sie nicht getan hat. Leider! Umso begeisterter sind wir von dem Psychologen.

Meine Freundin und ich haben gegoogelt. Der Mann, Doktor Alfred von Tann, war ein Glücksfall für Sie. Ich erwäge, mir einen Termin bei dem Mann geben zu lassen. Offen zugeben darf ich, auch in meinem Leben gibt es Höhen und Tiefen, die ich nicht immer allein verarbeiten kann. Meine beste Freundin hat immer ein offenes Ohr für mich, doch ab und an suche ich professionelle Unterstützung, um mein Leben zu meistern. Im Internet habe ich gelesen, was Ihre neue Freundin Silvi Lewe geschrieben hat. Sie ist ja ganz begeistert von Ihnen.

Freundinnen sind wie Sterne am Himmel. Ohne sie wäre das Leben dunkel.

Mit besten Grüßen
Ihre
Bernadette

Mir gefällt, was ich von Bernadette habe lesen dürfen. Neugierig bin ich jedoch auf die Zeilen von Silvi. Den Beitrag habe ich rasch gefunden.

Lotte Wolke schreibt wunderschöne Kolumnen, die jeder Frau aus dem Herzen sprechen. Mit ihrer Offenheit, auch Einblicke in das private Leben zu schenken, punktet sie bei den Leserinnen. Ich habe Lotte Wolke persönlich kennengelernt und darf sagen, wir haben uns angefreundet.

Auch die anderen Frauen der Mädelsrunde, Ina, Petra und Karin, habe ich getroffen. Wo kann sich eine Frau gelöster bewegen als im Umfeld der Freundinnen? Wem kann Frau mehr vertrauen als den Worten der besten Freundin? Wo findet Frau mehr Halt in der Not als bei der besten Freundin? Die Liste könnte ich noch erweitern, doch ich denke, meine Anspielung wird richtig aufgenommen und meine Worte verstanden. Nur mit der besten Freundin an der Seite ist das Leben zu meistern.
Auch am gestrigen Abend waren Karin, Ina und Petra an der Seite von Lotte mit im Studio. Mir war es leider nur vergönnt, in meinem Wohnzimmer vor dem Fernseher zu sitzen. Immerhin!
Lottes Beichte über die Lüge zu ihrem Privatleben hat vor einigen Wochen für Aufsehen gesorgt. Einen Fehler zuzugeben, vor der Öffentlichkeit zu bekennen, mein Verhalten war falsch und ich entschuldige mich, das ist großes Kino. Viel einfacher ist es doch, einfach schweigen, die Lüge noch etwas zu untermalen, bis Gras über die Angelegenheit gewachsen ist. Lotte Wolke jedoch steht zu ihrem Verhalten und dafür bewundere ich die neu gewonnene Freundin. Zeigt es mir doch, sie hat Herz und ist in der Lage, ihre Gefühle offen zu bekunden. Wenn mehr Menschen so offen mit ihren Fehlern umgehen würden, wäre das Miteinander einfacher.

238

Die anfänglichen Anschuldigungen der Moderatorin fand ich unangebracht. Sie wollte sich auf Kosten von Lotte Wolke profilieren. Zum Glück hat Doktor von Tann, der Psychologe, dies erkannt und Lotte beigestanden. Menschen mit Weitsicht lassen sich nicht täuschen, diese Worte sende ich an die Moderatorin.

Schon heute freue ich mich auf die nächste Kolumne von Lotte Wolke.

Eure
Silvi

Gerührt lehne ich mich in meinem Stuhl zurück. Aus der Küche klingt ein Geräusch bis an meine Ohren. „Franz?", stehe ich von meinem Stuhl auf. „Du machst Rührei für uns?" In der Küche angekommen muss ich strahlen. „Mir geht es so gut, Franz." Ich lege meine Hand auf seine Schulter und blicke zufrieden auf die Pfanne mit den Eiern. „Gerade läuft alles perfekt in meinem Leben. Mit dir bin ich so glücklich, wie noch nie. Mit meinen Freundinnen ist alles gut", ich stocke. Mir kommt Petra in den Sinn und die Gewissheit, sie braucht in den nächsten Tagen viel Unterstützung. Außerdem ist die Zukunft von Karin noch offen. Ihre Reise mit dem Direktor nach Monaco, so ganz begeistert bin ich nicht von der Idee.

Sie liebt den Mann. Beide hatten ein Verhältnis, doch dann hat er sich für seine Familie entschieden. In meinen Augen wird er Karin nach der kleinen Reise wieder sitzenlassen. Ob sie dann Dresden den Rücken kehrt? Ich stöhne leise. „Liegt es an dem Rührei oder wieso stöhnt meine Freundin?" Franz dreht sein Gesicht zu mir, er lächelt mich an. „Ich habe gerade an Petra und Karin denken müssen. Beide sind aktuell als Single unterwegs." Franz nickt, widmet sich im Anschluss wieder dem Frühstück für uns. „Dann decke ich den Tisch im Garten", öffne ich die Tür und bleibe für einen Moment auf der Schwelle zum Garten stehen. Wie schön mein Garten doch ist. Wild gewachsen, blühend und bunt liegt er vor mir. So liebe ich mein kleines Naturreich. In den Augen von Ina ist es unordentlich, aber für mich ist es ein Stück des Paradieses.

Karin

Das Wochenende ist nur so verflogen. „Mit tut es sehr leid, Petra, jetzt wieder abreisen zu müssen. Deine Wohnung wird sehr schön. Mir gefällt der Zuschnitt und die Tatsache, es kommt viel Licht in die Räume. Das passt zu dir." Meine Umarmung ist herzlich und gleichzeitig spüre ich Wehmut im Herzen, die Freundin jetzt alleinzulassen.

Auf meiner Fahrt im ICE springen die Gedanken nur so durch meinen Kopf. Mir gelingt es nicht, die Augen zu schließen und ein wenig zu schlafen. Neben den Sorgen um Petra und ihrer Zukunft habe ich auch Angst um die meine. Was wird mich in Dresden erwarten? In den nächsten Wochen kann ich in der Künstlerwohnung leben, eine Dauerlösung ist es nicht. Gestern war ich mit Petra ihre Wohnung ansehen. Mir hat gefallen, was ich sehen durfte. Eine Etage über Petras neuer Wohnung ist noch eine Wohnung frei, was mir direkt aufgefallen ist. Ein Wink des Schicksals? Wer weiß! Bei einem Umzug muss ich mir erst einmal wieder eine neue Arbeit suchen. Vincenz kommt mir in den Sinn. Ob er mir helfen wird? Aktuell baut er selbst eine Wohnanlage, die jedoch noch Monate in Anspruch nehmen wird, bis sie fertiggestellt ist. Kann ich Vincenz fragen, ob er mir einen Job anbietet. Die Frage wird aufkommen, was genau ich tun möchte. Welche Erwartungen habe ich und was kann Vincenz mir anbieten? Mir wird schummrig in der Gewissheit, Vincenz hat keinen Job für mich oder zumindest keinen, bei dem ich meine Erfahrungen einbringen kann. Ich liebe die Kunst, damit haben wir eine Verbindung. Leider nur ist mir nicht bekannt, dass Vincenz an einer Galerie beteiligt ist. Plötzlich habe ich eine Eingebung. Rasch bringe ich mein Handy zum Vorschein. „Petra?", hektisch fange ich an zu sprechen. „Geht es dir nicht gut, Karin?" Meine Freundin ist überrascht, dass ich schon anrufe, obwohl wir uns erst vor einer Stunde verabschiedet haben. „Hast du etwas vergessen?" Ich kann sie beruhigen. „Mir geht es so weit gut und vergessen habe ich auch nichts", gebe ich Auskunft. Dann erkläre ich Petra meine spontanen Gedanken. „Du hast mir doch erzählt, in dem Haus, in dem deine neue Wohnung ist, entsteht in der unteren Etage eine Galerie." Petra lacht, es klingt sehr sympathisch für mich. „Soll ich für dich auch die Wohnung über mir reservieren lassen?" Mir fehlen die Worte. „Petra! Du kombinierst aber schnell", lache ich zurück. „Meine Freundin! Mir gefällt der Gedanke, dich in meiner Nähe zu haben. Ein Stück Familie." Mir läuft eine Träne über die Wange. Petras Worte tun mir gut. „Ich werde mich erkundigen, ob die Galerie schon vermietet ist und wenn ja, ob es Bedarf für eine gute Mitarbeiterin gibt." Unvermittelt strahle ich. Die Worte von Petra, sie tun mir gut. „Lieben Dank, Petra. Ich habe gerade das Gefühl mir fehlt der richtige Halt in meinem Leben."

„Und dein Direktor vom Kunstmuseum? Die geplante Reise nach Monaco?" Diese Fragen von Petra lasse ich offen. Zu meiner Erleichterung hakt sie nicht nach. Petra ist ein lieber Mensch, denke ich und beende das Telefonat. Immerhin habe ich jetzt einen Plan B für die Zukunft. Ab morgen, so nehme ich mir vor, denke ich intensiv über mich, mein Leben in Dresden und meine Zukunft im Allgemeinen nach. Die Idee, in der Zukunft in Limburg zu wohnen, bestenfalls in der Galerie zu arbeiten, sie gefällt mir. Langsam spüre ich, dass mein Körper sich entspannt. Zufrieden blicke ich aus dem Fenster, für den Moment ist die Angst um meine Zukunft gemildert.

Einige Wochen später

Silvi

Auf meiner Fahrt vom Flughafen in mein Zuhause muss ich an die Mädels denken. Karin wollte sich schon vor zwei Wochen gemeldet haben, mir ankündigen, wann sie mich besuchen kommt. Sie wird doch nicht in Monaco gewesen sein, ohne mich zu kontaktieren? Der Gedanke quält mich. Mein Handy zücke ich automatisch. „Karin? Hier ist Silvi. Wie geht es dir?" Karin hüstelt, sie ist verlegen. „Ach, Silvi! Ich wollte mich auch schon lange bei dir melden. Aus meiner Reise nach Monaco ist leider nichts geworden. Mit den Männern habe ich kein Glück, zumindest aktuell nicht. Dafür gibt es viele andere Neuigkeiten, die ich dir aus meinem Leben berichten möchte." Ich schmunzele. „Gut, dann berichte mal. Ich war schon enttäuscht bei dem Gedanken, du hast mich vergessen." Karins Schilderungen, ihre Beweggründe, die Unterstützung ihrer Freundinnen bei der Umsetzung der neuen Idee beeindrucken mich. „Wir müssen uns bald wiedersehen!" Mein Entschluss ist gefasst. „In vier Wochen kann ich euch besuchen. Eigentlich muss ich dann nach London fliegen. Ich werde einen Stopp in Frankfurt einlegen und euch besuchen", teile ich Karin mit.

„Mädelstreffen bei Petra in der neuen Wohnung!", höre ich sie sagen, Karins Stimme klingt wieder optimistisch, was mich beruhigt. „Wir sehen uns! Grüße mir Lotte, Ina und Petra!", dann muss ich das Telefonat beenden. Heute Abend muss ich noch einer Einladung folgen. Kurz schiele ich auf meine Armbanduhr. Meine Gedanken hängen noch immer bei Karin, Petra, Ina und Lotte. Mir kommt in den Sinn, die aktuelle Frauenzeitschrift, für die Lotte schreibt, muss veröffentlicht sein. Die Zeit drängt und doch gönne ich mir vorab den Ausflug zum nächsten Kiosk, wo ich auch eine deutsche Zeitschrift kaufen kann.

Meine Freude ist sehr groß, als ich die Zeitschrift in den Händen halte. Noch einmal blicke ich auf meine Armbanduhr und dann entscheide ich mich für einen kleinen Abstecher in mein Lieblingslokal.

„Darf ich Ihnen einen Champagner bringen?" Der Kellner begrüßt mich lächelnd. Ich werde an den Tisch geführt, wo ich das erste Mal mit den neuen Freundinnen zusammengekommen bin.

„Heute lieber einen Cappuccino. Der Tag ist noch lang", gebe ich dem Kellner seine Antwort. Unvermittelt öffne ich die Zeitschrift. Bevor der Kellner zurück an meinen Tisch kommt, habe ich die Kolumne gefunden.

„Meine lieben Leserinnen,

wieder einmal hat sich meine kleine Welt rasant gedreht in den letzten Tagen. Meine Freundin Petra hat ihre Wohnung gefunden und der Umzug ist schon fast ausgeführt. Wenige Teile fehlen noch, um etwas Gemütlichkeit in die Wohnung zu bringen. Doch damit kann sich Petra in den kommenden Tagen beschäftigen, sie hat Urlaub. „Ich schlafe wieder tief und fest", hat Petra mir mitgeteilt. Die eigenen vier Wände tun der Freundin sehr gut.
Unser nächster Mädelsabend wird mit Sicherheit in der neuen Wohnung stattfinden, was nicht nur mich freut. Anton Wall möchte am liebsten auch an unseren Mädelsabenden teilnehmen. Nach meinem Fernsehauftritt war der Künstler in unserer Mitte. Ich darf zugeben, mit Anton kommen noch einmal neue Sichtweisen an den Tag, die uns sicherlich helfen können.
Anton lebt noch immer über meinem Café in Limburg. Wie gewohnt herrscht das Chaos in seinen Räumen und bei jedem meiner

Besuche muss ich sehen, einen Sitzplatz zu finden, alles steht mit großen Leinwänden und Farbtöpfen voll. In diesen Momenten wandern meine Gedanken zurück in die alte Villa in Frankfurt. Antons großer Wunsch, die alte Villa meiner Tante Lydia Lowere zurückzukaufen, steht noch in den Sternen. Die Einnahmen aus der Vernissage in Dresden sind als beachtlich zu bezeichnen, jedoch ist Anton in sein altes Muster verfallen und hat sich erst einmal einen schicken Wagen gegönnt, was nicht billig gewesen sein dürfte. Immerhin hat er auf einen Chauffeur verzichtet. Ich muss grinsen bei dem Gedanken. Unser Künstler hat eine Vorliebe für das Außergewöhnliche. Mich erinnert sein Verhalten an meine Tante Lydia Lowere. Die neuen Anzüge, die Anton sich hat schneidern lassen, sie schmeicheln ihm. Unser lieber Freund versteht es, sich in Szene zu setzen.

„Verrücktheiten sind das Schönste im Leben. Ich liebe bunte Farben und ich liebe es, die leuchtenden Sterne in der Nacht am Himmel zu beobachten", gab mir Anton heute mit auf den Weg. Was soll ich dazu sagen? Mir gefällt es zu sehen, unserem Freund geht es gerade sehr gut und wenn das nächste Tief kommt, sind wir an seiner Seite!

Für den Moment habe ich gehofft, Anton kann die alte Villa zurückkaufen und somit erhalte auch ich wieder eine Gelegenheit, diese Räumlichkeiten zu sehen, in denen Lydia Lowere so glücklich war. Schauen wir mal, was die Zukunft noch bringt. Anton arbeitet schon wieder an einer neuen Serie mit dem Titel: Strahlende Sterne. Eine Ausstellung im Kunstmuseum in Monaco ist sein Ziel. Somit haben wir wieder einen Grund, Silvi zu besuchen. Diese Aussicht gefällt mir gut!

Beste Freundinnen können vor dem Ertrinken retten und mit niemand anderem kann ich so herrlich meine Zukunft planen, meine Ideen bereden, selbst wenn diese noch nicht bis zu Ende geplant sind.

Mein Freund ist in diesen Momenten nicht die richtige Adresse als Zuhörer. „Denke doch erst einmal nach, Lotte, bevor du sprichst", durfte ich schon von ihm hören. Gut, ich darf zugeben, manche Ideen kommen in meinen Kopf und unvermittelt spreche ich darüber, was sicherlich nicht immer klug ist. Karin, Ina und Petra nehmen es gelassener auf.

Franz hat andere Vorzüge und genau diese liebe und genieße ich auch sehr gerne. Wäre Petra zu mir in mein altes Haus gezogen, ich müsste mich und meine Vorlieben zurücknehmen. „Ich passe nicht dazu, Lotte. Franz und du, ihr lebt und liebt eure Vorlieben beim Sex aus, da störe ich nur", gab sie mir mit auf den Weg.

Meine Freundin Petra wird sich in der neuen Wohnung wohlfühlen, wie ich auch schon berichtet habe. Im Erdgeschoss des Hauses entsteht eine Galerie. Hiervon wird Limburg profitieren und ebenso ich. Die Vorstellung, auch Karin fühlt sich durch die Galerie angezogen und kommt uns öfter besuchen, freut mich. Am liebsten möchte ich hören, Karin zieht wieder in meine Nähe und somit hätte ich wieder alle meine Freundinnen in unmittelbarer Nähe. Karin liebäugelt in der Tat damit, zurückzukommen. Auch sie ist ein Fan von hellen und modernen Räumlichkeiten, so wie sie auch Petra liebt.

Für mich wäre eine moderne Wohnung keine Alternative zu meinem alten Haus in Bremberg. Ich liebe die kleinen Räume und genieße die Gemütlichkeit, die ich in meinem Haus habe. Dass meine Treppenstufen quietschen, wenn ich diese betrete, geschenkt. Mich stört es nicht. Petra ist mondäner und somit passt eine helle und moderne Wohnung gut zu ihr. Karin braucht für ihre Kunst, die sie selbst auch sammelt, große Wände. Wir Freundinnen sind sehr unterschiedlich und gerade hierin liegt der Reiz. Unsere Treffen sind immer gespickt mit unterschiedlichen Ansichten und daher niemals langweilig.

Beim nächsten Mädelstreffen in Petras neuer Wohnung werde ich meinen Freundinnen vorschlagen, auch im nächsten Jahr gemeinsam zu verreisen. Unvermittelt fällt mir Silvi ein und sicherlich werden wir auch darüber sprechen, sie zu besuchen. Noch immer bin ich von ihrem Verhalten angetan. Uns spontan zu besuchen, das war eine große Überraschung!

Meinem väterlichen Freund Vincenz werde ich später auch noch schreiben. Seine Rückmeldung zu meinem Auftritt im Fernsehen war liebevoll und ehrlich. Vincenz schafft es immer, den Punkt zu treffen, zu sagen, was er denkt, ohne sich zu verbiegen. Eine Kunst, die nicht viele Menschen beherrschen. In seiner letzten Nachricht hat er von einem imposanten Gebäude geschrieben, das er gekauft habe. Er lädt mich, Karin, Ina, Petra und Anton für nächstes Wochenende ein, gemeinsam mit ihm das neue Gebäude in Augenschein zu nehmen. Ein richtiges Geheimnis hat Vincenz um den Standort gemacht. Meine Fantasie geht natürlich schon auf Reise, aber ich versuche, mich noch zurückzuhalten. Zumindest für diesen Moment schweige ich einmal zu meinen Gedanken.

Mit meiner nächsten Kolumne gewähre ich meinen Schwestern im Geiste Einblicke in die neue Wohnung von Petra und dem Mädelsabend. Ebenso erwarte ich eine Neuigkeit von Karin. Wird sie in meine Nähe ziehen? Spannend wird auch die Frage: Findet die Reise von Karin nach Monaco ins Kunstmuseum eventuell doch noch statt? Immerhin ist Silvi dann vor Ort und kann Karin zur Seite stehen. Bis zu meiner nächsten Kolumne dürfte auch das Geheimnis von Vincenz gelöst sein. Die nächsten Tage werden aufregend werden!

Wieder einmal kommt mir meine Tante Lydia Lowere in den Sinn. „Lebe und genieße mit allen Sinnen, solange es dir vergönnt ist. Fragen nach dem Morgen sind ebenso sinnlos wie ein

Blick zum Gestern. Die Zeit zurückzudrehen, ist niemandem vergönnt. Was kommen mag, nehmen wir an mit der gehörigen Portion Optimismus und Sonne im Herzen."

Ich liebe die Weisheiten meiner Tante!
In diesem Sinn, meine lieben Leserinnen, verabschiede ich mich für heute von euch.

Eure
Lotte"

Der Kellner kommt noch einmal an meinen Tisch, als ich gerade mit dem Lesen der Kolumne fertig bin.

„Sie sehen so zufrieden aus. Haben Sie etwas Schönes gelesen?" Zufrieden und mit einem Lachen im Gesicht stehe ich auf. „Ich habe für den Augenblick meine Freundinnen getroffen und nun trage ich die schönen Momente in meinem Herzen."

Mit offenem Mund sieht der Kellner mich fragend an. „Wir sehen uns wieder", gehe ich zu meinem Auto.

Noch am Abend habe ich Lotte, Ina, Karin und Petra im Kopf.

„Wir sehen uns in vier Wochen, ich freue mich sehr auf meine Freundinnen", tippe ich rasch in mein Handy, drücke im Anschluss auf Senden.

Best friends forever! Mit dem Gedanken nehme ich meine Handtasche und folge meinem Papio zu unserem Auto.

„Das Leben kann so schön sein", strahle ich ihn im Wagen an. „Ich muss das jetzt nicht verstehen, Silvi?" Mein Grinsen muss ihm als Antwort genügen.

Lotte

Auf meine Kolumne habe ich erneut sehr viele Rückmeldungen erhalten. Meine Leserinnen sind ebenso neugierig wie ich auf das Geheimnis von Vincenz. Die ersten Spekulationen nehmen Form an. Wer nur Recht behalten wird?

„Bleib locker, Lotte", hat Franz meine Gedanken weggeküsst. Er versteht es, mich aufzulockern, nicht nur im Kopf!

Am kommenden Freitag findet unser nächster Mädelsabend bei Petra in der neuen Wohnung statt. Mich freut es, dass auch Karin ihr Kommen angekündigt hat. „Ich habe Neuigkeiten im Gepäck!", hat auch sie in Rätseln gesprochen. Meine Freundinnen lieben es gerade, Geheimnisse zu haben und mich somit im Argen zu lassen. Nun gut, ich werde auch dieses Rätsel in wenigen Tagen gelöst wissen. Und am Samstag starten wir mit Vincenz in ein neues Abenteuer. Für mich als Autorin kann es nichts Schöneres geben als die Abwechslung in meinem Leben. Stopp! Mit Franz benötige ich gerade keine Abwechslung, alles ist top und ich bin mehr als glücklich.

„Leben und leben lassen", der Spruch von Lydia Lowere, meiner verstorbenen Tante, ist noch immer aktuell.

Am liebsten möchte ich schon heute für meine Leserinnen eine neue Kolumne schreiben, doch ich warte noch das nächste Wochenende ab.

Meine Chefredakteurin, Frau Krautwinkel, hat sich gemeldet, endlich! Sie ist nicht mehr auf den TV-Auftritt eingegangen, immerhin habe ich einen neuen Auftrag, was mir für den Moment ausreicht.

Das neue Thema lautet Heißer Flirt im Gepäck. Mal schauen, was ich dazu schreiben kann, so meine Überlegung. Spontan muss ich grinsen. Mit einem Mal habe ich schon eine Idee im Kopf.

Mehr von Lotte, Ina, Petra und Karin finden Sie
in den weiteren Frauenromanen von Manuela Lewentz:

Manuela Lewentz

Suche Mann zum Renovieren

Roman

Mittelrhein-Verlag

Suche Mann zum Renovieren
(1. Roman aus der Serie um Lotte)

Ausgerechnet Lotte, die gerne in den Tag hineinlebt und viel Zeit für ihre kreativen Augenblicke braucht, soll eine Villa in Frankfurt geerbt haben? Dabei kennt sie die edle Spenderin nicht einmal. Lydia Lowere, eine Dame der High Society, hat Lotte für ihr Erbe ausgesucht. Doch, was um alles auf der Welt hat diese Lady dazu bewegt? Lotte weiß sich keinen Rat. Von einer Verwandtschaft mit dieser Frau ist ihr nichts bekannt. Bei einer Recherche im Internet stößt Lotte auf das Foto von Lydia Lowere, das Konterfei hat sie nun wenigstens schon einmal gesehen. Ob sie von Lottes Geldproblemen wusste? Dann ist auch noch die Sache mit der Kolumne. Für ein Magazin soll sie die perfekte Kontaktanzeige entwerfen und Tipps geben, wie man sich einen Traummann angelt. Bei den Recherchearbeiten bezieht Lotte ihre besten Freundinnen mit ein-romantische Turbulenzen sind vorprogrammiert.

Einblick:
Lotte

Es ist einer dieser herrlich warmen Tage, die viel zu kostbar sind, um sie nicht im Freien zu verbringen. Ich gehöre zu den Menschen, die in der Sonne aufblühen, kreativ werden und Ideen entwickeln, die jedoch im Winter, wie unter einem Schleier verborgen scheinen.

Am Mittag habe ich meine Freundin Ina auf ihrer Arbeit angerufen. Ich weiß, dass ihr Marc heute Abend zum Tennisspielen mit seiner Mannschaft verabredet ist. Diese Abende gehören seit Langem uns Mädels, meistens sitzen wir, wie auch heute, zusammen in meinem alten, verwilderten Garten, vor uns ein Glas Wein auf dem Tisch und eine Platte mit belegten Broten. Bereits seit Mittag freue ich mich darauf! Es soll ein schöner und entspannter Abend werden, so habe ich es mir gewünscht. Bei meinem Treffen mit Ina, die immer unkompliziert verlaufen, kann ich auf ein Styling meiner Haare und besondere Kleidung getrost verzichten, was meiner Natur sehr nahe kommt.

Als Ina meinen Garten betritt und ich sie sehe, kommt sie mir gleich verändert vor. Der Gesichtsausdruck ist alles, nur nicht gelöst und positiv. Ich denke mir, hoffentlich wird es trotzdem ein entspannter Abend, so wie ich es mir vorgestellt habe. Die Begrüßung ist freundlich, jedoch, wie ich es empfinde, gespielt.

„Alles in Ordnung mit dir?" Ich sehe meine Freundin fragend an und beobachte, wie sie sich auf den Gartenstuhl setzt. „Es geht nicht um mich", eröffnet Ina einen Redeschwall, der sich in den nächsten Minuten über mich ergießt.

Zunächst versuche ich noch, lächelnd alles an mir abprallen zu lassen, doch das, was ich mir anhören muss, weckt meinen Unmut.

Probleme mag ich nicht, doch wer kann das schon von sich behaupten? Meine Freundin Ina findet meine Art, mit Problemen umzugehen unmöglich.

„Lotte, du musst endlich lernen, den Tatsachen ins Auge zu sehen, dein Verhalten gleicht einem pubertierenden Teenager", ist nur einer ihrer guten Ratschläge.

„Danke, liebe Freundin, für das Kompliment, noch so viel Jungendlichkeit auszustrahlen", kommt prompt meine Antwort.

Manuela Lewentz

Prinz
gesucht-

Frosch geküsst

Mittelrhein-Verlag

Prinz gesucht – Frosch geküsst

Die neue Recherche für Lottes vierteljährliche Kolumne soll nur ein Job sein, doch dann gerät Lottes Leben mal wieder so richtig durcheinander. Das Thema Rund um die ideale Beziehung wirbelt in ihrem eignen Leben so einiges durcheinander.

Immerhin die letzten Monate war Lotte im siebten Himmel. Der Aufenthalt auf Wolke 7 war jedoch zeitlich begrenzt.

Der Alltag mit seinen Tücken und nervenden Wahrheiten kam zu rasch. Nur, so fragt sich Lotte inzwischen, wieso verwandeln sich einige Prinzen nach dem Küssen zu einem Frosch, den man lieber nicht mehr küsst und mit in sein Bettchen nimmt?

Nur gut, dass Karin und Ina in der Nähe weilen und gemeinsam mit Petra stets für die nötige Abwechslung in Lottes Leben sorgen. Die lange vermissten Mädelsabende mit Sekt und Chips als Ausgleich zu fehlendem Sex zu sehen, fällt Lotte trotzdem schwer.

Dann steht plötzlich dieser Wagen vor Lottes Gartentür und mit dessen Fahrer kommt Unruhe ins Haus.
Liebesabenteuer sind nicht ausgeschlossen.
Ein lustiger Roman, der der Wahrheit sehr nahekommt.

Manuela Lewentz

Männer sind wie Sahnetorte

Verführerisch bis zum letzten Biss

Mittelrhein-Verlag

Männer sind wie Sahnetorte
Verführerisch bis zum letzten Biss

„Männer sind wie Sahnetorte – verführerisch, anziehend bis zum letzten Biss. Wie die unnötigen Kalorien der süßen Leidenschaft kleben sie oft viel zu lange an uns, nicht nur an den Hüften."

Lydia Lowere hat diesen Spruch geliebt. Lottes Tante lebte so unkonventionell, liebte das Leben, die Männer, natürlich auch das Geld.

Ob Lotte die Gene ihrer Tante in sich trägt? In den letzten Wochen und Monaten war ihr Leben einer Tristesse gewichen. Doch damit ist nun Schluss! Lotte geht auf Kreuzfahrt. Als Nebeneffekt der Reise hofft Lotte, endlich ihren Traumprinzen zu treffen. Unerwartet trifft Lotte an Bord den Mann, mit dem sie schon seit Monaten eine heimliche E-Mail-Bekanntschaft pflegt. Sein Erscheinen sorgt für Turbulenzen. Wie zum Angriff auf das neue Leben packt Lotte ihren Koffer, obenauf den roten Bikini.

„Herrlich witzig, fröhlich und verfeinert mit dem Gewürz des wahren Lebens, der Liebe und der Freundschaft mit all ihren Höhen und Tiefen."

Einblick:
Lotte

„Die Farbe Rot soll eine Signalfarbe für gewünschte Aufmerksamkeit sein." Wenn an diesen Worten von Ina ein Fünkchen Wahrheit ist, umso schöner! Verrückt, dass ich gerade jetzt an diesen Spruch von ihr denken muss. Lachend ruht mein Blick auf dem roten Bikini, der obenauf in meinem bereits gepackten Koffer liegt. Eine Woche Urlaub auf einem Schiff und damit eine Woche Dolce Vita liegen vor mir. Mein Körper und meine Seele brauchen diese kleine Auszeit vom Alltag. Wie ich mich auf diesen Urlaub freue! Meine Leidenschaft, sämtliche Rätsel in Zeitschriften und Zeitungen auszufüllen, scheint mein Glück angekurbelt zu haben.

Kreuzworträtsel entkommen mir nie. Selbst beim Friseur oder beim Arzt fingere ich gezielt diese Seiten hervor und fange unvermittelt an, sie auszufüllen. Kochtöpfe, Fußmatten, kleine Geldbeträge bis 50 Euro, Stiefel, einen Rucksack und die Lampe im Flur sind auf diesem Weg in mein Leben gekommen.

Gut, die Stiefel waren nicht meine Größe, vier Fußmatten mussten es auch nicht sein und dass meine Kochtöpfe alle unterschiedlichen Dekors sind, geschenkt.

Manuela Lewentz

Herzensbrecher günstig abzugeben

Mittelrhein-Verlag

Herzensbrecher günstig abzugeben

„Männer sind wie Kaugummi, erst knackig und erfrischend, später nur noch zäh und fade", so Lydia Lowere.

Seit Lotte, die alten Briefe ihrer verstorbenen Tante gelesen hat, ist sie davon überzeugt, ihr Leben ändern zu wollen. Mit Franz läuft es zwar gut, jedoch fehlen Lotte die Highlights, die kleinen Wunder des Alltags, das prickelnde Extra.

Ein Mann, der nicht auf rote Dessous reagiert, ist doch nicht normal!

Immerhin, die Abende mit ihren Freundinnen lassen hoffen und sorgen nach wie vor für gute Laune.

Der Anruf von Karin kommt, als Lotte mit Petra und Ina im Garten sitzt. Ihr anschließender Entschluss, gleich nach Dresden zu fahren, ist rasch gefasst. Was Lotte nicht ahnt, es warten wieder einmal viele Abenteuer auf die Freundinnen.

Manuela Lewentz

Heißer Flirt im Gepäck

Mittelrhein-Verlag

Heißer Flirt im Gepäck

„Das Leben, so meine Überzeugung, kann grandios sein, von herrlich leicht bis in der Liebe verrucht", so Lydia Lowere, Lottes Tante.

Statt eines gemütlichen Mädelsabend mit Prosecco und Chips in Lottes Garten, starten die Freundinnen zu einer Kreuzfahrt.

Abenteuer sind das Feuer im Leben, so Lottes Credo. Nebenbei erhofft sich Lotte an Bord einen netten Mann zu treffen. Nicht gerechnet hat sie mit dem Tumult, der sich anbahnt, und ebenso wenig mit dem netten Kellner, der ihr Rotwein serviert. Für eine gehörige Portion Aufregung sorgen die Worte von Vincenz. Doch nicht nur er bringt die Stimmung zum Knistern. Dafür sorgen auch die Überraschungsgäste, die Herzen höherschlagen lassen.

Humorvoll und spannend zugleich, der neue Roman von Manuela Lewentz.

Manuela Lewentz

Küssen
statt reden

Mittelrhein-Verlag

Küssen statt reden

„Zuckerwatte gehört zur Kirmes- wie guter Sex zu mir", so Lydia Lowere.

Lottes Tante liebte das Leben. Für Lotte wäre gerade schon die Zuckerwatte ein kleines Highlight in ihrem Leben. Nicht, dass Lotte sich über ihr Liebesleben beklagen müsste und doch fehlt ihr das prickelnde Extra in ihrem Leben. Wieso nur werden Männer im Laufe einer Beziehung so faul und vergessen es, die Freundin einmal wieder zu verwöhnen, nicht nur beim Sex?

Die gemütlichen Abende mit den Freundinnen bei Prosecco, Kartoffelsalat und Chips sind Lottes Highlight der letzten Wochen geworden. Anders verhält es sich mit Franz. Er entpuppt sich einmal mehr als Fehlgriff und bringt Lottes Gefühle erneut ins Wanken. Kein Wunder, dass Lotte ihrem alten Strickmuster verfällt und wieder eine Kontaktanzeige verfasst. Mit den Antworten der willigen Kandidaten kommt Unruhe ins Haus.

Liebe, so denkt Lotte, sie ist wie Pudding. „Ich liebe Pudding, kann ihm nicht aus dem Weg gehen, trotzdem tut er mir nur kurzfristig gut und hängt im Anschluss zäh auf meinen Hüften fest", so Lottes Credo.

Manuela Lewentz

Naschen erlaubt

Zuckerstücke
braucht die Liebe

Mittelrhein-Verlag

Naschen erlaubt-
Zuckerstücke braucht die Liebe

„Ich liebe es zu naschen, nicht nur Schokolade", so Lydia Lowere, Lottes Tante.

Lydia hat es verstanden, zu leben und mit allen Sinnen zu genießen, das Leben und die Männer. Die Gene der Tante sind leider nicht 1 zu 1 bei Lotte angekommen. Männer sind für Lotte noch immer ein unbekanntes Buch.

Ein Wochenende in Dresden verspricht Abwechslung und garantiert auch neue Begegnungen, die unverhoffte Wendungen nach sich ziehen.

Manuela Lewentz

Suche Mann, der lieben kann

Plötzlich Klaus

Mittelrhein-Verlag

Suche Mann, der lieben kann

Plötzlich Klaus! Mit diesem Mann kommen Freude und Tränen in Lottes Haus. Der Dachdecker fällt buchstäblich vom Himmel, bis vor Lottes Haus. Gibt es die Liebe über Nacht?

Bei einem geselligen Mädelsabend mit den Freundinnen wird bei Prosecco und Kartoffelsalat nicht nur diese Frage geklärt. „Wieso nur sind Männer so unterschiedlich? Während sich der eine Mann von der sanften Seite zeigt, kommt bei dem nächsten der Tiger zum Vorschein." Die Freundinnen sind sich aber einig, ein Verzichten auf Männer kommt nicht in Frage. „Männer sind wie Sahnetorte", so Lotte. „Ich liebe die süße Verführung, leider aber hält der Genuss nicht lange an."

Wer die Liebe kennt, der weiß, es gibt Höhen und Tiefen.

Das Wort Langeweile ist ein Fremdwort für die Mädels. Nicht nur der Dachdecker Klaus sorgt für Aufregungen, auch Männer, die längst der Vergangenheit galten, kommen wieder aufs Parkett.

Ein lustiger Roman für den nächsten Urlaub. Tauchen Sie ein in die oft „wahren" Momente einer vermeintlichen Liebe.